零 K

Zero K

Don DeLillo

[美国] 唐·德里罗 著

靖振忠 译

译林出版社

献给芭芭拉

目 录

[第一部]

车里雅宾斯克时期

一

每个人都想拥有世界的末日。

这是我父亲的话，他当时正站在他纽约市办公室的曲线形窗户旁——那儿的业务是私人财富管理、朝代信托、新兴市场。我们俩正分享着难得的一刻，都在沉思，而为这一刻画龙点睛的是他的老式太阳镜，将夜晚带到了室内。我端详着房间里各种各样的抽象派艺术品，开始意识到他这句话之后长长的沉默既不属于他，也不属于我。我想到了他的妻子，他的第二任妻子，那位考古学家，她的精神以及日渐衰弱的躯体将很快开始按预定时间陷入虚空。

几个月后，在世界的另一端，那一刻又在我脑中重现。我坐在一辆掀背式装甲轿车的后座上，系着安全带，车的侧窗是烟色玻璃，里外都看不透。司机在自己的隔间里，身穿足球衫和运动裤，裤子臀部有一块隆起，说明佩带着手枪。在崎岖的道路上行驶了一个钟头之后，司机把车停了下来，并冲着他的佩戴式通话器说了句什么。然后他把头朝着右后座乘客席缓缓地转了四十五度。我猜想这意思是到了我该解开安全带下车的时候了。

这段路是一场马拉松之旅的最后一程。我从车子旁边走开，然后站了一会儿，在高温下觉得有些眩晕，手里提着我的短途旅行袋，感觉自己的身体正在放松。我听见发动机在启动，于是转身望去。那辆车已经回头驶向那座私人简易机场，而它是视野中唯一正在移动着的东西，不久就会被吞没在陆地或是渐弱的天光或是笔直的地平线里。

我继续转身，环顾四周，长久地、缓缓地扫视着这些盐滩和粗石堆。这里除了几座低矮的建筑之外空无一物，这些建筑可能是互相连通的，它们和周围白茫茫的自然景观几乎无法分辨。别的什么都没有，也没有别的地方可去。我原本并不知道我的目的地究竟是个什么样的地方，只知道它很偏远。不难想象，那天我父亲在他办公室窗边信手拈来的那句话正是出自这片光秃秃的地带，还有这些和它融为一体的几何形状水泥板。

他现在就在这里，他们两人都在，我父亲和我继母，而我则是到这里来做极为短暂的探访，还有一场不确定的道别。

从我所在的近距离很难确定这些建筑物的数量。两座，四座，七座，九座。或者只有一座，是一个带有辐射状附属结构的中央单元。我把它想象成一座城市，在将来某一天会被人发现，自成一体，保存完好，无名无姓，被某个未知的迁徙文明所遗弃。

热浪让我觉得自己好像正在萎缩，但我想在这里停留片刻，看一看。这些是隐藏着的建筑物，像有旷野恐惧症似的封闭起来。它们是盲目的建筑物，寂静而忧郁，看不见窗户，而我心想，其目的是为了在电影达到数字崩溃时将它们自己缩成一团。

我沿着一条石头小径来到一座宽阔的门户前，有两名男子站在那里守望着。不同的足球衫，臀部有着同样的隆起。他们站在一排用来防止车辆进入邻近地区的路桩后面。

奇怪的是，在旁边一侧，入口另一头的边上，还有两个人影，像是身穿罩袍、全身遮盖的女人，站在那里一动不动。

二

我父亲留起了络腮胡子。这让我有些惊讶。他的胡子比他的头发要稍微更花白一些,其效果是衬托出了他的双眼,使它们显得更加炯炯有神。难道这就是当一个人急于进入一个新的信仰维度时留的胡子吗?

我说:“定在什么时候?”

“我们正在决定哪一天、哪一小时、哪一分钟。很快。”他说。

他名叫罗斯·洛克哈特,年龄在六十五至七十岁之间,宽肩膀,动作敏捷。他的墨镜放在他面前的桌子上。我习惯于和他在办公室里会面,不论是在什么地方。这个办公室是临时的,四下摆放着几台显示器、几只键盘和其他设备。我知道他在被称作“聚合”的这整个项目当中、在这场努力当中投入了大笔的金钱,而这间办公室是一种礼貌的表示,好让他能够方便地与他那联成网络的各个公司、代理机构、基金、信托、基金会、财团、公社和家族保持联系。

“还有阿尔蒂。”

“她已经完全准备好了。没有任何犹豫不决或是想改主意的迹象。”

“我们谈论的可不是永恒的精神生命。这可是躯体。”

“躯体将被冷冻。人体冷冻保存术。”他说。

“然后等到将来某个时候。”

“对。终将会有那么一天，我们会有可以对抗造成生命结束的种种环境因素的方法。到那时，精神和躯体将被复原，使人重获新生。”

“这个想法并不新鲜。我说的对吗？”

“这个想法并不新鲜。但是现在，”他说道，“这个想法很快就要得以充分实现了。”

我有些晕头转向。这是我来到这里的第一个整天的早上，桌子对面是我的父亲，然而一切都很陌生，无论是眼下的情形还是周围的物质环境，还是这个留着胡子的男人本身。只有等到在回家的路上我才能开始慢慢消化吸收这一切。

“而你对这个项目完全有信心。”

“信心十足。无论是在医学上、技术上，还是在哲学上。”

“有人替他们的宠物报名。”我说。

“这儿可没有。这里没有任何推测性的成分。没有任何基于愿望或是边缘次要的东西。只有男人和女人。死与生。”

他的声音带着一种挑战式的平和语调。

“可以让我看看进行这个过程的地方吗？”

“恐怕不大可能。”他说。

他的妻子阿尔蒂身患数种致残性疾病。我知道她身体状况的恶化主要是由多发性硬化症引起的。我父亲在这里的身份是作为她过世的忠实见证人，其后则是作为一位有一定知识的观察者，观察可以用来保存人体的任何初始方法，直到某一年、某一天可以使其安全地再次苏醒。

“我到这儿的时候，迎接我的是两个武装护卫。他们带我过了安检，带我到房间，几乎一言不发。我知道的只有这些。还有那个名字，听上去蛮有宗教色彩。”

“这是以信仰为基础的技术。就是这么回事。是另一个神。而事实上，和某些更早时期的神并没有多大差别。只不过它是真的，没错，它能够实现人的愿望。”

"死后重生。"

"最终会的,没错。"

"'聚合'。"

"是的。"

"这个词在数学上有一个含义。"

"在生物学上有一个含义。在生理学上也有一个含义。[1]就别提它了。"他说。

当我母亲在家中去世的时候,我坐在床边,还有她的一位朋友,一个拄着手杖的女人,站在门口。这就是那一刻在我脑海中留下的画面,一直都是这样,只有床上的女人、门口的女人、那张床,还有那根金属手杖。

罗斯说:"我有时会到下面一个作为临终安养院的地方去,站在准备经受这个处理过程的人中间。期待和敬畏在他们心中交织,远远超过了忧虑和迟疑。有一种崇敬,一种惊异的状态。他们在这中间找到了一种共同的东西,其宏大远远超出了他们的想象。他们感到有一种共同的使命,一个目标。而我发现自己在试着想象几个世纪前的这样一个地方。一个寄宿之处,一个给旅行者的庇护所。一个给朝圣者的庇护所。"

"对了,朝圣者。我们又回到了古老宗教的话题上。我可以到这个临终安养院看看吗?"

"恐怕不行。"他说。

他给了我一根腕带,上面带着一个扁扁的小圆盘。他说这跟警察机构用来随时了解待审嫌疑人行踪的脚踝监视器相类似。我只允许进入这一层和上面一层的某些区域,别的地方都不行。如果我把腕带解下,保安就会得到警报。

"不要对你的所见所闻过早地下结论。设计这个地方的人可都是严肃认真的。尊重这个想法。尊重这个环境本身。阿尔蒂说我们应该把

---

① "聚合"的英文原文为"convergence",在数学中指"收敛",在生物学中指"趋同现象"或"趋同进化",在生理学中指眼球的"聚合运动"。

它看作一项正在进展中的工作，一座土方工程，一种泥土艺术，土地艺术。从土地上建起，同时也挖在土地里。不能随意出入。它的本质特征就是静止，包括人，也包括环境。也有点儿像坟墓。泥土是这里的指导原则，”他说，“归之于泥土，出之于泥土。”

我花了些时间在走廊里走动。走廊里几乎空空如也，只碰见了三个人，互相隔着一段距离，我冲着他们每人点点头，只有一个不情愿地瞥了我一眼。墙壁是深浅不一的绿色。沿着一条宽宽的走廊走到头，一拐弯又是一条。墙上一片空白，没有窗户，门和门之间间隔很宽，全都关着。这些门柔和的颜色之间互相有着关联，而我心想不知这些光谱片段之中是否隐藏着某种含义。我在任何新环境里都是这么做的。我试图赋予其意义，使那个地方更有条理，或者至少在其中找到自己的位置，以确定我拘束的存在。

在最后一段走廊的尽头，有一块屏幕从天花板上的一个凹处伸出来。屏幕开始下降，延伸到了整面墙的宽度，几乎伸到了地面。我慢慢靠近。起初的图像全都是水。湍急的水流穿过林地，涌上河堤。有雨水打在梯田上的场景，很长时间除了雨什么都没有，接着是人们在到处奔跑，还有的乘着小船在急流中无助地颠簸。有寺庙被淹，住房沿着山坡倒塌。我眼看着水在城市街道上不断上涨，汽车和司机沉没在水中。屏幕的尺寸使得画面的效果超出了电视新闻的类别。一切都赫然耸现，场景持续的长度远远超过了播音员通常能一口气讲话的时间。就在我的面前，和我平齐，直接而又真实，一个女人坐在一张向一侧倾斜的椅子上，和真人一般大小，在一座坍塌于泥石流中的房子里。一名男子，一张脸，在水下，直盯着我。我不由得后退了一步，但我的眼睛仍然盯着画面。很难将目光移开。最后，我回头扫视了一眼走廊，等着有人出现，另一个见证人，好在这些图像越聚越多、紧抓不放的时候站在我的身边。

没有伴音。

三

阿尔蒂和罗斯住的套房里只有阿尔蒂一个人。她坐在一把扶手椅上,穿着睡袍和拖鞋,好像正在睡觉。

我应该说些什么?我又该如何开口呢?

你看上去很漂亮,我心想,而她的确很漂亮,可遗憾的是,她因疾病而变得单薄,瘦削的脸庞,灰金色的头发未经梳理,苍白的双手交叉在怀里。过去,在我的心目中,她是"父亲的第二任妻子",然后是"继母",后来则又是"考古学家"。这最后一个产品标签并不是那么带有简化性质,主要是因为我终于开始了解她。我喜欢把她想象成一位苦行僧式的科学家,在简陋的营地里一住就是好长时间,一个可能很容易适应另一种严酷环境的人。

我父亲为什么要把我叫到这儿来?

他希望在阿尔蒂过世时我能在他身边。

我坐在一张带坐垫的长凳上,边看边等,不一会儿,我的思绪便离开了椅子上那个一动不动的身形,而接着他就出现了,我们俩,我和罗斯,出现在了微型的想象空间里。

他是一个被金钱塑造的人。他很早就因分析自然灾害对利润的影响而赢得了不小的声誉。他曾经喜欢和我谈论金钱。我母亲则说，那性的问题呢，那才是他需要了解的东西。金钱的语言很复杂。他定义术语，绘制图表，好像总是生活在一种紧急状态之下，大多数日子里在办公室一扎就是十个、十二个小时，或是急匆匆地赶着去机场，要么就是在准备会议。在家里，他会站在一面穿衣镜前背诵他正在准备的关于风险偏好和离岸司法管辖区的讲演稿，好把手势和面部表情排练得更好。他和办公室的一位临时雇员发生了外遇。他跑了波士顿马拉松。

我当时都做了些什么呢？我嘴里嘟嘟囔囔，脚下拖来拖去，我沿着自己脑袋的中线从前到后剃掉了一长条头发——我是专门和他作对的敌基督①。

他是在我十三岁时离开的。他告诉我的时候我正在做三角学作业。他坐在小桌对面，我那些总是削得尖尖的铅笔从桌上的一个旧果酱瓶里伸出来。他说话时我一直都在做着作业。我仔细端详着书页上的公式，在笔记本上一遍又一遍地写着：正弦、余弦、正切。

我父亲为什么要离开我母亲？

他们两人都从未讲过。

多年以后，我住在曼哈顿上城区一套一间半的出租房里。一天晚上，我父亲出现在了电视上，是一个不出名的频道，信号不好，罗斯在日内瓦，图像有点儿重影，他讲着法语。我当时知道我父亲会说法语吗？我能肯定这个人就是我父亲吗？他在字幕里提到了失业社会生态学。我当时是站着看的。

而如今阿尔蒂在这个令人难以置信的地方，在这个沙漠幻影里，不久就会被保存起来，一具冰冷的躯体，在一个巨大的墓穴里。而在那之后则是超乎想象的未来。仅仅是想想这些词语吧。时间，命运，机遇，永生。而我脑子里却是我头脑简单的过去，我坑坑洼洼的历史，那些我禁不住要唤起的时刻，因为它们属于我，让我无法不看到、不感觉到，它们

① 出自《圣经·新约》，指出现于世界末日之前的基督的大敌，亦泛指基督的敌人。

正在从我周围的四壁里爬出。

有一回，在圣灰星期三[①]，我去了教堂，排了队。我环顾了四周的雕像、牌匾和柱子，还有彩色玻璃窗，然后到圣坛的栏杆前跪下。牧师上前来给我做了标记，用拇指将一团圣灰印在了我的额头上。*你本是尘土*[②]。我不是天主教徒，我父母也不是天主教徒。我不知道我们是什么。我们只知道吃饭睡觉。我们只知道把爸爸的西装送到干洗店去。

当我父亲离开时，我决定欣然接受这种被抛弃或是被半抛弃的想法。我和我母亲互相了解，互相信任。我们搬到了皇后区，住在一栋没有花园的花园公寓里。这对我们俩都很合适。我让自己剃成土著模样的脑袋重新长出头发。我们一起去散步。在美国，有谁家的母亲和十几岁的儿子会一起去散步？当我偏离了应该遵守的常态时，她并没有对我说教，或者说很少。我们吃着平淡的食物，在公共网球场上来回击打着一只网球。

可是那个身穿长袍的牧师，还有他用拇指涂灰时那个小小的碾压动作。*你仍要归于尘土*。我走在大街上，寻找可能会注意到我的人。我站在商店的橱窗前，打量着自己在玻璃上反射出的影子。我不知道自己这种行为究竟是什么。难道是某种怪异的崇敬表示？难道是我在耍弄圣母教堂？还是说我只不过是想要把自己强行置于意味深长的视线当中？我想让那个灰点一直保持上好几天、好几周。当我回到家时，我母亲朝后斜着身子，就好像是在寻找合适的视角。这番打量的时间极短。我特意没有咧嘴而笑——我咧嘴的笑容就像是一副掘墓人的模样。她说了句什么整个世界上的星期三都很无聊之类的话。她说，弄上一点儿灰，花费不多，偶尔再加上个把星期三，这就成了值得回忆的东西。

最后，我和我父亲终于开始设法打破一些让我们互相拒之千里的紧张关系，而我也接受了他为我的教育所做的一些安排，但我和他所拥有

---

① 又称大斋首日，指基督教复活节前的第七个星期三。当天教会举行涂灰礼，将去年棕枝主日祝圣用过的棕枝烧成灰，涂在教徒的额头上，以示忏悔。

② 牧师在圣灰星期三涂灰礼仪式上说的话。出自《圣经·旧约·创世记》第三章第十九节："你本是尘土，仍要归于尘土。"

的生意总是离得远远的。

而多年后，感觉就像是过了一生，我开始了解现在坐在我跟前的这个女人，她的身躯朝着旁边一盏台灯散发出的光倾斜着。

而又过了一生，她的一生，她睁开了眼睛，看见我坐在那里。

“杰弗里。”

“我是昨天晚时到的。”

“罗斯告诉我了。”

“原来是真的。”

我抓起她的手，将它握住。似乎已经没有什么好说的，但我们还是谈了一个小时。她的声音几乎就像是耳语，而我的也是一样，和当下的情况或是周围的环境相符合，长长的、静悄悄的走廊，那种封闭感和隔绝感，新一代的泥土艺术，里面有着处于假死状态的人体。

“自从到了这里，我发现自己的注意力全都集中在了小事情上，然后是更小的事情。我的头脑在慢慢放松、解开。我能想到埋藏了许多年的细节。我能回想起以前错过了或是认为不重要的时刻。这当然是我的病情造成的，要么就是因为我吃的药。这是一种将要停下来、将要结束的感觉。”

“暂时的。”

“你觉得这难以置信吗？我可不觉得。我研究过这个问题。”她说。

“我知道你研究过。”

“当然了，你持怀疑态度。我们需要这个。但是到了一定时候，我们开始明白这里面包含着某种更为宏大、更为持久的东西。”

“我有个简单的问题。很实际，没有怀疑的成分。你为什么不在临终安养院里？”

“罗斯想让我留在身边。医生们常来看，很有规律。”

这最后一个单词里密集的音节让她很难应付①，从这儿开始她说话

① 原文中该单词是“regularly”。

更慢了。

“要不然就是我被沿着走廊推到黑乎乎的封闭室里，然后沿着一个升降机井上下移动，或许是朝着一侧或是倒着走。总之我会被带到一间检查室里，在那里他们会观察，会听，全都一声不吭。这个套房里的某个地方有一位护士，或者是几位护士。我和她，或者是我和他，我们之间讲普通话。”

“你想过你将来要重返的那种世界吗？”

“我在想水滴。”

我等着下文。

她说：“我在想水滴。我在想我曾经站在淋浴间里，看着一滴水在透明的浴帘内侧慢慢往下滑。我将注意力集中在那滴水上，那一小滴，那个小球，等着它在穿过浴帘上的隆起和褶皱时变成新的形状，而同时水冲击着我头的一侧。这是什么时候的事了？二十年前，三十年前，还是更早？我不知道。我当时在想什么？我不知道。也许我为那滴水赋予了一种生命。我把它弄活了，把它变成了动画。我不知道。或许当时我脑子里大多是一片空白。拍打在我头上的水可真冷，但我并没有去调节水流。我必须看着那滴水，看着它开始拉长，开始像淤泥似的缓缓流动。可是它太清澈透明，不可能像淤泥那样流动。我站在那里，脑袋被水拍打着，一边告诉自己它不像淤泥。淤泥是泥浆或稀泥，它是海底的原始生命，主要由微型海洋生物构成。”

她讲的是一种隐语，不时停下来，想一想，试图记起什么，而当她回到这个时刻，回到这个房间时，她必须想起我，重新为我定位，杰弗里，罗斯的儿子，正坐在她对面。人人都叫我杰夫[①]，唯独阿尔蒂例外。那个额外的音节，用她柔和的声音讲出来，让我感觉到自我的存在，或者说是第二个自我，更有礼貌，更靠得住，一个走起路来昂首挺胸的男人，纯属虚构。

---

① “杰夫”是杰弗里的昵称。

“有时候，在一间黑屋子里，”我说，“我会闭上眼睛。我走进房间，然后闭上眼睛。或者是在卧室里，我会一直等到自己走到放在床边五斗橱上的台灯跟前。然后再把眼睛闭上。这是向黑暗屈服吗？我不知道这是什么。这是一种迁就吗？让黑暗来决定这种情况下的规矩？这是什么呢？听起来像是一个怪孩子做的事情。我曾经就是那个孩子。可是我现在也还会这么做。走进一间黑屋子，也许稍等片刻，站在门口，然后闭上眼睛。难道我是在用双重黑暗考验自己吗？”

有那么一阵我们两人都没作声。

“那些我们做过而又忘了的事。”她说。

“只不过我们并不会忘记。像我们这样的人。”

我喜欢说这句话。像我们这样的人。

“这就是一点儿小小的个性，就像一块小小的草皮。这是罗斯说的话。他说我就像是一个异国。小事情，然后更小。这已经成了我的生存状态。”

“我在黑暗的卧室里朝着五斗橱走去，试图凭着感觉找到台灯的位置，然后摸索着去找灯罩，把手伸到灯罩下面，去找那个开关灯的东西，那个旋钮，那个可以把灯打开的开关。”

“然后你就睁开了眼。”

“我会吗？那个怪孩子可能会一直都把眼睛闭着。”

“但只有在星期一、星期三和星期五才会。”她说道，好不容易才费力地讲出了这一串熟悉的日子。

有人从一间里屋走了出来，一个女人，灰色连身衣裤，黑头发，深色面孔，脸上一副公事公办的表情。她手上戴着乳胶手套，在阿尔蒂身后站好，看着我。

该走了。

阿尔蒂声音微弱地说：“那时只有我，那个淋浴间里的身体，一个被塑料围着的人，看着一滴水沿着湿漉漉的浴帘往下滑。那一刻本应被遗忘。这似乎就是它最根本的含义。除了在我思想展开的过程中之外，这一刻永远都不应被记起。也许这就是为什么它并不显得奇怪。那时只有我。我并没有去想它。我只是生活在其中，然后便将其抛在了脑后。但它并没有被永远忘却。本来被抛在了脑后，但是到了现在，在这个特定的地方，所有我曾经讲过的话、做过的事、想过的东西全都在我手边，就在这儿，等着被紧紧地聚成一团，好让它们在我睁开双眼迎接第二次生命时不至于消失。”

这里被称作食物单元，真是名副其实，一个组件，一个舱室，四张小于一般尺寸的桌子，还有另外一个人，一名男子，穿的衣服好像是修道士的斗篷。我边吃边看，偷偷地扫视着。他把食物切开，咀嚼着，似乎是在自我反省。当他站起身离开时，我看见了斗篷下面褪了色的蓝布牛仔裤和牛仔裤下面的网球鞋。食物尚可入口，但并不都能叫得上名字。

我先把腕带上的圆盘靠在了固定在房门中央面板里的磁性装置上，然后进了我的房间。房间很小，没有特色。它普通得出奇，简直就是四堵白墙。天花板很低，床像是一张床，椅子是一把椅子。没有窗户。

根据临床估计，二十四小时之后，阿尔蒂就已经离开了人世，那也就意味着那时我将在回家的路上，而罗斯则会留下来一段时间，以亲眼确定那一系列冷冻过程将顺利按时进行。

但我已经觉得自己被困住了。来访者不允许离开这栋大楼，而尽管在外面那些前寒武纪的石头中间并没有什么地方可去，我还是能够感觉到这种限制的影响。房间里没有配备数字接口，我的智能手机在这儿也成了脑残。我做了一会儿伸展运动，好让血液流通起来。我做了几个仰卧起坐和深蹲跳。我试着回想起前一天晚上做的梦。

这个房间让我觉得自己正在被吸收到这个地方的实质里面去。我坐在椅子上，闭着眼睛。我看见自己坐在这里。我从平流层里的某个地方看到了这个建筑群本身，密合的坚实整体，倾斜度不一的屋顶，阳光照射下的墙壁。

我看见了阿尔蒂曾经看过的水滴，一滴接一滴，从浴帘内侧缓缓流下。

我看见了阿尔蒂，模模糊糊，裸着身子，面对着喷射的水流，在我闭着的眼睛里，她的影像也闭着眼睛。

我想从椅子上站起来，走出这间屋子，跟她道别后离开。我设法说服了自己，让自己站了起来，然后打开了门。但我唯一所做的就是在走廊里走来走去。

四

我在走廊里走来走去。这里的门全都刷成了浓淡不一、色泽柔和的蓝色，而我想给这些不同的颜色命名。海蓝，天蓝，蝴蝶蓝，靛蓝。这些名字都不对，而我每走一步，每仔细查看一扇门，我就觉得自己越傻。我想看见一扇门打开，一个人从里面出来。我想知道自己在什么地方，周围有什么事情在发生。一个女人迈着轻快的大步迎面走过，我想把她也像一种颜色一样命名，或者是在她身上寻找某种东西的迹象和线索，但我忍住了这种冲动。

接着一个想法突然出现在我脑海里。很简单。这些门后面什么都没有。我边走边想。我在心里猜测。某些楼层的一些地方设有办公室。其他地方的走廊纯粹是外观设计，这些门不过是整个总体方案里的一个要素，而这个方案罗斯曾在大体上描述过。我想知道这是不是一种极富想象力的艺术，里面牵涉到颜色、外形和当地的原材料，旨在用来伴随和围绕这项基本的创始计划，这些科学家、咨询师、技术员和医务人员的核心工作。

我对这个想法挺满意。这既符合眼下的情况，也符合不可能性或是大胆傻运气的标准，而这往往是最具吸引力的艺术品的标志。我只需敲一扇门。挑一种颜色，挑一扇门，敲一敲。如果没有人开门，再敲下一扇门，再下一扇。但我担心这样做会背叛我父亲把我带到这儿来所体现的信任。而且还有那些隐蔽摄像头。这些走廊肯定都在受着监视，一张张毫无表情的面孔正在静悄悄的房间里扫视着监控显示屏。

有三个人朝着我走来，其中一个是个男孩，坐在电动轮椅上，轮椅的形状像个马桶。他大约九岁或十岁，一直看着我。他的上半身向一侧倾斜得很厉害，但他的眼睛很有神，我想停下来跟他说几句话。而那两个成年人则表明这是不可能的。他们在轮椅两侧，一左一右，眼睛直视前方，盯着经过许可的空间，使我陷在了自己的停顿、自己的好意当中。

不一会儿，我拐了个弯，走在一条墙壁刷成生赭色的走廊上，那是一种黏稠的流质颜料，我想是为了模仿污泥。这里的门互相匹配，全都一模一样。墙上还有一个壁龛，里面站着一个人像，胳膊、腿、脑袋、躯干，一个固定在那里的东西。我看到那是一个人体模型，赤身裸体，没有毛发，没有面部特征，颜色棕红，也许是赤褐色，或者就是铁锈色。还有乳房，它有乳房，我停下脚步，端详着这个人像，这个用模制塑料做成的人体，这个带有关节的女人模型。我想象着把手放在一只乳房上。这似乎是必需的，尤其是如果你是我的话。它的头近乎椭圆，胳膊摆成一种姿势，我试图辨认出其中的含义——是自卫，还是退缩，一只脚踩在身后。这个人像和地板连成一体，周围没有防护玻璃。一只手搁在乳房上，一只手沿着大腿摸上去。要是在从前我就会这样做。然而此时此地，四下的摄像头，监控显示屏，还有人像自己身上的报警装置——这一点我敢肯定。我退了两步，站在那里看着。这个一动不动的人像，那张毫无表情的脸，空荡荡的走廊，夜里的人像，一个假人，带着恐惧，向后退缩着。我又后退了一截，一直看着它。

最后，我决定我必须搞清楚这些门后面到底有没有东西。我打消了对可能后果的顾虑，沿着走廊往前走，挑了一扇门，敲了两下。我等了等，然后去敲隔壁的门。又等了等，再去敲隔壁的门。我这样敲了六次，然后跟自己说再试最后一扇门，而这回门打开了，一名男子站在那里，身穿西装，打着领带，头上裹着缠头巾。我看着他，想着该如何开口。

“我一定是找错门了。”我说。

他冷冷地看了我一眼。

“这里的门全都是错的。”他说。

我费了好一阵才找到我父亲的办公室。

有一回，在我父母还没离婚的时候，我父亲把我母亲称作卖鱼妇[①]。这可能是一句玩笑，但我却因此去翻了词典查这个单词。粗俗的女人，泼妇。于是我又得去查*泼妇*[②]。好骂人的女人，唠叨虫，出自古英语里的“地鼠”。我又得去查*地鼠*[③]。词典又把我送回到了*泼妇*，义项一。一种小型食虫类哺乳动物。我又得去查*食虫类*[④]。词典说它的意思是“以昆虫为食的”，出自拉丁语*insectus*，昆虫，加上拉丁语*vora*，意思是“以之为食”。我又得去查*以之为食*[⑤]。

三四年之后，我正在试着读一本又长又充满激情的欧洲小说，写于二十世纪三十年代，从德文翻译过来的，我在里面遇到了*卖鱼妇*这个词。它一下子又把我带回到了那一段婚姻里。可是当我试着想象他们在一起的生活时，父亲和母亲，没有我，我却什么都想不出来，我什么都不知道。罗斯和马德琳独自在一起，他们都说些什么，他们是怎么个样子，他们究竟是谁呢？我唯一能感觉到的就是我父亲曾经占据过的那块破碎的空间。而我母亲就在这儿，坐在房间的另一头，一位瘦削的女人，穿着长裤和灰色衬衫。当她问起那本书的时候，我做了一个无可奈何的手势。那本书很难读，是一本二手的平装书，密密麻麻的小字，被水浸泡过

---

① 原文为“fishwife”。
② 原文为“shrew”。该词也有鼩鼱之意，即地鼠。
③ 原文为“shrewmouse”。
④ 原文为“insectivorus”。
⑤ 原文为“vorus”。

的书页，饱含着极为强烈的情感。她让我把书放下，等三年后再继续读。可我当时马上就想读，我当时就需要它，哪怕知道自己不可能把它读完。我喜欢读那种几乎能要了我的命的书，它们能帮助我发现我自己是什么样的人，我就是那个用读这种书的方法来跟自己父亲赌气的儿子。我喜欢坐在我们家小小的混凝土阳台上读书，从那里可以看到我父亲上班的那座大厦的那一圈玻璃和钢铁的一部分，在曼哈顿下城区的一座座桥梁和高楼中间。

如果罗斯不是坐在一张办公桌后面，那他就一定是站在一扇窗户旁边。可是这间办公室里没有窗户。

我说："阿尔蒂呢。"

"在接受检查。很快就会被给药。她必须在药物的作用下度过时光。她称之为倦怠的满足。"

"这种说法我喜欢。"

他重复了这句话。他也喜欢。他只穿着衬衫，没穿外套，戴着他的墨镜，这一副有个怀旧的名称，叫作"克格勃"——带偏光，弧形镜片，深浅可变。

"我和她，我们俩聊了一阵。"

"她告诉我了。你还会再见到她，再聊聊。明天。"他说。

"那这会儿。这个地方。"

"这个地方怎么了？"

"我只知道你告诉我的只言片语。我一路上都被蒙在鼓里。先是汽车和司机，然后是公司的飞机，从波士顿到纽约。"

"超中型喷气机。"

"有两个男人上了飞机。然后从纽约到伦敦。"

"同事。"

"他们跟我什么都没说。我倒是并不在意。"

“他们在盖特威克机场下的飞机。”

“我以为是希思罗机场。”

“是盖特威克。”他说。

“然后有人上飞机，拿走了我的护照，又拿了回来，我们就又起飞了。机舱里只有我一个人。我觉得自己好像睡了一会儿。我吃了些东西，又睡了，然后我们就着陆了。我一直都没看见飞行员。我猜是在法兰克福。有人上了飞机，拿走了我的护照，又拿了回来。我看了一下上面盖的章。”

“苏黎世。”他说。

“然后有三个人上了飞机，一男两女。年纪较大的那个女人冲我笑了笑。我试着想听见他们在说些什么。”

“他们讲的是葡萄牙语。”

他一定觉得这很有乐趣，却不动声色，貌似颓然地坐在椅子上，冲着天花板讲话。

“他们光是说话，没吃东西。我吃了点儿零食，要么或许那是在后来，在下一段路上。我们落了地，他们下了飞机，有人上来领着我到了停机坪上，去另一架飞机。他是个光头男子，大约七英尺高，身穿黑色西装，脖子上还用链子挂着一块很大的圆形银饰。”

“你当时是在明斯克。”

“明斯克。”我说。

“在白俄罗斯。”

“好像没人在我护照上盖章。飞机也和原来那架不一样。”

“俄捷航空公司的包机。”

“飞机要小一些，机上的便利设施也要少一些，没有其他乘客。白俄罗斯。”我说。

“你从那儿接着往东南方向飞。”

“我当时很困，昏昏沉沉，半死不活。我说不准下一段路程中间是停了还是没停。我也说不准整个行程当中究竟有几段路程。我睡着了，做了梦，还经历了幻觉。”

“你在波士顿干什么？”

“我女朋友住在那儿。”

“你和你的那些女朋友好像从来都不住在同一个城市里。这是为什么？”

“这样会使时间变得更为宝贵。”

“这里可大不相同。”他说。

“我知道。这个我已经学到了。不存在时间。”

“要么就是因为时间过于无法抗拒，以至于我们对它流逝的感觉有所不同。”

“你们在躲避它。”

“我们在听从它。”他说。

这下轮到我颓然地坐在椅子上。我想抽烟。我已经戒了两回，然后又想开始抽，接着再戒。在我的设想中，这将是一个持续一生的循环过程。

“我是应该问这个问题呢，还是应该被动地接受这种状况？我想知道规则。”

“是什么问题？”

“我们在哪儿？”我说。

他缓缓地点了点头，仔细思量着这件事。接着他笑了起来。

“离这儿最近的比较大的城市在边境的另一边，叫作比什凯克。它是吉尔吉斯斯坦的首都。再就是阿拉木图，更大，更远，在哈萨克斯坦境内。但阿拉木图不是首都。它曾经是首都。现在哈萨克斯坦的首都是阿斯塔纳，那儿有金色的摩天大楼和室内购物中心，在里面人们可以闲躺在沙滩上，然后跳进波浪泳池里。等到你知道了当地的地名并学会了如何拼写之后，你就不会觉得自己和它们毫不相干了。”

“我在这儿待不了那么久。”

“没错，”他说，“但是有关阿尔蒂的估计发生了变化。他们预计日程将会推迟一天。”

“我还以为这个时间是非常精确的。”

“你不必留下来。她会理解的。”

“我会留下来。我当然会留下来。”

“即使是在最详细的指导下，人体也往往会影响某些决定。”

“她的死亡是自然的，还是说最后一口气是诱发的？”

“你要明白，在最后一口气之后，一切并没有结束。你要明白，这只不过是一个序言，接下来则是某种更为宏大的东西。”

“这好像很缺乏人情味。”

“事实上，这个过程将会很轻柔。”

“轻柔。”

“又快，又安全，而且无痛。”

“安全。”我说。

“他们需要将这个过程和他们一直在进行微调的方法完全同步进行。这对她的身体、她的疾病最为适合。是的，她可以再多活上几个星期，但那又有什么意思呢？”

他现在身体前倾，双肘支在桌上。

我说：“为什么在这里？”

“除了这里之外，还在另外两个国家设有实验室和技术中心。这里是大本营，中央指挥部。”

“可是为什么非得这么偏僻呢？为什么不在瑞士？为什么不在休斯敦的某个郊区呢？”

“这正是我们想要的，这种隔离。我们所需要的一切这儿都有。持久耐用的能源和牢固的机械系统。防爆墙和加固地板。结构冗余。防火安全。陆上和空中的保安巡逻。周密的网络防御系统。如此等等。”

结构冗余。他喜欢用这个词。他打开桌子抽屉，拿出了一瓶爱尔兰威士忌。他指了指一个装着两个玻璃杯的托盘，于是我走到房间的另一头去取。回到办公桌前，我仔细检查着玻璃杯，寻找沙子和石屑渗入的痕迹。

“这儿办公室里的人。藏得严严实实。他们都在做些什么？”

“他们在创造未来。一种未来的新概念。跟其他的不同。”

“而且非在这里不可。”

“这块土地是游牧民族走过了数千年的地方。空旷原野上的牧羊人。它没有经受过历史的捶打和挤压。这里埋藏着历史。三十年前阿尔蒂在这儿东北方向的某个挖掘地点工作过，靠近中国。古墓中的历史。我们已经走出了界限。我们正在忘记我们曾经知道的一切。”

“在这个地方你可以忘记自己的名字。”

他举起酒杯喝了一口。这是一种很稀有的混合型威士忌，经过三重蒸馏，产量非常有限。他在多年前曾经给我详细介绍过。

“那么钱呢？”

“谁的钱？”

“你的。你显然投入了不少。”

“我曾经认为自己是一个认真的人。我所做的工作，那种努力和敬业精神。到了后来，我能够有时间致力于其他事情，比如艺术，学习其中的思想、传统和创新。结果就着了迷。”他说，“艺术品本身，墙上的一幅画。然后我又开始研究珍本书籍。在图书馆的非公众区里一待就是几个小时、几天，而那并不是出于一种对于获取的需求。”

“你可以进到别人去不了的地方。”

“可是我在那儿并不是为了获取。我在那儿是为了站着看，或者是蹲着看。读锁在铁栏杆里的书架上那些无价之书书脊上的书名。我和阿尔蒂。我和你，有一次，在纽约。”

我感到威士忌爽滑的灼热感沿食道而下。我将眼睛稍闭片刻，听着罗斯历数他记起的世界上几座首都中图书馆里的书名。

“可是有什么东西要比金钱更认真？”我说，“那个名词叫什么来着？风险。你在这个项目里究竟有多大的风险？”

我的话里并不带刺。我把它平静地说出来，并无讽刺之意。

“当我完全了解了这个想法的重要性，以及它背后潜在的可能性，它可能造成的巨大影响之后，”他说，“我就做出了一个我事后从未质疑过的决定。”

“你难道曾经在事后质疑过任何事情吗？”

“我的第一次婚姻。”他说。

我的双眼直盯着我的酒杯的杯口。

“那她是谁呢？”

“这个问题问得好。非常深刻。我们有一个儿子，但其他方面嘛。”

我不想看着他。

“可她是谁？”

“她基本上只有一个身份。她是你母亲。”

“说出她的名字。”

“我和她，我们曾经说过对方的名字吗？”

“说出她的名字。”

“像我们那样互相结了婚的人，在我们那种不平常的情况下，其实也并不是那么不平常，他们会说彼此的名字吗？”

“就这一次。我需要听你说。”

“我们有一个儿子。我们说过他的名字。”

“迁就我一下。来吧。说出来。”

“你还记得你一分钟之前说过的话吗？在这个地方你可以忘记自己的名字。人们可以有很多方式失去自己的名字。”

“马德琳，”我说，“我母亲，马德琳。”

“现在我记起来了，没错。”

他微笑着靠椅背而坐，一副假装回忆往事的姿态。接着他表情一变，这一变动的时机掌握得恰到好处，对我厉声说道：

“你想想看，这里的东西，还有这里的人。想想你多年来一直隐藏在心里的所有那些小小的不幸，也都该结束了。让你的思想超越个人的体验。把它留在身后。眼下在这个团体中发生的事情不仅仅是医学科学的产物。也有社会理论家的参与，还有生物学家、未来学家、遗传学家、气候学家、神经学家、心理学家和伦理学家，如果这个词没用错的话。”

“他们都在哪儿？”

“有的常年住在这里，还有的来来往往。在那些有编号的楼层里。全都是至关重要的头脑。全球化的英语，没错，但也有其他语言。必要时有翻译，有真人，也有电子翻译。还有语言学家在设计一种‘聚合’所独有的高级语言。词根、词形变化，甚至包括手势。人们将学会它，使用它。这种语言能够让我们表达我们现在无法表达的东西，看到我们现在无法看到的东西，让我们用互相团结的方式来看待我们自己和其他人，开阔所有的可能性。”

他又仰头喝下一两口酒，然后把酒杯放在鼻子底下闻了闻。酒杯暂时是空的。

“我们完全有理由相信，我们现在所处的这个地点最终将会成为一个新的大都市的中心，或许是一个独立国家的中心，和我们以前所知的全都不同。当我自称是一个认真的人的时候，我指的就是这个。”

“不仅认真，而且还非常有钱。”

“是的，钱。”

“好多好多的钱。”

“还有其他的捐助者。不仅是个人、基金会和公司，而且还有各国政府通过各自的情报机构提供的秘密资金。这个想法对许多学科里的聪明人都是一种启示。他们明白现在正是时候。不仅仅是在科学技术上，而且是在政治甚至军事战略上。这是另一种思维和生活的方式。”

他小心翼翼地倒了些酒，他喜欢称之为一指宽的量。先给他自己的杯子，然后给我的。

“当然先是为了阿尔蒂。为了她这个人本身，还有她对我的重要性。然后便是跃升至完全接受。那种信念，那种原则。”

他对我说，这样想吧。想想你自己的寿命，先用年来计算，然后用秒来计算。用年，八十年。按现在的标准听起来还不错。然后用秒，他说。

你的寿命用秒计算。八十年相当于多少秒呢?

他停顿了一下,也许是正在心里计算。秒、分、小时、天、周、月、年、十年。

秒,他说。开始数吧。你的寿命用秒计算。想想地球的年龄,那些地质时代,沧海桑田。想想银河系的年龄,宇宙的年龄。全都是以十亿年计。而我们,你和我。我们的生命转瞬即逝。

秒,他说。我们的时间可以用秒来计算。

他穿着一件蓝色西装衬衫,没打领带,最顶上的两颗纽扣解开着。而我心里在想,这件衬衫的颜色和我不久前见过的走廊里某一扇门的颜色一样。或许我这样做是为了试图破坏他的论述,是一种自卫行为。

他摘下眼镜,把它放下。他看上去很疲倦,显得更加衰老。我看着他把酒喝了又倒上,然后我挥手拒绝了伸过来的酒瓶。

我说:"如果在几个星期之前,有人告诉了我这一切,这个地方,这些想法,一个我完全信任的人,我猜想我是会相信的。可是现在我身在此处,一切就在我的周围,我却觉得很难相信。"

"你需要好好地睡上一觉。"

"比什凯克。就这个吗?"

"还有阿拉木图。但距离相当远,二者都是。而在北边的某个地方,很远很远,就是苏联进行核弹试验的地方。"

我们对此思考了片刻。

"你必须超越你的体验,"他说,"超越你的局限。"

"我需要一扇窗户,好看看外面。这就是我的局限。"

他举起酒杯,等着我做出同样的动作。

"我曾经带你去游戏场,就是我们当时住的地方附近那个又老又破烂的游戏场。我把你放在秋千上,推一下,等一下,然后再推一下。"他说,"秋千荡过去,又荡回来。我把你放在跷跷板上。我站在平衡杠的另一边,慢慢地把木板靠我的一头往下压。你在空中升起,你的双手握着把手,紧抓不放。然后我再把木板靠我的一头抬起来,看着你降下来。

一上一下。现在稍微快一点。一上一下，一上一下。我尽力确保让你紧紧地握着把手。我一边还在说，跷跷—板，跷跷—板。”

我迟疑了片刻，然后举起了酒杯，等待着接下来将要发生的任何事情。

我站在长长的走廊里那块屏幕跟前。一开始屏幕上只有天空，接着是一种威胁的暗示，倾斜的树梢，不自然的光线。很快，几秒钟后，出现了一个旋转着的圆柱形物体，由风、尘土和碎片构成。它开始占满整个画面，一个错开了的漏斗，黑乎乎的，弯曲着，悄然无声，而紧接着又是一个，在左下方的远处，正在从地平线上升起。这里地势平坦，整个视野一览无余，这时屏幕上全都是龙卷风，伴随着一种充满了敬畏的寂静，我以为它将会突然变成震耳欲聋的轰鸣。

在这里，我们的气候将我们团团围住。我在电视新闻报道上曾经见到过许多龙卷风，于是这时我等待着风暴路径上废墟遍地的镜头，灾难的后果，一排破碎的房屋，屋顶被吹走，壁板倒塌在地。

它果然出现了，整条街道被夷为平地，校车翻倒在一侧，但还有人朝着这个方向走来，慢动作，几乎出了屏幕，来到走廊里，手里拿着他们抢救出的东西，一队男人和女人，黑白画面，庄重地行进着，还有那些死者，排列在前院里饱经摧残的地板条上。镜头逗留在尸体上。他们在暴力下死亡的细节让人不忍目睹。但我还是看着，觉得这是对什么东西或是什么人的义务，也许是对受害者，我把自己想象成这里唯一的见证人，发誓要完成这个任务。

这时，在另一个地方，另一个城镇，一天中的另一个时间，一位年轻女子骑着一辆自行车从前景中经过，动作古怪而又滑稽，很快，还一跳一跳的，从屏幕的一头骑到另一头，而同时一场一英里宽的风暴，一个旋涡，仍在远处，从天地之间的缝隙中爬了出来，然后镜头切换到一个极度肥胖的男人蹒跚地走下地下室的台阶，超真实，一家家的人挤在车库里，一张张黑暗中的面孔，接着又是那个骑自行车的姑娘，现在正骑向相反的方向，无忧无虑，毫无紧迫感，就像是一部老无声电影里的一个场景，她就是巴斯特·基顿[1]扮演的天真无邪的傻瓜，接着一种略带红色的光线微微一闪，那个东西就骤然出现在了眼前，巨大的旋涡和地面相接触，将半栋房子席地卷起，威力无比，卡车和谷仓正好在它的路径上。

屏幕上一片白色，我站在那里等待着。

现在是一片荒野，一幅被剪切过的景观，这个图像一直持续着，伴随着的寂静也在持续。我站在那里有好几分钟，等待着，房子没了，骑自行车的姑娘没了，什么都没有了，结束了，完了。屏幕上还是那幅空无一物的画面。

我继续等着，期待着还会有更多。我感觉到有一个威士忌嗝正在从自己食道深处的某个囊袋里涌出。我没有任何地方可去，而我也不知道现在是什么时间。我的手表还定在北美的东部标准时间上。

---

① 巴斯特·基顿（1895—1966）：美国演员及导演，以他的无声电影作品而著名。

五

我曾经见过他一次，就在这个食物单元里，那个穿修道士斗篷的人。我进来的时候他没有抬头。一份食物出现在了门口附近的一个槽口中，我把盘子、玻璃杯和餐具拿到他对角线位置的桌子上，中间隔着一条狭窄的通道。

他的脸长长的，手很大，头在顶部慢慢变窄，头发一直剪到了头皮，留着几片稀疏的花白发茬。他身上的斗篷还是上次穿的那件，很旧，满是皱痕，颜色发紫，带着金色的装饰。没有袖子。从斗篷里伸出来的是睡衣的袖子，上面带着条纹。

我仔细地看了看食物，吃了一口，决定假定他会说英语。

"我们吃的这东西是什么？"

他看了看我的盘子，但并没有看着我。

"这叫作早晨抓饭。"

我又吃了一口，试图把味道和名字联系起来。

"你能告诉我那是什么吗？"

"胡萝卜和洋葱，一些羊肉，还有米饭。"

"米饭我看见了。"

"奥希纳霍[1]。"他说。

我们俩静静地吃了一会儿。

"你在这儿是做什么的?"

"我和临终的人谈话。"

"你让他们感到安心。"

"我让他们对什么感到安心?"

"生命的延续。再次苏醒。"

"你相信这个吗?"

"难道你不信吗?"我说。

"我觉得我不愿意相信。我只对他们讲生命的尽头。平平静静地、轻声地讲。"

"但是这个想法本身。整个这场冒险事业背后的原因。你也并不接受。"

"我想死了之后便永远了结。你难道不想死吗?"他说。

"我不知道。"

"如果在生命的尽头我们不会死,那活着还有什么意义呢?"

我试图从他的声音里听出他来自什么地方,从英语这门语言里某个鲜为人知的弯道上,从可能被时间、传统和其他语言包围着的音高和语调里。

"是什么把你带到这儿来的?"

他需要停下来思考一下。

"也许是什么人说过的一些话。我无意之间就晃进来了。在动乱期间我住在塔什干[2]。当时全国各地有数百人遇难。在那里他们会把人活活煮死。中世纪的头脑。我好像总是在动荡暴乱的时候进入一个国家。我当时正在学着讲乌兹别克语,同时帮着教育一位省级官员的孩子。我一个词一个词地教他们英语,并试着照料那个人病了好几年的妻子。我履行了牧师的职能。"

---

① 乌兹别克语,即"早晨抓饭"。

② 塔什干:乌兹别克斯坦首都。

他将一些食物送进嘴里，咀嚼后咽了下去。我也照做了，并等着他继续讲下去。因为他已经为我确认了食物的成分，食物开始变得像是本来的味道。羊肉。早晨抓饭。他好像再没有更多的话要说。

“那你是牧师吗？”

“我曾经是一个后福音传道团体的成员。我们是从世界联合会里脱离出来的激进分子。我们在七个国家里设有分会。这个数字总是在变。五个，七个，四个，八个。我们在自己建造的简单建筑里集会。石室坟墓。其灵感来自非常古老的古埃及坟墓。”

“石室坟墓。”

“平顶，墙壁是斜的，长方形底座。”

“你们在坟墓里集会。”

“我们在狂热地等待着那一年、那一天、那一刻。”

“将会有什么事情要发生。”

“会是什么呢？一个流星体，一块坚实的石头或金属。一颗从太空中落下的小行星，直径二百千米。我们懂天体物理学。一个物体和地球撞击。”

“你们希望它发生。”

“我们对它渴望至极。我们日夜不停地为它祈祷。它将从天外而来，从广阔的星系空间里，从包含着每一颗物质粒子的无边领域之中。所有的奥秘都在那里。”

“接着它就突然发生了。”

“东西落入海里是常有的事。脱离轨道的卫星，航天探测器，太空碎片，人造的太空垃圾。总是落在海里。”他说，“接着它就突然发生了。一个东西掠着地球表面撞上了。”

“车里雅宾斯克[1]。”我说。

---

① 2013年2月15日上午，在俄罗斯西部的车里雅宾斯克市附近发生了一次小行星碰撞事件。一颗直径约20米的小行星以小角度高速进入大气层，成为一颗超火流星，并在车里雅宾斯克地区上空发生爆炸。

他让这个名字悬在那里。这个名字本身就是一个理由。这种事情真的会发生。不管它的规模有多大，不管它造成的损害有多严重，那些致力于使这种事情发生的人都不是在做想象的买卖。

他说："西伯利亚放在那儿就是用来接这些东西的。"

我明白他的眼睛里并没有对面听他讲话的人。他有那种漂流者的倾向，对名字和面孔都无动于衷。这些都是可以互换的组件，从一个房间到另一个房间，一个国家到另一个国家。他与其说是在讲话，不如说是在叙述。他描绘着一条波浪线，他的波浪线，而通常总会有人愿意作为听他讲述自己故事的随便那个人。

"我知道这里有一个临终安养院。你就是在那里和临终的人谈话吗？"

"他们管它叫临终安养院。他们管它叫庇护所。我不知道它是什么。一个护卫每天带我去那儿，在下面有编号的楼层里。"

他谈到先进的设备、训练有素的工作人员。然而，他说这地方仍让他想到十二世纪的耶路撒冷，一个宗教骑士团在那里照看着朝圣者。他有时会想象自己走在麻风病人和瘟疫患者中间，看到古老佛兰德①画作里的憔悴面孔。

"我想到了那些骑士，那些圣殿骑士②，他们给病人放血、通便、洗澡。那些来自世界各地的人，病人和垂死的人，那些照料他们的人，那些为他们祈祷的人。"

"接着你又突然想起自己是谁，身在何处。"

"我记得我是谁。我是医院骑士③。我身在何处，这从来都无关紧要。"

---

① 佛兰德是欧洲中世纪公国，在低地国家西南部，在十五至十七世纪之间曾出过许多著名画家。

② 圣殿骑士团是中世纪欧洲的一个天主教军事修士会，创立于第一次十字军东征（1096—1099）之后，于1312年被教皇宣布解散。

③ 医院骑士团是最古老的天主教修士会之一，1099年创立于耶路撒冷，起初的主要目的是为了照料有病和贫穷的朝圣者。

罗斯也曾经提到过朝圣者。这个地方的本意可能并不是要成为新的耶路撒冷，可是人们经过长途跋涉，在这里找到了一种更高形式的存在，或者至少找到了一种能够防止他们身体组织腐烂的科学过程。

“你的房间有窗户吗？”

“我不想要窗户。窗户外面能有什么呢？纯粹是些令人分心的蠢东西。”

“可是那个房间本身呢，它是不是也像我的房间一样，它的大小。”

“房间是一种慰藉，一种冥想。我可以伸手摸到天花板。”

“就像修道院里修道士的小房间，没错。还有那件斗篷。我在看你穿的斗篷。”

“这叫无袖法衣。”

“修道士的斗篷。但它并不像修道士穿的那种。这种斗篷一般不是灰色、棕色、黑色或白色吗？”

“俄罗斯修道士，希腊修道士。”

“好的。”

“加尔都西会①修道士、方济各会②修道士、日本僧侣、西奈③沙漠里的僧侣。”

“你的斗篷，这一件。是从哪儿来的？”

“我看见它披在一把椅子上。我还能想象出当时的情景。”

“你就把它拿走了。”

“我一看到它，就知道它是属于我的。这是命中注定的。”

我可以再问上一两个问题。谁的椅子，哪间屋子，哪个城市，哪个国家？但我明白那将是对此人叙事方法的一种侮辱。

“当你不在照看那些只剩下几小时或几天生命的人的时候，你都做

① 加尔都西会是天主教隐修院修会之一，1084年由科隆的圣布鲁诺创立。

② 方济各会是天主教托钵修会之一，1209年由意大利阿西西城的方济各创立。

③ 西奈半岛是位于埃及境内的一块北接地中海南邻红海的三角形半岛。

些什么呢?”

“这就是我所做的一切。我和人们谈话,我为他们祝福。他们要我握着他们的手,他们向我讲述他们的一生。那些还有足够的力量讲话或是倾听的人。”

我看着他站起身,他比我第一眼看上去的印象好像要高一些。他身上的那件斗篷长度及膝,而在他走向门口的时候,他睡裤的裤腿来回拍打着。他的脚上穿着一双黑白两色的高帮运动鞋。我不想把他看作一个滑稽人物。他显然不是。事实上,在他的存在、他的外表、他的言语和他一连串的偶然遭遇面前,我觉得自己变得很渺小。那件斗篷就像是一件神明之物,非常当真,修道士的无袖法衣,萨满巫师的披风,有着他所认为的精神力量。

“我喝的这是茶吗?”

“绿茶。”他说。

我等着他用乌兹别克语说出一个单词或词组。

阿尔蒂说:“那是在十年或十二年前,我的右眼动了手术。手术完了之后他们给了我一个保护眼罩,让我暂时戴一阵。那天我在家里,坐在椅子上,戴着眼罩。家里还有一位护士,罗斯安排了一位护士,其实根本没必要。我们完全依照说明书上的指示。我在椅子上睡了一个小时,然后醒来时把眼罩摘掉,四下环顾,一切看上去都大不一样。我非常吃惊。我看到的都是些什么呀?我看到的还是原来那些东西。床,窗户,墙壁,地板。可是那种亮度,那种光彩,完全不一样。床罩和枕头套,那种浓重的色彩,那些色彩的深度,就像是某种内在的东西。以前从来都没有过。”

我们两个人,像前一天那样坐着,而我不得不向前俯着身子,这才能听见她说的话。她停了一会儿,然后才又继续往下讲。

“我知道当我们在看一个东西的时候,我们只能得到一定量的信息,是对那个东西真正面目的一种感觉,一种模糊的印象。我不知道这里面的具体细节或是术语，但我知道视觉神经并不能反映事实的全部真相。我们所看到的只是一些暗示。其余的则是我们的虚构，是我们重新建造现实的一种方式，如果从哲学角度上来讲，真的有我们所谓的现实的话。我知道在这里，就在这个建筑群里的某个地方，有人正在进行未来人类视觉模型的研究。用机器人、实验动物，说不准还有像我这样的人来做实验。”

这时她正直视着我。在那短暂的一刻里，她让我看到了我自己，看到了那个正站在这儿被她看着的人。一个个头挺高的男人，长着一头浓密的网状头发，史前人般的头发。这是我从坐在椅子上的这个女人所拥有的深层探头里唯一能够借到的东西。

这时她把我换成了她那天所看到的东西。

“可是那幅景象，那个熟悉的房间现在完全变了样。”她说，“还有那些窗户，我都看到了什么？天空是一种清澈无比、最为狂野的蓝色。我跟护士什么都没说。我能说什么呢？还有那张地毯，我的天哪，在此之前，波斯只不过是个漂亮的字眼。如果我说在那些形状和颜色里，在那种编织纹理的对称里，有着某种东西，一种温暖，一种光彩，我不知该如何称呼它，我是不是有些夸张呢。我被那张地毯完全吸引住了，接着又被白色的窗框，只不过是白色，可我从来都没见过那样的白色，而且我当时并没有服用可能会改变感官知觉的止痛药，而只是在用眼药水，一日四次。那是一种极其有深度的白色，没有对比度的白色，它是那么白，我根本就不需要对比度。我能肯定自己不是在夸大其词，甚至是在完全凭空编造吗？我还清楚地记得自己当时的想法。我在想，难道这就是世界的真实面貌吗？难道这就是我们还没有学会怎样去看的现实世界吗？这并不是事后的想法。难道这就是动物们所看到的世界吗？在最初的片刻当中，看着窗外，看着树梢和天空，我就想到了这些。难道这就是只有动物才能看到的世界？那个属于野外的老鹰和老虎的世界。”

她讲话时一直都在做着手势，但很勉强，一只手反复筛选，整理着记忆和影像。

“我让护士回了家，自己早早上床睡觉，眼睛上戴着眼罩。这是说明书上的指示之一。到了早上，我取下眼罩，在房子里四下走动，看着窗外。我的视力有了好转，但很平常。没有了那种体验，东西里的那种光彩不见了。护士又回来了，罗斯从机场打来了电话，我依照着说明书上的指示。那是一个阳光明媚的日子，我去散了步。要么就是那种体验并没有逝去，那种光彩也并没有消失——而仅仅是被重新抑制了。这个词可真不简单。我们观察和思考的方式，我们感官所允许的东西，这一切必须优先。我还能想要怎么样呢？难道我就这么不同寻常吗？几天之后我又去看医生。我正想要把我看到的东西告诉他。可是我看了一眼他的脸就又止住了。”

她继续讲着，似乎有时会失去节奏，打乱了抑扬顿挫。她往往会从一个单词或音节上脱开去，眼睛回去寻找她正在试图描述的那种感觉。她就好像是只剩下了一张脸和一双手，她的身体蜷缩在睡袍的褶皱里。

“可是这个故事到此并没有结束，对吗？”

这个问题让她很高兴。

“对，没有结束。”

“它还会再发生吗？”

“对，一点不错。这正是我所想的。我将变成一个临床标本。若干年后科学将会有很大的进展。身体的各个部分可以被更换或是被重造。请注意这种纪录片式的语调。我跟这里的人谈过。一个原子一个原子地重新组装。我完全相信，当我再次苏醒的时候，我将对世界有着一种全新的感受。”

“世界的真实面貌。”

“在将来某个未必那么遥远的时候。当我试着想象未来的时候，这就是我心里的念头。我将重新降生在一个更深刻、更真实的现实当中。一条条灿烂的光线，每一样物质的东西都充实饱满，都是一个神圣物件。”

是我把她领入了这首“从此生命永驻”的颂歌，而这时我却不知该如何应答。这一切完全超出了我的能力范围。阿尔蒂曾经经历过科学的严峻考验。她在许多国家工作过，曾在好几所大学里任教。她曾经观察、确认、研究并解释了人类发展史中的很多层次。可是提到神圣物件，它们又都在哪儿呢？当然，它们遍地都是——在博物馆、图书馆和宗教场所里，在挖出的泥土里，在石头和泥浆的废墟里，而她曾经将它们挖出来，捧在手里。我想象着她将尘土从一尊小小的青铜神像带有缺损的头上吹走。可是她刚刚描述过的未来则是另一回事，是一种更为纯粹的光环。这可是超越，预示着一种超出了正常体验尺度的抒情强度。

“你将要经受的这个处理过程，你知道其中的细节吗，他们具体是怎么做的。”

“我知道得一清二楚。”

“你想到过未来吗？一个人回来的时候将会是什么样子呢？还是同一个躯体，没错，或者是一个增强了的躯体，但是精神呢？你的意识难道没有改变吗？你还是同一个人吗？你死的时候是某个人，有一个名字，并带有聚集在那个人身上和名字里的所有历史、记忆和秘密。可是当你醒来的时候，所有这一切还都完好无损吗？难道这只是像晚上睡了一个长觉吗？”

“我和罗斯经常开一个玩笑。当我再次苏醒时我将会是谁呢？是不是我的灵魂可能已经离开了我的身体，迁移到了某个地方的另一个躯体里？我要找的那个词是什么来着？要么就是我会不会在醒来时以为自己是菲律宾的果蝠？很想吃昆虫。”

“而真正的阿尔蒂。她又在哪儿呢？”

“飘到了一个男婴的身体里。当地牧羊人的儿子。”

“那个词叫作轮回转世。”

“谢谢。”

我不知道房间里我们周围都有些什么。我看见的只有坐在椅子上的这个女人。

“后天，”我说，“还是明天？”

“无关紧要。”

"我想应该是明天。日子在这里不好把握。"

她将眼睛稍闭片刻,然后看着我,就好像我们是第一次见面。

"你多大了?"

"三十四。"

"你才刚刚开始。"

"开始什么?"我说。

罗斯从一间里屋出来,穿着一套运动服和运动短袜,一副睡眠不足的样子。他从后墙那儿拿过来一把椅子,放在阿尔蒂坐着的扶手椅旁边,然后把手放在了阿尔蒂的手上。

"那时候,"我对他说,"你经常穿着这样一套衣服慢跑。"

"那时候。"

"也许不是这样的名牌。"

"那时候我每天要抽一盒半烟。"

"慢跑是为了抵消抽烟的影响吗?"

"它本来是应该抵消一切的。"

我们三个人。我意识到我们已经有好几个月没有相聚在同一个房间里了。我们三个。而现在,我们难以想象地来到了这里,就像是另一种聚合,就在他们将要来把她带走的前一天。我就是这么想的。他们要来把她带走。他们将会推着靠背可以倾斜的轮床,好让她能坐起来。他们将会带着胶囊、小瓶和注射器。他们将会给她戴上半面罩式的人工呼吸器。

罗斯说:"我和阿尔蒂也慢跑过。不是吗?我们曾经沿着哈德逊河一直向南跑到炮台公园[①],然后再跑回来。我们在里斯本跑过,还记得吗,早上六点,沿着那条很陡的街道一直上到小教堂,那里的景色美极了。我们还在潘塔纳尔湿地[②]里跑过。在巴西,"他为我解释道,"在那条几乎就处在丛林里的高路上。"

---

① 哈德逊河流经纽约曼哈顿岛的西侧。炮台公园位于曼哈顿岛的最南端。

② 潘塔纳尔湿地是世界上最大的湿地,主要位于巴西的南马托格罗索州。

我想着那张床和那根手杖。我躺在床上的母亲，在她生命的尽头，还有门口的那个女人，母亲的朋友和邻居，永远无名无姓，靠在一根手杖上，一根四足手杖，一根金属手杖，带着四条张开的小腿。

罗斯还在讲着，回忆着各种各样的事情，此时几乎是喋喋不休。他们曾经在近在咫尺的距离下看到过的飞禽走兽，他将其一一列举，还有各种植物物种，他也将其一一列举，还有当他们的飞机低空飞越马托格罗索高原[①]时的壮观景色。

他们要来把她带走。他们将会把她推进一部电梯，把她带到下面所谓有编号的楼层中的一层。她将会在化学药品的促使下死去，在一个零度以下的地下室里，经过一个高度精确的医疗程序，而其指导思想是一种集体幻想，一种迷信、自大和自欺欺人。

我感到心中升起一团怒火。在此之前，我还不知道自己对这里正在发生的事情有着多么强烈的反对意见，我的这种反应一直模糊地盘绕在我父亲拼命回忆的声音节奏里。

一个人端着托盘出现了，一个男人，端来了茶壶、茶杯和茶碟。他将托盘放在我父亲椅子旁的一张折叠桌上。

我想，不管怎样她都会死。要么在家里，在床上，丈夫、继子和朋友们守在她的身边。要么在这儿，在这个严格管制的前哨基地里，而在这里，任何事情都发生在别的地方。

茶给房间里带来了一个停顿。我们静静地坐着，直到那个男人离开。罗斯舔了一下手指，摸了摸茶壶。接着他开始倒茶，非常专心，努力试着不洒出来。

茶又重新点燃了我的怒火。茶杯和茶碟。小心翼翼的倒茶动作。

阿尔蒂说："这整个地方，对我来说都好像是一种过渡。满是来来往往的人。还有其他那些人，那些在某种意义上将要离开的人，就像我一样，但是在另一种意义上又将要留下来，就像我一样。留下来等待着。

---

① 马托格罗索高原位于巴西西部，为巴西高原的一部分。

唯一不会转瞬即逝的就是那种艺术。它不是为了观众而建造。它仅仅是为了在这里存在。就在这儿，固定着，它是地基的一部分，一成不变。刷成各种颜色的墙，模拟的假门，走廊里的电影屏幕。还有其他地方的各种装置艺术。”

“那个人体模型。”我说。

罗斯把身子向我靠过来。

“人体模型。在哪儿？”

“我不知道在哪儿。走廊里的那个女人。做着某种姿势，好像有些害怕。那个铁锈色的女人。裸体女人。”

“还有什么地方？”他说。

“我不知道。”

“你就没看到其他人体模型吗？没有别的人像，不管是不是裸体？”

“绝对没有。”

“你刚到这儿的时候，”他说，“你都看见了什么？”

“大地，天空，建筑物。汽车开走。”

“还有什么？”

“我想我告诉过你。两名男子在门口等着护送我。直到走近了我才看到他们。然后是安检，很严密。”

“还有什么？”

我在心里想着还有什么。同时我还想知道，在这样严峻的情况下，为什么我们却在进行这番闲谈。难道这就是牵涉到不治之症的事情当中经常发生的情况吗？我们会退避到中性的空间里。

“在你进入大楼之前，你还看到了别的东西，在旁边一侧，大约五十米远的地方。”

“我看到了什么？”

“两个女人，”他说，“穿着长长的、带兜帽的衣服。”

“两个身穿罩袍的女人。的确如此。她们就站在那儿，在热浪和尘土里。”

"那就是你看到艺术的第一眼。"他说。

"我压根儿没意识到。"

"一动不动地站着。"他说。

"人体模型。"阿尔蒂说。

"被人看到还是没被看到。这都无关紧要。"他说。

"我从来都没想过它们不是真人。我知道那个词。罩袍。或者是布卡①。或者是什么别的名字。我需要知道的就是这些。"

我向前伸出手,从罗斯手里拿过一个茶杯,把它递给了阿尔蒂。我们三人。有人替她修剪并梳理了头发,将发梢剪得靠近太阳穴。这几乎就像是一条程序规则,突出了那张憔悴的脸,把眼睛滞留在了扩张状态之中。但我这时看得太过仔细。我在试图看到她的感受,更多是在精神上,而不是在身体上,还有在她言语之间缕缕飘动着的踌躇之中。

她说:"我觉得我还是我自己,但是很不自然。就好像我是某个本应是我的人。"

我想了想这句话。

她说:"我的声音也不一样了。我讲话的时候听着自己的声音,觉得很不自然。那还是我的声音,可是好像不是来自我。"

"药物的关系,"罗斯说,"就是这么回事。"

"它好像来自我的体外。并不总是这样,但有时候是。就好像我是一对双胞胎,身心相连,而是我的孪生姊妹在讲话。但实际上根本就不是那么回事。"

"药物的关系。"他说。

"我会想起某些事情,这些事很可能真的发生过。我知道到了某个年龄,我们有时会记起从未发生过的事情。但这不一样。这些事情的确发生过,但是感觉好像是被误导出来的。我想说的是这个吗?就像是一个电信号出了错。"

① 指在某些国家里穆斯林妇女穿的全身蒙面长袍。

就好像我是某个本应是我的人。

这个句子应该由学习逻辑或是本体论的人来做分析。我们等着她继续往下说。现在她的话语已经成了一连串的片段，带着休止和停顿，而我发现自己低下了头，好像祈祷似的集中精神。

“我真是渴望极了。我简直无法向你表达。渴望做这件事。进入另一个维度。然后再回来。永永远远。我对自己说这个词。一遍又一遍。真是美极了。永永远远。说一遍。又一遍。又一遍。”

她端着茶杯的姿势小心翼翼，就好像那是一件需要精心保护的传家宝，就好像如果自己姿势难看地把它端在手里，或是随随便便地把它放下，都将是对好几代人记忆的背叛。

罗斯坐在那里，身穿绿白两色的运动服，可能还有与之相配套的护裆。

“永永远远。”他说。

现在轮到了我，而我总算把这个词轻声地说了出来。接着她的手开始颤抖，我将自己的杯子放下，伸手接过她的茶杯，把它递给了我父亲。

我曾经害怕别人家的房子。有时候放学后某个朋友可能会说服我去他家的房子或是公寓里一起做家庭作业。其他人，那些不是我的人，他们的生活方式让我感到很震惊。厨房里的污水，洗碗池里伸出的平底锅柄，那种紧贴在身的亲密感，让我不知该作何反应。我究竟是应该感到好奇、好笑、漠不关心，还是高人一等？光是走过浴室的门口，女人的长筒袜搭在毛巾架上，窗台上放着药瓶，有的打开着，有的翻倒着，一只小孩的拖鞋放在浴缸里。这让我想要跑开并藏起来，在一定程度上是为了逃避我自己过分讲究整洁的习惯。卧室里凌乱的床铺，地板上扔着不知是谁的袜子，穿着睡衣的老妇人，光着脚，她的整个一生都聚集在床边的一把椅子上，弯腰驼背的身躯，嘟嘟囔囔的面孔。这些人都是谁，一分一秒，年复一年？这让我想回到自己家里，闭门不出。

我本以为我最终会在和父亲的全球金融事业截然相反的方向建造自己的生活。我们两人，我和马德琳，曾经半认真地谈过这件事。我是不是会去写诗，住在一间地下室里，研究哲学，成为中西部某处一所无名大学里的超限数学教授。

可是罗斯又有新花样，购买年轻艺术家的作品，鼓励他们使用他在缅因州他自己的地产上修建的工作室。具象艺术、抽象艺术、概念艺术、后极简派艺术，这是一群名不见经传的男男女女，他们需要空间、时间和资金。我试图说服自己，这是罗斯在用他们来扼杀我对他胀鼓鼓的投资组合的反应。

最后，我选择了适合我自己的道路。跨流定价顾问。集群和非集群环境下的实现分析员。这些工作被用来描述它们的词语所吞没。职位名称就是工作。工作从桌上的显示器上回头看着我，而我心里明白自己的处境，觉得自己完全掌握了这一事实，那就是这里便是我的归属。

在家里，或是在大街上，或是在登机口等候登机，难道这些地方就很不一样吗？个人技术是我赖以生存的傀儡药物。每触摸一个按钮都会带来一种强烈的神经快感，因为我找到了某个我从来都不知道的东西，在它出现在我急切的指尖下之前，我从来都不需要知道它，而它在我的指尖下只晃晃悠悠地停留了一瞬间，便又永远消失了。

我母亲曾经有一个用来粘毛絮的滚刷。我不知道这为什么令我着迷。我曾经看着她用这个东西刷她布外套的后背。我试着给滚刷这个词下定义，不偷看词典。我坐在那里想来想去，结果忘了继续往下想，然后重新开始，在一个便笺本上草草写下几个词，觉得自己变得越来越傻，这样断断续续，直到晚上和第二天。

一种用来收集黏附在衣物表面上的纤维碎片的旋转式圆柱形装置。

即便是我特意没有去和词典上的定义进行核对，这里面也有着一种令人满足和来之不易的东西。滚刷本身就好像是一种十八世纪的工具，是用来洗马的。我做这件事已经有一段时间了，试着给一个词或是一件东西甚至是一个概念下定义。定义忠诚，定义真理。最后我不得不住手，要不然这会要了我的命。

失业社会生态学，罗斯曾经在电视上说过，用的是法语，带着字幕。我曾经试着想过这个问题。但是我害怕我可能从中得出的结论，那就是这个词语并不是故意卖弄的行话，它是有意义的，而它所引出的是一个有关重要问题的强有力的论点。

当我在曼哈顿找到了一间公寓，找到了一份工作，然后又在找另一份工作时，我曾经花整个周末的时间来散步，有时候和女朋友一起。有一位女朋友长得又高又瘦，简直可以折叠起来。她住在第一大道和第一街的相交处，而我不知道她的名字盖尔究竟是哪种拼写，是Gale还是Gail，决定等一阵再问，今天想着她的名字是这种拼写，明天则是另一种拼写，并试图判定这两种不同的拼写是否会影响到我想着她、看着她、跟她讲话和触摸她的方式。

长长的、空荡荡的走廊里的那个房间。那把椅子，那张床，光秃秃的四壁，低矮的天花板。坐在房间里，然后在走廊里徘徊，我可以感觉到自己正在陷入我最小的自我，我周围所有那些自命不凡的想法全都缩成了个人的白日梦，因为在这个地方，我仅仅是一个需要自卫的人。

别人家房子里的气味。曾经有一个孩子，戴着他母亲的帽子和手套，给我摆姿势，不过这还不算太糟。有个孩子说他和妹妹必须轮流用棉花球给他父亲的脚指甲上涂药水，好阻止某种可怕真菌的蔓延。他觉得这很滑稽。而我当时为什么没笑呢？当我们坐在厨房的桌子旁一起做作业的时候，他一直不停地重复着真菌这个词。半片干瘪的烤面包颓然躺在一个仍被溢出的咖啡浸湿着的碟子里。*正弦、余弦、正切。真菌、真菌、真菌。*

这是迄今为止我一生当中最有意思的想法，究竟是哪种拼写的盖尔，是Gale还是Gail，即便是它并没有对以下这个问题提供任何有用的见解，那就是，一个女人名字的拼写方式究竟会不会影响到一个男人的手在这个女人身体上滑过的方式。

社交网站系统管理员。全球流动人力资源规划师。那种辗转漂泊，从一份工作到另一份工作，有时从一座城市到另一座城市，是我这个人不可缺少的组成部分。无论是哪一个领域，我几乎从来都是身在其外。其目的是为了尝试性地测验自己。这些全都是没有负面潜台词的思想挑战。没有任何风险。仿真模型解决方案研究经理。

几乎从来不加评判的马德琳，从我们碰头吃午饭的博物馆自助餐厅的桌子上俯过身来。

生气横溢的男孩，她轻声说道。没有定型的男人。

那个修道士说他可以从椅子上站起身，举起手摸到天花板。在我自己的房间里，我也试着这样做，踮着脚尖总算够着了。在我坐下的那一刻，我感到自己无名无姓，不由得浑身一抖。

我和葆拉正一起在地铁上，她来自爱达荷州的特温福尔斯，是一位兴致勃勃的游客和牛排餐馆经理，而车厢的另一头有一名男子，正在对着乘客们讲话，生活如何艰难，如何失去了一切，这总是一个不协调的时刻。这名男子从地铁列车上穿过，一个车厢一个车厢，没有工作，无家可归，手里拿着一个纸杯，到这里来讲述他的故事。每个乘客的眼睛里都坚定地不流露感情，但我们当然都看到了他，都是老乘客，偷眼观瞧的专家，而与此同时，尽管列车像地震似的摇晃颤动着，他还是平稳地从车厢中穿过。葆拉则与众不同，她毫不掩饰地望着他，用一种分析的眼光打量着他，违反了这里的行为规则。这时正值交通高峰，我和她两人都站着，于是我像冰球拦截似的用臂部顶了她一下，但她却毫不理会。地铁完全是这名男子的地盘，或者说几乎是，这头一直延伸到罗卡韦，北面一直到布朗克斯[1]；他的模样就好像是理应获得我们的同情，甚至带着一种

---

① 罗卡韦是纽约皇后区南端的一个半岛区域。布朗克斯是纽约的五个区之一。

权威，而除了我们都想让他消失这一事实之外，我们都对这一权威待以小心翼翼的尊重。我在他的纸杯里放了几块钱，然后又用臀部顶了葆拉一下，这回是为了好玩。那个男子用力打开车厢之间的门，而几道早先指向他的隐秘视线现在落到了我的身上。

我走进卧室。房间的墙上没有电灯开关。台灯放在床边的五斗橱上。屋里一片黑暗。我闭上眼睛。还有别人会在黑屋子里闭上眼睛吗？难道这是一个毫无意义的怪癖吗？还是说我的这种行为方式在心理学上有着一定的依据，不仅有个名称，而且还有一段历史？这儿是我的精神，那儿是我的大脑。我站了一会儿，思考着这个问题。

罗斯拖着我来到了摩根图书馆[1]，来读十五世纪古书的书脊。他站在那里，注视着一个陈列柜里林道福音书[2]用宝石装饰的封面。他安排我们进入了第二和第三层，包括阳台，在正常开放时间过后，沿着隐蔽的楼梯信步而上，我们二人蹲在那里，在嵌花的核桃木书架旁低声交谈。一本谷登堡《圣经》[3]，又一本，一个世纪又一个世纪，书架上到处都是精美的十字形格架。

这就是我父亲。我母亲又是谁呢？

她是马德琳·西伯特，原本来自亚利桑那州南部的一个小镇。用她的话来说，那地方就是邮票上的一棵仙人掌。

她将外套挂在一个衣架上，她把衣架的挂钩部分拧了一下，好把它勾在敞开的衣橱门顶上。然后她用滚刷刷着外套的后背。我看着这一幕，感到很满意，也许是因为我能够想象马德琳在这个简单的举动中感受到了一种平凡的乐趣：将外套挂在衣架上，颇具策略地把外套铺在衣

---

① 曾为美国金融大亨约翰·皮尔庞特·摩根（1837—1913）的私人图书馆，在他死后依照他的遗嘱于1924年改为一家公共机构。

② 林道福音书是一本欧洲中世纪的手抄本古书，其内容是《圣经·新约》中的四福音书，以其镶有宝石的精美封面和书中用手工精心绘制的彩饰而著名。

③ 约翰内斯·谷登堡（约1400—1468）：德国工匠，欧洲活字印刷术发明者。谷登堡《圣经》是西方第一本以活字印刷术印刷的重要图书。

橱的门上，然后用滚刷把上面积累的毛絮清除掉。

定义毛絮，我命令自己。定义衣架。然后试着去做。在我青春期其他古怪的遗物当中，这些时刻留在了我的脑中，不肯离去。

后来我又到那个图书馆去了几次，正常开放时间，主楼层，壁炉架上方挂着壁毯，但我并没有把这件事告诉父亲。

六

三个男人盘腿坐在垫子上，他们身后只有一片天空。他们身穿宽松的衣服，各不相同，其中两个低头坐着，另一个直视前方。每个人在身子的一边拿着一个容器，一个粗短的瓶子或罐子。其中两人在各自伸手可及的地方有插在简单烛台上的蜡烛。过了一会儿，好像事先没有计划似的，他们开始从左到右依次拿起瓶子，将里面的液体倒在自己的胸部、胳膊和腿上。接着其中两人闭着眼睛，把瓶子移到了头和脸上，慢慢地倒着。中间的第三个人把瓶口对在嘴上喝了起来。我看见他的脸扭曲了一下，嘴本能地张开，好让气体逸出。瓶子里的液体是煤油、汽油或是灯油。他把剩下的液体全都倒在了自己的头上，然后把瓶子放下。他们全都把瓶子放下了。前面两个人把点燃的蜡烛伸到他们的衬衫胸部和裤腿上，而第三个人从胸前的口袋里拿出一包火柴，在几次失败的尝试之后，总算擦着了火。

我朝着和屏幕相反的方向后退了几步。我的脸仍在扭曲着，这是我对第三个人当煤油通过食道进入他体内时的反应而做出的反应。这些燃烧着的男人，张着嘴，在我的上方摇摆着。我后退得更远了一些。他们没有形状，没有声音，尖叫着。

我转身沿着走廊走开。那些图像无所不在，包围在我的四周，那可怕的几秒钟，当那个男人不停地划着火柴却擦不着火时我所感受到的那种痛苦。我想让他把火柴点燃。对他来讲，坐在他的两个同伴中间，一个接一个地将火柴头擦黑，而他的伙伴们正在熊熊燃烧，那种感觉将让他无法忍受。

有个人正站在走廊的尽头，一个女人，看着我。而我就像是一个迷了路的游客，到现在为止还没人注意过，一个男人，正在退避着一块显示屏幕。那些图像依然近在咫尺，直逼过来，但是那个女人并没有注意我的身后。就好像那块屏幕上是一片空白，或是正显示着灰蒙蒙的一天中一片光秃秃的田野。当我走近时，她微微做了一个手势，头向左一歪，于是我们转弯走进了一条狭窄的通道，在通道的另一头成直角的又是一条长长的走廊。

她身材娇小，年纪比我大，四十多岁，身穿一条长裙和一双粉红色的拖鞋。我没有提自焚的事。我会尊重这种格式，一言不发，准备面对任何事情。我们步伐一致地沿着走廊走着。我瞥了一眼她身上那条花卉图案的紧身长裙和她头上紧紧地卷成旋涡状、系着丝带的黑发。她不是一个人体模型，这也不是一部电影，但我不得不怀疑这段时间间隔是否只不过又是一个与世隔绝的时刻，以紧闭着的门为边界，而没有更多的宽度和广度。

我们走进了一条通道，是条死胡同，通道的尽头好像是一堵坚实的墙面。我的护送者说出了一串简短的词句，从而启动了前方墙面上的一个观察孔。我向前迈了一大步，发现自己身处高处，正在透过观察孔注视着一个又长又窄的房间另一头的墙壁。

在一个从墙上突出的底座上，固定着一个特大尺寸的人头骨。头骨上有些地方有裂缝，因年深日久而污迹斑斑，呈一种刺目的青铜色，一种枯竭的灰色。眼孔的边缘上镶嵌着宝石，参差不齐的牙齿漆成了银色。

接下来是这间房间本身，很简朴，墙壁和地板是从石头中砍凿出来的。一男一女坐在一张表面疤痕累累的橡木桌后面。桌上没有名牌，也没有杂乱的文件。他们正在说话，但不一定是在彼此对话，面对着他们的是九个自然散坐在几条木头长凳上的人，全都背朝着我。

我知道这时我的护送者已经消失，但我还是像普通人一样回头去核实，从而破坏了这一刻。她已经走了，没错，而在我身后大约五步远的地方，有一扇滑动门正在关闭。

桌旁的那个女人正说到人山人海的宏大场面，麦加的白衣信徒，麦加朝圣，虔诚之众，数以百万，年复一年，还有聚集在恒河河畔的印度教徒，数以百万，数以千万，一个庆祝永生的节日。

她身穿一件长长的宽松束腰外衣，戴着一条头巾，看上去很纤弱，她的话音轻柔而又清晰，而我则在试着确定她优雅的英语口音和肉桂色的皮肤是来自哪个地理位置。

"想想教皇出现在圣彼得广场上方阳台上的情景吧。数目众多的人聚集在一起，等待着他的祝福，"她说，"等着他打消他们心中的疑虑。教皇来到这里，是为了祝福他们的未来，向他们保证，在最后一口气之后，将来的精神生命仍会存在。"

我试着想象自己身处在那些紧紧挤在一起的无数身体当中，他们聚在一起，满怀敬畏，惊叹不已，但是我却无法在自己心里将这个念头维持下去。

"相比之下，我们这里所做的事情则是小规模、十分小心而又私密的。人们偶尔一个一个地进入那间厅室。在通常的一天里，会有多少人？这里没有什么通常的一天。也没有任何故作姿态。人们不必因悔恨、屈服、顺从、崇拜而扭曲身体。我们不需要亲吻戒指或是拖鞋。这里没有祈祷跪毯。"

她俯身坐在那里，一只手紧握着另一只手，她口中每一个经过了仔细斟酌的词句都是她献身精神的象征，或者是我自己喜欢这么想。

"但是这和以前的信仰和习惯之间存在着什么联系吗？难道说我们这种全新的技术只不过是恢复并扩展了那些曾经人群蜂拥而至的永生传统吗？"

一个坐在长凳上的人转过头朝着我的方向看了一眼。那是我父亲，他冲着我慢慢地、会意地点了点头。他似乎在说，这就是那些人当中的两个，正是他们的思想和理论决定了这场努力的形式。那些至关重要的头脑，正如他之前对他们的描述。而房间里的其他人，他们一定是捐助者，就像罗斯一样，是支持机制，出钱的人，坐在这间石头屋子里，坐在没有靠背的长凳上，来学习一些有关"聚合"的哲学核心的东西。

那个男人开始讲话。附近某处一声鸣响，好似潺潺流水，而他的话语，本来是一种中欧语言，这时变成了一种流畅的、无性别的数字式英语。

"这就是未来，这个偏远的地方，这个深埋在地下的维度。它坚实可靠，但在某种意义上又难以捉摸。它是从太空测绘出的一组坐标。而我们的目标之一就是建立一种和环境相融合的意识。"

他身材矮小，圆滚滚的，高额头，一头短短的鬈发。他喜欢眨眼，一直眨个不停。他说起话来很费力，而且一边说一边还用手做着旋转的动作。

"我们能够想象自己生活在时间之外、历史之外吗？"

那个女人又把我们带回到了地球上。

"对未来的希望和梦想往往没有考虑到这个星球上所存在的生活现实及其复杂性。我们明白这一点。那些饥饿的人、无家可归的人、被围困的人，那些互相敌对的派别、宗教、教派和国家。彻底崩溃的经济。天气的狂乱变化。我们能够完全不受恐怖活动的影响吗？我们能够避开网络攻击的威胁吗？我们在这里真的能够保持自给自足吗？"

那两个发言者似乎是在对着这伙聚集在一起的人背后的某个方向讲话。我猜想这里一定有录音和录像设备，在我的视野之外，而这场讨论的目的主要是为了存档。

同时我也在猜想，我的在场本应只有我们父子和那个头发卷成旋涡状的护送者知道。

他们正在谈论末日，所有人的末日。那个女人现在低头俯视，正在对着粗糙的木头桌面讲话。我想象着她是一个定期禁食的人，好几天不吃东西，只一小口一小口地喝水。我想象着她早年间曾经待在英国和美国，投身于学习之中，学习怎样退缩，怎样隐藏自己。

“我们完全受着我们恒星的支配。”她说。

太阳是一个未知数。他们谈到了太阳风暴、太阳耀斑和超强耀斑、日冕物质抛射。那个男子试图找到恰当的比喻。他转动着他的手，和他提到的地球轨道相同步，那样子有点儿奇怪。我望着那个女人，她正低着头，沉默了一阵，背景中正讲到几十亿年的时间、我们脆弱的地球、彗星、小行星、随机碰撞、过去的物种灭绝、现在的物种消失。

“大灾难就是我们的睡前故事。”

那个爱眨眼的男子开始讲得有点高兴了，我心想。

“在某种程度上，我们在这个地方是为了设计一个应对方案，以针对地球将可能遭遇到的任何最终灾难。我们是不是正在模拟世界末日，以对它进行研究，好有可能存活下来？我们是不是正在调节未来，将它移到我们当前的时间范围之内？在将来的某个时候，正当地球上的生命变得更加脆弱的时候，死亡也将变得不可接受。”

我想象着他在自己家里，坐在餐桌的上首，家庭晚餐，老电影里那种家具摆设过多的房间。他是一位教授，我心想，他放弃了大学生活，到这个被他称为深埋在地下的维度的地方来寻求思想的挑战。

“大灾难早就被植入了原始人类的大脑。”

我决定给他起个名字。我将给他们起名字，给他们两人都起，只是为了好玩，同时也是为了参与，好扩展一下我自己作为隐藏者和秘密见证人的这个贫乏角色。

“它是从我们个人必死命运中的一种解脱。大灾难。它会彻底压倒我们身体和精神中的虚弱和恐惧。我们将会面对死亡，但并不是孤身一人。我们将在风暴的核心里失去自己。”

我仔细地听着他讲的话。翻译得很好，但我连其中的一个字都不相信。这是一种充满了主观愿望的诗歌。但它不适用于真正的人，真正的恐惧。还是说我的目光太短浅,视野太狭窄?

“我们来到这里是为了学习孤独的力量。我们来到这里是为了重新思考有关生命尽头的一切。我们将会以半机械人的形式出现在一个崭新的宇宙里,而这个宇宙将会跟我们以一种完全不同的方式来交流。”

我考虑了几个名字,又将其一一否决。然后我想到了绍博。我不知道这个名字是不是他原籍国的产物,但这并没有关系。这里没有什么原籍国。我喜欢这个名字,很适合他圆鼓鼓的身体。米克洛斯·绍博。它带有一种朴实的泥土味,和由电脑程序产生的翻译声音恰好形成了有趣的对比。

那个女人讲话时,我仔细地打量着她。她不是在对任何人讲话。她是在对着真空讲话。她只需要一个名字。没有姓,没有家庭,没有难以割舍的牵挂,没有业余爱好,没有她必须返回的什么特别地方,没有理由不身在此处。

那块头巾是她的独立旗帜。

“孤独,没错。想想独自一人,冻结在地下室里,在冷冻舱里。这些新技术能够让大脑在本体的水平上运作吗?这将是你们可能必须面对的问题。有意识的头脑。临终之际的孤独。独自一人。想想这个词本身吧。它出自中古英语。全部一个[①]。你丢弃了那个人。那个人就是那张面具,是构成你生命的那一堆杂乱戏剧当中那个被创作出的角色。面具除去之后,那个人便成为最真正意义上的你。全部一个。自我。什么是自我?你自身的一切,没有其他人,没有朋友、陌生人、恋人或是孩子,没有可以行走的街道,没有可以食用的食物,也没有能让你看到自己的镜子。可是如果没有其他人,难道你还存在吗?”

阿尔蒂曾经提到过一种不自然的自我非我的感觉。难道她说的就是这个角色,这个将很快被改变,或是被削减,或是被强化的半虚构人

---

① 英语中的alone(单独的,独自一人)一词在中古英语里由all(全部的,所有的,一切的)和one(一,一个,一体)两个单词组成。

物，将要变成纯粹的自我，保存在冰雪之中？我不愿去想这个问题。我想给这个女人起一个名字。

她谈到了时间的本质，话语之间带着停顿。在人体冷冻室里，时间连续统一体的概念——过去、现在、将来——将会受到什么样的影响？你还能懂得天、年和分钟的概念吗？这种能力会逐渐减弱并完全消失吗？如果没有了时间感，你还有几分人性呢？是比以前任何时候都更有人性？还是说你变成了胎儿，成了尚未出生的物体？

她看着米克洛斯·绍博，那个来自旧大陆的教授，而我把他想象成了一个身穿三件套西装的人，一个二十世纪三十年代的人，一位著名的哲学家，和一个名叫玛格达的女人有着一段不正当的恋情。

“时间这个问题太困难了。”他说。

这让我脸上露出了微笑。我弓着身子站在观察孔后面，它的位置正好比眼睛的高度稍低一些，我发现自己又在看着房间另一头的那个人头骨。它应该是这个地区的文物，可能还是掠夺的对象，而我可能无论如何都想不到会在这个用科学方法探讨生命终结问题的环境里发现这样一件东西。它大约是普通人头骨的五倍大小，还戴着一顶帽子，早先我还没有完全注意到。那是一顶令人难忘的无边便帽，其形状是很多小鸟，平展地铺在头骨上，一群金色的小鸟，翼尖互相连接着。

这个头骨看上去像是真的，就像是巨人的头盖骨，它让人联想到死亡，对此它毫不隐晦，它的制作工艺和它银色的咧嘴笑容令人心神不安；它是一件民间艺术品，由于过分嘲讽而无法将人深深打动。我想象着这个房间里没有了人和家具，只剩下石头墙壁，冰冷如石，或许这样这个骷髅头就和它的环境完全相称了。

两名男子走进了房间，身材高大，皮肤白皙，是一对双胞胎，身穿旧工装裤和一模一样的灰色T恤衫。他们站在桌子两侧，没有自我介绍便开始讲话，互相交替，两人之间的转换完美无缺。

“这是第一个宇宙纪年的第一个瞬间。我们正在成为整个宇宙的公民。”

“当然会有许多问题。”

“当我们掌握了延续生命的技巧,达到了可能永远再生的程度,我们的精力、我们的抱负将会受到怎样的影响呢?”

“我们已经建立起的社会制度。”

“难道我们正在设计一种懒散和自我放纵的未来文化?”

“死亡难道不是一件好事吗? 难道不正是它给我们的生命赋予了意义,每分每秒,年复一年?”

“还有许多其他问题。”

“难道用先进的技术将生命稍稍延长一些还不够吗? 我们真的需要一直永远活下去吗?”

“为什么要让人类草率的无节制行为来腐蚀创新的科学呢?”

“真正意义上的永生会不会将我们不朽的艺术形式和文化奇迹压缩成空无一物?”

“诗人写诗将以何为题呢?”

“历史将会变成怎样? 金钱将会变成怎样? 上帝又将会变成怎样呢?”

“还有许多其他问题。”

“难道说我们这种做法不会最终造成无法控制的人口数量和环境压力吗?”

“太多的人体,太少的空间。”

“难道我们不会变成一个满是驼背老人的星球,几百亿人,全都带着没有牙齿的笑容吗?”

“那些仍然会死的人怎么办? 那些其他人。总会有其他人。为什么有些人应该一直活下去,而其他人就得死呢?”

“世界上有一半人在装修厨房,而另一半却在忍饥挨饿。”

“难道我们愿意相信,在我们无限长寿的环境下,任何影响到精神和躯体的疾病都将能被治愈吗?”

“还有许多其他问题。”

“生命最基本的原则就是它会终结。”

“大自然想要把我们全都杀死，以便恢复它未受影响、未经损害的原始状态。”

“如果我们能够永生，那我们还有什么用呢？”

“我们将面对怎样的终极真理？”

“难道不正是我们最终死亡所造成的刺痛使得我们在自己一生中其他人的心目里显得更为宝贵吗？”

“还有许多其他问题。”

“死亡究竟意味着什么？”

“死者们都到哪儿去了？”

“到什么时候你就不再是你了？”

“还有许多其他问题。”

“战争将会变成怎样？”

“这个新的变化究竟是将会标志着战争的终结，还是将会带来更为普遍的军事冲突？”

“如果个人的死亡已不再是不可避免，那么潜伏在人类思想中的核毁灭的想法又将会怎样呢？”

“所有传统的限制都会开始消失吗？”

“导弹会说服自己从发射台上发射出来吗？”

“难道说技术有求死愿望吗？”

“还有许多其他问题。”

“然而我们拒绝考虑这些问题。它们完全错过了我们这场努力的要点。我们想要延伸的是究竟什么是人类这个定义的边界——先将其延伸，然后将其超越。我们想要尽我们的一切所能，改变人类的思想，扭转文明的能量。”

他们就这样一直讲了好一阵。他们不是科学家或社会理论家。他们是什么人？他们是某种我无法完全确认的冒险家。

“我们改造了这片荒野，沙漠里这个偏僻的鬼地方，为的是把我们自己隔离开来，远离合理性的标准，远离所谓认真负责的思维方式这个重负。”

“今天，在这里，在这个房间里，我们在面向未来说话，针对那些可能会把我们评价为勇敢或是古怪或是愚蠢的人。”

“考虑以下两种可能性。”

“我们想要重写未来，我们所有人的未来，而我们留下的只有空白的一页。”

“或者——我们是永远改变了地球上所有生命的为数不多的几个人当中的一员。”

我给他们取名叫斯滕马克双胞胎。他们是斯滕马克双胞胎。扬和拉尔斯，或者是尼尔斯和斯文。

“那些休眠者，在他们的冷冻舱里。现在的，还有将来的。”

“他们真的死了吗？我们可以称他们为死者吗？”

“死亡是一种文化的产物，而不是对人类必然命运的一种严格决定。”

“他们还是进入冷冻室之前的自己吗？”

“我们将把纳米机器人植入他们的身体。”

“恢复他们的器官，再生他们的机体。”

“胚胎干细胞。”

“酶，蛋白质，核苷酸。”

“他们将是我们研究的实验对象，让我们用来玩耍的玩具。”

斯文将身子俯向他的听众，同时说出了他这句话里的最后一个词语，那群捐助者中间荡漾起了一片被逗乐了的反应。

“各种纳米单元将被植入大脑中合适的感受器。俄国小说，伯格曼、库布里克、黑泽明、塔可夫斯基[1]的电影。经典艺术作品。小孩子用多种语言朗诵的儿歌。维特根斯坦[2]的哲学命题，一本关于逻辑和哲学的有

① 英格玛·伯格曼（1918—2007）、斯坦利·库布里克（1928—1999）、黑泽明（1910—1998）、安德烈·塔可夫斯基（1932—1986）分别为瑞典、美国、日本和苏联的著名电影导演。

② 路德维希·维特根斯坦（1889—1951）：奥地利哲学家。

声读物。家人的照片和录像，任你选择的色情作品。在冷冻舱里，你可以梦想旧时的恋人，听巴赫，听比莉·霍利迪[1]。你可以研究音乐和数学之间相互交织的结构。你可以重读易卜生[2]的戏剧，重温海明威河流小溪般的语句。”

我又把目光转向那个戴着头巾的女人，她仍没有被命名。在我为她命名之前，她都不是真实的。她现在坐直了身子，双手放在桌上，闭着眼睛。她正处在一种冥想状态之中。我愿意在心里这样想。斯滕马克兄弟说的话她难道听进去了一个字吗？她的脑子里没有词句，没有咒语，没有神圣的音节。

我先给她取名叫阿朱娜，然后又把她叫作阿珠娜。这些名字很漂亮，但都不合适。眼下我正身处一个密封的隔间，却有兴致给人起名字，辨别口音，即兴编造身世和国籍。这些都是针对这个要求人们抛弃这种区别的环境而做出的肤浅的反应。我必须对自己加以约束，必须从容应对眼下这种局面。可是我什么时候曾经从容应对过呢？我需要做的正是我现在正在做的事情。

我听着斯滕马克兄弟的话。

“有那么一天，作为对我们长寿的反应，一种死亡宗教将会出现。”

“把死亡带回来。”

“一伙伙死亡反叛者将开始动手随意杀人。一帮男女无精打采地从乡村中穿过，用简陋的武器打杀他们遇到的人。”

“贪得无厌的大屠杀，带有一种仪式的成分。”

“对着那些尸体祈祷，对着那些尸体吟诵，在那些尸体身上做出恶不堪言的亲密行为。”

“然后把尸体烧掉，把烧成的灰涂抹在自己的身体上。”

“或者是对着那些尸体祈祷，对着那些尸体吟诵，吃掉尸体上可吃的

① 比莉·霍利迪（1915—1959）：又译霍利戴，美国著名爵士乐女歌手及作曲家。
② 亨里克·易卜生（1828—1906）：挪威著名剧作家。

肉。然后把剩下的烧掉。”

“不论是以哪种形式，人们都将回到他们被死亡缠扰的根源，以重新确认消亡的模式。”

“死亡是一种很难打破的习惯。”

尼尔斯做了个手势，举起拳头，大拇指指向背后。他正指着墙上的头骨。这时我凭着直觉，一下子明白了，那个又大又原始的骨制品原来是出自他们之手，而这两个人，外表平淡无奇，在内心里却是两个鬼神学家，这整个建筑群的外观、格调和气质全都是这两个家伙的所作所为。这里的一切，其风格及流动感，这座半地下建筑本身，以及它里面的一切，全都是他们的设计。

全都是斯滕马克兄弟所作。

这就是他们那种隔离和隐藏式的美学标准，正是那些让我感到如此怪诞和脱离肉体的艺术成分。那一条条空荡荡的走廊，那些不同的色彩格调，那一扇扇通向或是不通向办公室的办公室门。那些好似迷宫的时刻，时间被暂停，内容被冲淡，缺乏解释。我想到了那些自动出现和消失的电影屏幕，那些无声电影，那个没有面孔的人体模型。我想到了我的房间，它那种奇怪的普通感，那种不属于任何地方的感觉，正如它的设计者构想和设计的那样，还有那些其他像这样的房间，也许有五百或一千个，这个想法让我再次感到自己正在缩小，变得模糊不清。还有那些死者，或者也许是死者，或者不管他们是什么，那些低温冷冻下的死者，直立在他们的冷冻舱里。这本身就是艺术，而这种艺术只有这里才有。

这时两兄弟改变了他们讲话的方式，不是对着音像录制设备，而是直接对着听众里的九名男女。

“我们在这里待了六年，中间没有间断，完全投入工作里。然后回了一趟家，短暂而充实，从那以后我们就一直来回跑。”

“等到了那个时候。”

“这句话里带有一种必然性。”

“等到了那个时候，我们将终于离开北方安全的家，来到这个沙漠之地。年老力衰，一瘸一拐，拖着脚步，走向最终的审判。”

“我们将会在这里找到什么？一个比世界上有组织的宗教所声称的不可言喻的来世更有保障的承诺。”

“我们需要承诺吗？为什么不干干脆脆地去死呢？因为我们是人，我们不肯放手。在这里，我们抱着不放的不是宗教传统，而是现在和将来的科学。”

现在他们说话的声音很轻，很亲密，有着一种比之前的交流更深的相互性，而且没有任何自我炫耀的痕迹。听众们全都非常安静，完全一动不动。

“做好了死亡的准备并不意味着心甘情愿就此消失。我们的精神和躯体可能会告诉我们已经到了离开这个世界的时候了。但我们仍然会拼命地又抓又刨，不肯轻易放手。”

“两个独角喜剧演员。”

“包裹在玻璃状的物质里，被一个细胞一个细胞地重新塑造，等待着那个时刻的到来。”

“当那个时刻到来时，我们将重返人间。我们将会是谁呢，迎接我们的又将会是什么呢？想想看，世界本身，几十年后，或早或晚。不容易想象外面的世界将会是什么样子，是更好还是更糟，或者是已经完全改变，让我们万分惊讶，以至于无法做出判断。”

他们谈到了未来地球的生态系统，各种各样的理论设想——一个焕然一新的环境，一个饱经摧残的环境——然后拉尔斯举起双手表示暂停。稍过了片刻，听众们才意识到了这个过渡，但整个房间很快就陷入了沉默，斯滕马克兄弟的沉默。两兄弟本人则直盯着前方，双眼中没有任何情感。

据我估计，斯滕马克兄弟应该是五十岁出头，两人皮肤很薄，又很苍白，枝杈状的青筋在他们的手背上清晰可见，甚至从我站着的地方都看得见。我决定把他们想成早些年代里的街头无政府主义者，悄悄地致力于密谋地方上的暴行或是更大规模的暴动，全都在他们艺术才能的影响之下，接着我又发现自己在想他们是否结了婚。是的，应该是跟一对姐妹。我想象着他们走在一片林地里，一行四人，先是两兄弟带路，然后是两姐妹在前，一种家庭习俗，一种游戏，两对兄弟姐妹之间小心地保持着从容适度的距离。在我半疯的想象中这个距离是五米。我特意用米为单位来丈量，而不是用英尺或是码。

拉尔斯放下手臂，暂停结束了，这对双胞胎重新开始讲话。

“你们当中有些人可能也会回来。来目睹亲人的冷冻过程。而且当然你们也一定已经开始考虑，你们每个人，有朝一日，等到了那个时候，这样一个过程对你们自己来讲将会是什么样子。”

“我们知道今天我们所讲到的某些东西可能会反而打消你们的积极性。这并没有关系。这就是我们的观点，真相就是这么简单。但是听我一句。想想金钱和永生。”

“你们今天在这里，从四面八方召来，聚集在一起。这难道不正是你们一直都在等待着的机会吗？一种能让你们拥有自己的神话的手段。永恒的生命属于那些拥有惊人财富的人。”

“国王、王后、皇帝和法老们。”

“这已经不是你们在睡梦中听到的诱人耳语。这的确是真的。你们的愿望已经可以超越那种指尖上掌握着亿万财富、好似上帝般的魔力。勇敢地迈出人类存在的一大步吧。让我们以通常的方式来重写那凄惨无情、悲伤痛心的死亡剧本吧。”

这好像并不是为了招揽生意。我不知道这番话的目的究竟是什么，是一个挑战，还是一种嘲弄；是为了刺激有钱的特殊阶层人士的虚荣心，还是只不过在试图跟他们讲一些他们一直都想听到的话，即便是他们自己并没有意识到这一点。

“因为我们曾经在子宫里待过，冷冻舱对我们来讲难道不是很熟悉吗？而当我们重返人间的时候，我们将会发现自己是什么年龄呢？这完全由我们来选择，完全由你们来选择。只需在申请表上填好即可。”

我对所有这些关于死亡的谈论感到厌烦，于是离开了观察孔。但我还是逃脱不了他们的说话声，兄弟俩正在吟诵一连串瑞典语或是挪威语的单词，接下来是另一串挪威语或是丹麦语的单词，然后又是一串连祷文似的德语单词。我只能听懂其中的几个，其他大多听不懂，几乎一个都不懂，而随着吟诵的继续，我意识到这些单词大多以*世界*、*字词*或*死亡*这几个德语音节开头。这是像鬼魂般在房间里出没的艺术，像念咒一样单调的声音艺术，而我对他们的声音以及一下午所有那些严肃而高昂主题的反应则是蹲下身子，开始进行一系列的深蹲跳。我跳起、蹲下，蹲下、跳起，手臂向上猛伸，五下、十下、十五下，然后再接着跳，蹲下再跳起，纯粹的发泄，嘴里哼哼哧哧地咕哝着，大声地数着数。

没过多久，我的脑海里便出现了一幅我自己的平行画面，在里面我是一只树栖类人猿，将毛茸茸的长臂猛地高举过头，为了自卫又蹦又叫，增强肌肉，消耗脂肪。

又过了一阵，我意识到这时是另一个人正在向听众们讲话。原来是米克洛斯，他的姓我已经忘记了——这个双眼眨个不停的男人正在用无性别的翻译声音就存在与非存在的问题高谈阔论。我继续不停地蹲下再跳起。

当我回到观察孔时，斯滕马克双胞胎已经不见了，米克洛斯仍在讲个不停，而那个戴着头巾的女人依然保持着原先的姿势，笔直地坐在椅子上，双手平放在桌上。她的双眼仍然闭着，什么都没变，只不过现在当我看着她的时候，我一下子便知道了她的名字。她叫阿尔蒂。除了阿尔蒂她还能是谁呢？那就是她的名字。

我站在锁着的隔间里等着那扇滑动门打开。我知道把它当作一扇滑动门是不正确的。这里面一定有一个高级术语，一个技术性的单词或词组，但我尽量忍着，不去理会这种隐含的挑战，拒绝考虑各种各样的可能性。

当门滑开时，那位护送者正在外面等候着。我们穿过一条走廊，接着又是一条，我们两人再次相对无语，而我以为自己几分钟后就会见到罗斯,在他的办公室或是套房里。

我们来到一扇门前,护送者站在那里等待着。我看了看她,接着又看了看门,我们两人都在那儿等着。我意识到自己想要一样东西,一支香烟。这是一种旧病复发的需要,想要把我胸前口袋里压得半瘪的那一盒赶紧掏出来,匆匆点上,缓缓地吸上一口。

我又看了一眼那位护送者,终于明白了这到底是怎么回事。原来这是我自己的门口,是我自己房间的门。我动手把门打开,而那个女人并没有离开。我想起了石头屋子里的那一刻,罗斯从他的凳子上转过身来看了我一眼,脸上带着某种表情,一种父子之间、男人之间的心照不宣,而现在回想起来,我意识到他当时指的是他为我安排的某种情况,眼下的这种情况。

我坐在床上,看着她脱衣服。

我看着她慢慢地将头发上系着的丝带解开,接着她的一头秀发便散落在她的肩膀周围。

当她把脚从拖鞋里小心地拿出来的时候,我俯过身子,把一只毛毡拖鞋拿在我的手里。

我看着那件长裙从她身体上滑下,飘落在地板上。

我站起身,猛扑到她的身上,把她涂抹在墙壁上,想象着在墙上留下一个印记,一个身体的痕迹,需要好几天才会渐渐消失。

在床上,我想听她用她的母语对我讲话,乌兹别克语、哈萨克语,不管是什么,但我明白这种亲昵的言行并不适合眼下这种场合。

有一阵我脑子里什么都没在想,只有手和身体。

接下来便是一片宁静,我忍不住又想起了那支香烟,就是我们俩站在门外时我想要抽的那支。

我听着我们二人的呼吸,发现自己正想象着包围在我们四周的景观,把它刨平,将其抽象化,它是我们平静内心的温柔边缘。

我看着她慢慢穿好衣服,决定不给她起名字。无名的她和这个房间更为相称。

七

罗斯·洛克哈特是一个假名。在我十九岁或二十岁的时候，有一天我母亲不经意地提起了这件事。罗斯告诉她自己刚离开大学时便采取了这一行动。在那之前有好些年他都一直在考虑这件事，先是作为一种幻想，然后则下定了决心，列了一个名单，带着一种超然的态度一个个仔细审查，每删除一个，便使他离自我实现更接近了一步。

这是马德琳用的那个词，自我实现，用她温和的、纪录片式的声音说出来，她当时正坐在那里看着电视，没有打开声音。

这是一个挑战，他告诉她。这是一种动力，一种诱导。这会激励他更努力地工作，更清楚地思考，开始用另一种眼光看待他自己。总有一天，他将会成为当初他只能隐约瞥见的那个人，当时罗斯·洛克哈特还只是一张纸上的一串字母笔画。

我母亲讲这些话的时候我正站在她的背后。我一只手拿着一个外卖火鸡三明治，另一只手端着一杯姜汁汽水，而我当时站在那儿边想边嚼的姿势决定了这段记忆的形成。我专心致志地听着马德琳跟我讲的话，同时我一口一口咬三明治的动作也变得越来越慢条斯理。

现在我对这个男人渐渐有了更进一步的了解，一分一秒，一字一句，而对我自己也是一样。这就是对我走路、说话、系鞋带方式的解释。而有趣的是，就在马德琳简短叙述的零碎片段当中，许多事情一下子都变得一清二楚。这就是对我充满困惑的青春期的破译。我原来是一个我本不应该是的人。

她为什么没早点儿告诉我？我等着她不屑一顾地把这个问题支开，可是她就像是压根没听到一样。她只是将视线从电视屏幕上移开片刻，那点时间只够回头告诉我他的真名叫什么。

他出生时的本名是尼古拉斯·萨特斯韦特。我盯着房间另一头的墙，想着这个问题。我无声地念着这个名字，动着嘴唇，一遍又一遍。这个人现在摆在我的面前，毫无遮拦。这就是我真正的父亲，一个选择了放弃自己世代家族历史的人，他放弃了所有包含在这个姓氏里的一代代生命，一直到我这里。

当他照镜子的时候，他在镜子里看到的是一个假装的人。

马德琳的注意力又回到了电视上，而我一边嚼着我的食物，一边数着名字里的字母。全名一共二十个字母，姓氏是十二个字母。这些数字没有告诉我任何东西——它们能告诉我什么呢？可是我必须钻进这个名字里，用尽全力，把自己硬塞进去。如果我本来姓了萨特斯韦特的话，那我曾经会是谁，而我后来又将成为什么样的人呢？当时我才十九岁，还在成长定型的过程当中。

我明白虚构的名字具有怎样的诱惑力，它能使人们从影子般的自我里摆脱出来，成为色彩斑斓的假想之物。但这是我父亲的计划，而不是我的打算。洛克哈特这个名字对我来讲完全不合适。绷得太紧，握得太实。坚定而果断的洛克哈特，那种紧紧闭合的感觉。这个名字将我置之门外。我只能从外面向里张望。这就是我对这件事情的理解，当时站在我母亲背后，提醒自己当她嫁给这个男人的时候，她没有把自己的姓改成洛克哈特。

我想知道，如果当年我早些了解到了真相的话，事情将会是怎么样。杰弗里·萨特斯韦特。也许我能在说话时不再嘟嘟囔囔，也许我能增加些体重，长些肌肉，能吃生蛤蜊，能让女孩子用认真评估的眼光来打量我。

可是难道我真的在乎血统的根源吗？很难相信我真的会去试着探究萨特斯韦特家族的家谱，去寻找包含在那个名字里的人物和地点。难道我真的想要成为一个大家庭的一分子，成为某个人的孙子、侄子或是堂兄弟？

我和马德琳正是我们彼此需要的人。我们俩是绝配。我望着电视屏幕，问她尼古拉斯·萨特斯韦特这个名字里面到底有哪一点让我父亲那么急于放弃它。她说是因为这个名字缺乏独特性，容易被人忘却。它有好几种不同的拼写，可能还有不同的发音。从一种孤立的美国式观点来讲，这个名字既无来头，又无去处。其次，相比之下，这个名字又具有盎格鲁-撒克逊血统。这里面隐含着不小的责任。而他父亲曾经用这个名字来作为衡量他这个男孩子的参照点。

但是洛克哈特这个名字又如何呢？它有着什么样的血统？它包含着什么样的责任？她不知道，我也不知道。罗斯知道吗？

屏幕上正在播放的是路况报道，是从空中拍摄的一条高速公路上车流的现场直播。这是交通频道，一天二十四小时播放。过了一会儿，因为电视的声音关着，屏幕上汽车进入画面然后又离开画面，没完没了，于是这幅场景从它肤浅的现实中漂浮了出来。她看着，我也看着，而这幅场景变得好似幽灵一般。我盯着车流，数了八辆车，接着又数了十二辆，就像那个真名里面的字母，名和姓，一共二十个。我一直这样数着，八辆汽车，然后十二辆。我把那个名字大声拼出来，以为马德琳可能会加以更正。可是她又怎么会知道或是在乎这个名字究竟是怎么拼写的呢？

这就是从那一天里，也许是从那整整一年里，浮现出的记忆，我看着那些汽车，数着那些字母，嚼着那个三明治，黑麦面包夹枫糖汁火鸡胸脯肉，是从街那头的熟食店买的，芥末总是放得不够。

我在被身体温暖了的被单里睡得很好，而我拿不准我面前的这顿饭究竟是早餐还是午餐。食物本身并不包含任何线索。这究竟是什么道理呢？因为这些食物单元是斯滕马克兄弟设计的。我想象着他们的设计图。数百个这样的单元，尺寸依次加大，四张桌子，十六张桌子，一百五十六张桌子，每个单元都极其讲求实用，盘子用具，桌椅板凳，食物本身，全都像是出自一场纪律严明的梦。

我慢慢地吃着，试图品尝食物的味道。我想到了阿尔蒂。今天他们就会来把她带走。可是对于她心跳停止之后将要发生的事我又怎么想呢？罗斯又是怎么想的？我不知道自己更愿意相信哪一种可能性，究竟是他真的相信这个过程，还是说他逐渐树立起了这种坚定的信念来压倒自己的怀疑。死亡的即将来临难道不正是会激发最强烈的自我欺骗吗？阿尔蒂坐在椅子上抿着茶，她颤抖的声音和颤抖的双手，她的身体缩成了一个记忆。

这时那个修道士走了进来，几乎吓了我一跳，而这个小小的房间仿佛开始在他身边聚集。他在斗篷下穿着一件连帽运动衫，兜帽耷拉在他的脖子后面。盘子、玻璃杯和餐具出现在槽口里，他把这些东西端到桌子上。我等着他在椅子上坐下，把盘子摆好。

“我一直希望能再次见到你。我有一个问题。”

他停顿了一下，并不是在等着我发问，而只是想知道打扰了他的这种噪声是不是人声，是不是有人在跟他讲话。

我一直等到他开始吃饭。

“那些屏幕，”我说，“它们在走廊里出现，然后消失在天花板里。上一块屏幕，上一部片子，内容是自焚。你看到了吗？我以为那些人是僧人。他们是僧人吗？我以为他们是跪在祈祷垫上。三个男人。看上去很可怕。你看到了吗？”

“我不看那些屏幕。那些屏幕只会让人分心。不过没错，是有僧人点火自焚，在印度和其他地方。”

“为了抗议。”我说。

这一点过于显而易见，不足以激发这个人发表进一步的评论。我猜想自己本以为应该得到一些赞许，因为我提起了这个话题，而且还因为我在屏幕上目睹了那个可怕的时刻，人们为了信仰而不惜牺牲生命。

这时他开口道："僧人、曾经做过僧人的人、修女，还有其他人。"

"其中一个喝了煤油或是汽油。"

"他们或是盘腿打坐，或是在街道上奔跑。一个浑身着火的人从街上跑过。如果我亲眼见到这种事，我就会和他一起奔跑。如果他边跑边高声尖叫，我就会和他一起尖叫。而当他倒下的时候，我也会跌倒在地。"

他身上的那件运动衫是黑色的，袖子从斗篷里伸出来。他把叉子放在盘子上，身子往后一靠。我停下了刀叉，等待着。他就像是坐在某座大城市一个被人遗忘的角落里的一家疲惫的咖啡馆里，就像一个那种别人敬而远之的古怪人物，经常在这里露面，但几乎从来没人跟他搭话。他叫什么名字？他有名字吗？他知道自己的名字吗？他为什么这样一身打扮？他家住何处？听过他在这个或那个话题上发表过一番独白的那为数不多的几个人都对他小心看待。低沉的嗓音，发音清晰，出自内心，言语过于分散，无法做出合理的回应。

可是这位修道士并不是那个人，对不对？这位修道士在这里有着一份职责。他负责跟那些被安置在一个避难所、一个庇护所里的男人和女人们谈话，这些人在他们唯一所知的生命当中只剩下了几天或几个小时的时间，而他对关于第二次生命的笼统许诺并不抱有任何幻想。

他看着我，我知道他看见了什么。他看见了一个稍微侧着身子、弯着腰坐在椅子上的男人的身影。他的眼神没有告诉我任何更多的东西。我正在嘴里咀嚼着的食物告诉我它可能是肉。

"我需要做点什么，不仅仅是承诺和他们一起奔跑，不仅仅是说些什么或是穿某件衣服。当把我们分隔开来的东西在我们出生时就已经强加在了我们身上，当这种分隔不停地纠缠着我们，不分昼夜地跟随着我们，我们如何才能同他人站在一起呢？"

他的声音开始带有一种讲故事的语调，一种叙述和自我回忆的感觉。

“于是我决定到中国西藏喜马拉雅山区的圣山去做一次旅行。一座巨大的白色冰雪金字塔。我学会了那座山在各种语言里的名字。我研究了它的所有历史和神话。仅仅是到达那片地区就需要经过好多天的艰苦跋涉，足有一个多星期，最后一天还是步行。来到山脚下的人为数众多。人们挤在没有顶篷的卡车上，一捆捆的行李挂在车的两侧，他们从车上翻滚着爬下来，四下转悠，抬头仰望。可以看到冰雪覆盖的山顶。宇宙的中心。人们用牦牛驮着生活用品和帐篷。到处都扎着帐篷。到处都挂着经幡。手持转经筒的男人，戴着羊毛面具、身穿旧庞乔斗篷的男人。我们全都要绕着高高的山边环行一周，这里的海拔有五千米。我决心以最费力的方式走完这条路线。向前走一步，然后跪倒在地，全身匍匐。站起身，再向前走一步，然后再跪倒在地，全身匍匐。他们告诉我，对一个没有从小接触过这种古老仪式并经受过训练的人来说，这段路需要好多天，甚至几个星期。两千年来，每年都有成千上万的朝圣者在山顶下行走或爬行。六月里的暴风雪。碰上坏天气会死人。向前走一步，然后跪倒在地，全身匍匐。”

他谈到了各种程度的虔诚宁静，各种冥想和开悟的状态，他们仪式的脆弱性。佛教徒，印度教徒，耆那教徒。他现在并没有看着我。他正在看着墙壁，对着墙讲话。我坐在那里，手中的叉子悬在盘子和嘴之间。他谈到了禁欲、自制和密宗的极乐，而我则看着我叉子末端上像是肉的东西。这是动物的血肉，而我将要把它咀嚼并吞咽下去。

“我没有向导，只有一头牦牛驮着我的帐篷。一头棕色、浑身是毛的粗笨畜生。我不停地看着它。全身都是棕色，长满了粗毛，有着一千年的历史。一头牦牛。我找人请教是应该沿顺时针方向还是逆时针方向走这段路程。这里面有行为准则需要遵守。整个距离是五十二千米。坎坷不平的地形，高原反应，大雪和狂风。向前走一步，然后跪倒在地，全身匍匐。我随身带着面包、奶酪和水。我登上了主路径。我没看到一个西方人，那儿没有西方人。裹着马毯的男人，穿着长袍的男人，手上戴着小木鞋的男人，把木屐戴在手上，好在爬行的时候避免被卵石和别的石头擦伤。到了绕山而行的高度。沿着岩石小道前行。向前走一步或是跨一大步，然后跪倒在地。全身匍匐。我站在我的帐篷外面，看着他们或走或爬。这是有条有理的活儿。他们脸上没有显露出任何狂热或是虔诚的情感。他们只是下定了决心，一张张面孔，一个个躯体，做着他们来这里要做的事，而我在一旁看着。还有其他人在站着休息，有其他人在讲话，而我在一旁看着。我打算把这条路走完，双膝跪地，在地上将全身伸直，用手指在雪地里做个记号，嘴里说上几个没有意义的词，慢慢爬到我用手指做了记号的地方，站起身，吸一口气，向前走一步，然后再双膝跪地。在严寒和刺骨的寒风中，我身上的某些部位会彻底失去感觉。那些渴望达到彻底虚空的人。那些额头上永远都带着划痕和擦伤的人，因为他们把身子弯向大地，跪倒磕头，以头触地。我打算把这条路走完，向前走一步，双膝跪地，向大地俯首，然后慢慢爬到我用手指做了记号的地方，每走一步，嘴里都要说上几个没有意义的词。”

他好像总是在不停地提醒他自己想要做什么，而这种重复听上去好像开始有些紧张。难道这些话语可以重新塑造这段记忆吗？他停住了话头，但仍在回忆着。我可以想象他站在帐篷外面，一个高个子男人，头上没戴帽子，身上裹着一层层没人要的破衣烂衫。我知道自己不该问他究竟是坚持爬了一个小时还是一个星期。但是对于这个行为本身，对于它的原则，我的内心已经有所反应，而且此外还有这个人的意图，它远远超出了我自己支离破碎的想象力，完全是一种属于别人的东西，严酷而又苛刻，充满了高深的传统和简单的敬畏。

过了一阵他又开始吃饭，我也照做了。我突然意识到，刚才我对自己叉子上的肉所表现的敏感完全是假的。我其实并不感到内疚，即便它是牦牛肉。我把它嚼了嚼咽了下去。我开始明白我所做的每一个行为都必须在某种程度上用语言表达出来，必须在保持词语完整的前提下进行。如果我想咀嚼并吞咽，我就不得不去想咀嚼和吞咽这两个词。我能把这怪在斯滕马克双胞胎的头上吗？我也许可以怪那个房间，我的房间，那个自省的方盒子。

他又看了我一眼。

“当代生活浅薄如纸。我简直可以用手指把它戳透。”

接着他将视线转向我的身后，手里拿着玻璃杯站起身，喝了最后一口，把杯子放回到桌上，然后走向门口。我回头瞥了一眼，看见门口有一个穿着足球衫和运动裤的人。修道士跟着他出了门。我马上把桌子推开，跟在了他们两人后面。

这纯粹是一时心血来潮，我的身体不假思索地行动起来。修道士意识到了我的举动，但什么都没说。在第二条长长的走廊尽头，那个护卫转身看见了我，接着他和修道士交谈了几句，我猜想他们用的是本地区的某种突厥语言。然后护卫做了个手势，让我把胳膊抬到腰部，他从窄窄的裤子口袋里拿出一个小小的尖头仪器，碰了一下我腕带上的圆盘。我猜想这意味着我现在可以进入以前不允许进的地方。

我们三人进入了一个封闭室。随着通道门在我们身后滑动着关上，我隐约感觉到一种可能是水平方向的运动感，一种声音很轻的滑动，其速度我无法估计。时间似乎也超出了我的测量能力。我感觉时间变得模糊，可能是在几秒钟或是几分钟之后，我们被插入了一个竖井，开始向下移动，我猜想是正在进入那些有编号的楼层。其效果是一种自由浮动的感觉，几乎像是离开了自己的身体，而如果其他二人说了些什么的话，我并没有听见。

一扇镶板门打开了，我们走过一条通道，进入了一大片充满了阴影的低矮空间。这里几乎像是一个图书馆，里面有一排排的小隔间，类似于供个人学习用的阅览间。修道士在这里停顿了一下，接着把手伸到背后去找黑色的运动衫兜帽，将它紧紧地戴在自己的头上。我决定将此理解为一个仪式性的时刻。

我跟着他走下几级台阶，来到了这一大堆小隔间中间，看见里面容纳的是病人而不是学生，他们有的坐着，或是用带子绑成直立状，还有的仰面躺在那里，一动不动，眼睛有的睁开，有的闭着；还有些空着的隔间，为数还不少。这就是这位修道士的工作场所，那个临终安养院，而只要他走到哪里，我就跟到哪里，沿着连接成网的过道，过道两边全都是隔间。我可以辨认出最近处墙壁上的纹理，质地粗糙，中性颜色，涂抹成一条条黑色和灰色的带子，互相混杂，而周围昏暗的照明、低矮的天花板、挤在一起的男男女女，以及这片地方的基本尺寸，让我找不到一个合适的类别，找不到某种斯滕马克式的东西和这个环境联系在一起。

我看着那些坐在椅子上或是躺在床上的病人，他们身子下面的东西原来既不是椅子，也不是床。那是一种带衬垫的凳子或是柔软的长凳，而且也不容易辨别出哪些人是在睡觉，哪些人被打了镇静剂，哪些人正处于这种或那种程度的麻醉作用之下。偶尔有时候，有那么一个人看上去好像完全而真正地神志清醒。

修道士在我们所在的那条过道尽头停下脚步，向我转过身来，而这时我恰好正在转向相反的方向，好看看我们的护卫还在不在。那个人已经不见了。

"我们在这儿等着。"他说。

"好的，我明白。"

我明白什么？我明白我正觉得自己四面受围，几乎像是落入了陷阱。我问修道士，当他在这儿的时候他一般的心态是什么，他所感受到的心境是什么。

"我没有心境。"

我又问他关于那些小隔间的问题。

"我把它们叫作婴儿床。"

我问他我们在等什么。

"他们来了。"他说。

有五个身穿黑色罩衫的人，其中两个剃着光头，沿着过道大致朝着我们的方向走来。他们是护理员或勤务工，医护人员或护送人员。他们在附近的一个隔间旁停下，其中两个检查着床头板上的设备，另一个在对病人讲话。然后他们中间的三个人领头出发，排成一列，那两个光头勤务工推着带有轮子的隔间跟在他们后面。我想着其他那些病人，试着想象当他们看着这支奇特的队伍沿着过道走向阴影中时,他们心里所感受到的那种紧张的期待,因为很快就会轮到他们了。

当我转向那个修道士的时候,他已经在忙着和附近一个隔间里的人交流。那是一个女人,坐在那里,而他正在轻声地对她讲话,我猜想他说的是一种叽里咕噜的英式俄语,他的身子俯得很近,双手交叉着放在那个女人的手上。这些话从他嘴里讲出来有些吃力,但是那个女人正在连连点头作为回答,而我知道这是我应该让这个人不受打扰地做他的工作的时候了。

修道士,身上披着他满是折痕的旧斗篷,他的无袖法衣。

我在四周徘徊了一阵,等着被人拦住。我想我可能应该在这些等着成为尸体的人中间找个人来谈谈。周围没有护理员在进行按摩或是检测心率的迹象,也没有治疗音乐的声音。我开始觉得自己像是在无意中闯入了一间半空的尸体仓库,几乎没有一只眼睛在眨动,或是一根手指在抽动。

我意识到自己正在浑身发抖。只不过是一种轻微的颤抖,但我还是傻乎乎地上下左右环顾了一下四周,在四面看到的全都是那种同样的中性色调,各种不同的灰色,朴素而阴沉,中不溜,这里的天花板更低,光线也更暗,也许斯滕马克兄弟本来打算设计的是一个防空洞。

我沿着过道走着,扫视着这片区域里为数不多的几个病人。我觉得"病人"这个词本身很不合适。可是如果他们不是病人那又是什么呢?接着我想起了罗斯在描述这里的普遍氛围时所用到的那些词语。崇敬和敬畏。难道这就是我眼前所看到的吗?我看到的是各种各样的眼睛、手、头发、肤色和面部结构。我看到的是不同的种族和国家。我看到的不是病人,而是实验对象,他们唯命是从,纹丝不动。我站在一个涂着眼影、被打了镇静剂的女人面前。我面前所看到的并不是宁静、宽慰和尊严,而是一个处在他人权威之下的人。

我停在了一个坐在他自己隔间里的强壮男人旁边。他穿着一件针织衫,看上去就好像是一个高尔夫球场上的人,重重地坐在了自己的高尔夫球车上。我站在他跟前,问他感觉怎么样。

他说:"你是谁?"

我告诉他我是一位渴望接受教育的来访者。我说他看上去挺健康。我说我很想知道他在这里待了多长时间,而且还要等多久他们才会来把他带到他们将要把他带去的地方。

他说:"你是谁?"

我说:"你难道感觉不到这儿的那种寒意,感觉不到这里潮湿的空气和狭窄的空间吗?"

他说:"我一眼就把你看穿了。"

这时我突然看见了那个男孩。我一眼就认出他就是我在那条走廊里见到过的那个坐在电动轮椅上的孩子,当时陪着他的是两个空壳般的护卫。在这里,他坐在一个隔间里,浑身散发着光泽,一动不动,他的姿势几乎像是一座雕塑,依照对立构图均衡的原则,头和肩膀扭向一侧,髋部和腿扭向另一侧。

我不知道该说些什么。我说出了我的名字。我轻声地对他说着,小心不要和他贴得太近。我问他多大年纪,从哪里来。

他的头向左边扭着,眼睛向上转,望向右侧我站着的地方。他仿佛正在脑子里慢慢地意识到我在这里的存在,甚至可能正在回想起不久前我们短暂的相遇。接着他便开始说话,或者说发出一阵像是随机噪声的声音,一连串模糊不清的声音,不是因为口齿不清或是口吃,而只是不知为什么不连贯,断断续续。他正在表达自己的思想,但我却无法辨认出任何已知语言的迹象,也察觉不到任何意义上的细微差别,而他也没有表现出他能够意识到别人无法理解自己嘴里发出的声音。

除了嘴巴和眼睛之外,他的全身一动不动,于是我把自己移到了一个不需要他吃力地扩展自己视野范围的地方。我没有再说话,而只是站在那里听着。我也没有试着猜测他来自哪个国家,或者是谁把他带到了这里,或者是他将在什么时候被带到冷冻室里去。

我唯一所做的就是握着他的手,心想不知他还有多少剩余的时间。

看着他有缺陷的身体，上下身没有对齐，可怕地扭曲着，我发现自己想象着将来某一天可以用在他身体和大脑上的新技术，能够让他重新回到世界上，成为一名赛跑运动员、跳高运动员、公众演说家。

即便是我心里存着深深的怀疑，我又怎么能对这个想法完全不予考虑呢？

我不知道自己逗留了多久。他突然停止了讲话，并马上陷入了沉睡之中，于是我把手从他的手上抬起来，去找那个修道士。

我穿过这片区域，看见修道士正站在那里，在某个人的隔间上方做着手势。我松了一口气，并突然意识到我还可以给他起个名字，就像我给石头房间里的那几个发言者起名字一样。然而一个名字，一个虚构的本名，在他身上将是画蛇添足。他就是修道士，正在一个一个地跟那些实验对象讲话，在他们的隔间里，在他们的婴儿床上。

我又想起了那个男孩。我意识到需要起名字的本应是那个男孩。这并不能帮助我理解他的话语，理解从他口中蹦出来的那些声音，但也许我会在倾听时觉察到某种东西，一片小小的个性特征，一丝微小的定型元素，以缓解那些围着他打转的问题。

我站在离修道士不远的地方，想听听他跟那些他一个个上前接近的人都说了些什么。有那么一阵，他用西班牙语对一位老妇人说，她能够安静地躺在这里很幸运，而且她还能想着她的母亲，曾经张开身体、忍着痛苦生下了她。这些话我听懂了，但我并不能听懂他对每个人说的每一句话，直到他用英语对一位中年男子说，他将在冷冻状态下驻留的那个地方在地底下，很深很深——比这个与世隔绝的大厅还要深。甚至有可能免遭世界末日的厄运。修道士满腔热忱地讲述着世界的末日。

修道士，戴着他运动衫上的兜帽，他的僧衣头罩。

我们一起走向我们进来时经过的那条通道，我问了他几个有关这里运作程序的问题。

“这里是庇护所，是等候的地方。他们在等死。这里的每个人都将死在这里，”他说，“并没有人安排着用集装箱把死者从世界各地一个一个地运到这儿来，然后把他们放进冷冻室里。死者不能事先注册，然后等到死了之后再送到这儿来，因为这样不能保证所有的保存手段完好无损。他们必须死在这里。他们来到这儿就是为了死。这就是他们的实际角色。”

他要说的话只有这些。当我们踏入那个把我们送到这一层的封闭室的时候，仍不见我们护卫的影子，而修道士也没有表现出要等他出现的兴趣。在我们轻柔的上升过程当中，我开始明白这意味着什么，那就是说，至少现在还没有人可以将我腕带上的圆盘回复到它原来的限制功能。

我什么都没说，修道士也什么都没说。

当我走进自己的房间时，我看着所有我能看到和摸到的东西，然后一一讲出每件东西的名称。狭小的洗手间里有一瓶原来不在那儿的洗手消毒液，这打乱了我对用简单词语描述熟悉物件的专心投入。我照着洗手池上方的镜子，大声说出我自己的名字。然后我便出门去找我父亲。

八

罗斯不在他一直用着的那间办公室里。办公室里空无一物。桌椅不见了，电脑设备、墙上的挂图、放着玻璃杯的托盘全都不见了，威士忌酒瓶也不见了。这让我感到一阵短暂的不安，但接着一想，其实也并不怎么奇怪。已经快到阿尔蒂被带下去的时候了，而罗斯也该回到他所建造的那个世界中去了。

我去了套房，以为会在那儿看到阿尔蒂坐在她的椅子上，穿着睡袍和拖鞋，双手交叉放在怀里。我该对她说些什么呢，她会是一副什么样子呢，是不是会更瘦，更苍白，她会不会无法跟我讲话，或者是看不见坐在她对面的我呢？

可是坐在那把椅子上的却是我父亲。我不得不停下来把这些信息组合在一起，罗斯光着脚，穿着T恤衫和名牌牛仔裤。我进门的时候他并没有抬眼看我，而只是注意到一个人影晃进了他的视线，就好像我只不过是房间里的另一个人物。我坐在一旁的长凳上，面朝着他，就像我曾经面对着阿尔蒂一样，只不过现在因为自己错过了见她最后一面的机会而深感遗憾。

“我以为你会提前告诉我。”

“还没有发生呢。”

“又是这样。又是还没有发生。她在哪儿?”

“在卧室里。”

“那么就是改到明天了。你是不是要告诉我这个。”

我站起身,走到卧室门口,把门打开。她就在里面,躺在床上,在被窝里,眼睛睁开着。她的双手搁在毯子上面,我慢慢走过去,拿起一只手,将它握住,然后等待着。

她说:“杰弗里。”

“是的,是他,是我。”

“到底是谁,别犹犹豫豫的。”她轻声说。

我笑了,然后对她说在她面前我一般是他而不是我。但我们的对话仅此而已。她合上了双眼,我又等了一会儿才放开她的手,离开了房间。

罗斯正在从房间的一头走到另一头,双手插在口袋里,那副样子不像是在沉思,而是好像正在按照一种新颖的健身法进行日常训练。

“是的,改在明天进行。”他随意地说道。

“这该不是那些医生在和阿尔蒂玩什么游戏吧。”

“要么就是我在和你玩游戏。”

“明天。”

“你会提早得到通知。明天一大早,第一件事就是到这儿来,就到这个房间来。”

他不停地来回踱着步子,我坐在一旁看着。

“她真的到了非得现在就动手这么做的地步吗?我知道她已经做好了准备,渴望尝试未来。可是她还能思考,还能讲话。”

“颤抖,痉挛,偏头痛,脑部病变,神经系统崩溃。”

“但她的幽默感还完好无损。”

“对她来讲,在这个层次上已经没有任何值得留恋的了。她相信这一点,我也一样。”

我一直看着他。一种新的健身法,着重强调赤脚和双手插在口袋里的可行性。我直率地问他，他曾经到这儿来过几次，就是说来这个设施，来看，来听。

“算上这次一共五次。之前还有两次是和阿尔蒂一起来的。这场经历使得我对自己的看法变得更为紧凑。我抛开了一些成见。将它们扫除一空。我的思想开始更集中于自己的内心。”

“还有阿尔蒂。”

“还有阿尔蒂，正是她让我明白了这样一桩又深又广的事业如何能够成为一个人日常生活的一部分，每分每秒，寸步不离。不管我身在何处，不管我走到哪里，或者只是在吃一顿饭，或是正在试图入睡，这件事都在我脑子里，在我的肌肤中。对于某些独一无二的事件，某些令人难以置信的境遇，人们常常会说，这种事编都编不出来。可是现在真的有人把它编出来了，全都编出来了，而且我们正身在其中。”

“也许是我的眼光过于短浅，无法满足这场经历的需要。我现在所做的似乎只是把我这几天的所见所闻和我早已知道的东西联系起来。这里面有着一连串的反向关联。人体冷冻舱，管子，密封舱，收费亭，电话亭，售票亭，淋浴间，哨兵岗亭。”

他说：“你还忘了户外厕所。”

他把手从口袋里拿出来，加快脚步走了几分钟，然后停了下来，靠着房间另一头的墙站着，夸张地做着深呼吸，声音很响。他回到了椅子上，这时轻声开口说话。

“让我告诉你是什么事情使我感到不安。”

“我洗耳恭听。”

“男人本应先死。男人不是应该先死吗？你难道就没有这种第六感觉？我们可以在自己内心里感觉到。我们先死，她们继续活着。这难道不是一种自然法则吗？”

“还有另一种看法。”我说，“女人先死，留下男人自由地互相残杀。”

他似乎很喜欢这句话。

“随和的女人。一切都听从她们男人的需求。总是那么包容，甘愿自我牺牲，富有爱心，支持他人。马德琳。这就是她的名字，对不对？你母亲的名字？”

我不自在地等待着下文。

“你知道她曾经捅过我一刀吗？不，你不知道这件事。她从来没告诉过你。她干吗要告诉你呢？她用一把牛排刀在我肩膀上捅了一刀。我当时正坐在餐桌旁吃牛排，她走到我身后，在我肩膀上捅了一刀。不是四星级餐厅用的那种富有男子气概的牛排刀，但还是疼得要命。还把一件新衬衫弄得到处都是血。就是这么回事。没别的。我没去急诊室，而是去了洗手间，我们的洗手间，把伤口收拾得还不错。我也没有报警。只不过是一场普通家庭纠纷，而且现在我连当时的意见分歧究竟是什么都记不得了。扔掉了一件漂亮的新衬衫，我还记得的就是这个。也许她捅我是因为她讨厌那件衬衫。也许她捅我是为了报复那件衬衫。这些都是婚姻中的事情。没人知道隔壁人家的婚姻是怎么回事。想要搞清楚你自己的婚姻是怎么回事就很不容易了。你当时在哪儿？我不知道，可能已经上床睡觉了，或是在夏令营，或是在外面遛狗。我们不是还养过两个星期的狗吗？不管怎样，我特意把那把牛排刀给扔掉了，因为我觉得让我们再用它来吃饭很不合适，即使是我们大家全都聚在一起，想出一种洗刷的办法，能把那件东西上面的血迹、细菌和记忆全都洗得一干二净。即使是我们三个人一致同意使用最讲究干净的洗涤方法。你，我，还有马德琳。”

有一件事我直到现在才意识到。罗斯把络腮胡子刮掉了。

“那天晚上我们俩，我和她，还跟往常一样同睡在一张床上，没说几句话，或者一句都没说，也跟往常一样。”

他最后这句话的语调变得稍加温和，仿佛往事萦绕心头。我希望自己能够相信他的回忆达到了另一个层次，更为深切，而不是那么凄凉，带着一丝遗憾和失落，也许还有一份罪责。

他回到了墙边，开始踱步，胳膊越甩越快，越甩越高，呼吸有规律地一阵阵爆发出来。我不知道自己该做什么，该说什么，该到哪儿去。这四壁属于他，而不属于我，而我又开始想到回家途中那昏头昏脑的漫长时间，那一个个的时区，还有那种持续不断的低沉噪声。

在我十四岁的时候，我开始学着跛脚走路。我不在乎它看上去很假。我在家里练习，一瘸一拐地从一个房间走到另一个房间，尽量在从椅子上站起来或是下床的时候不还原成正常的步伐。这是一种打着引号的跛脚，而我拿不准这究竟是为了让我在别人眼里更加引人注意，还是只是在我自己眼里。

我曾经注视着我母亲的一张旧照片，十五岁的马德琳，身穿一件百褶连衣裙，而我心里会感到一阵难过。可她当时并没有生病，并没有死。

在她上班的时候，我会替她记电话留言，把留言内容写下来，确保等她回家时告诉她。然后我就等着她回电话。积极主动地看着、等着。我提醒她一次，然后又一次，说干洗店的那位女士打来过电话，而她则看着我，脸上带着某种表情，就像是在说，我这样看着你是因为没必要跟你浪费唇舌，你只要一看到这种眼神就会明白，它所说的是那些没有必要说出来的话。这让我很紧张，不是因为那种眼神，而是因为那个等着回复的电话。她为什么还不打回去。她手上的事情究竟有多重要，让她不能回电话。时间正在流逝，太阳正在落山，而那个人还在等着，我还在等着。

我当时想让自己显得有书卷气，但没有成功。我想要把自己浸淫在欧洲文学里。就在我们家简朴的花园公寓里，在皇后区一个不起眼的地方，我要把自己浸淫在欧洲文学里。*浸淫*这个词是其中的要点所在。一旦我决定要把自己浸淫在里面，那就没有必要去读那些书了。我有时会去尝试，曾经做过努力，但最后失败了。从严格意义上讲，我并没有被浸淫过，但同时却总是有这种意图，脑子里想象着自己坐在椅子上读一本书，而实际上却正坐在椅子上看电视，电视上播放的是带法语或德语字幕的电影。

后来，当我住在别处的时候，我会经常来看望马德琳，并开始注意到在我们一起吃饭时她用的是餐巾纸，而不是布餐巾，这可以理解，因为只有她自己，只是一个人独自吃饭，或者只有我和她，其实也差不多是一回事，只不过当她把盘子和刀叉在餐巾纸旁边摆放好之后，她还是会避免使用那张餐巾纸，尽管那是纸，她还是尽量不去弄脏它，而是用从旁边盒子里伸出来的擦面纸巾，舒洁牌超软面巾纸，来擦她的嘴和手指，或是走到厨房洗碗池上方架子上的那卷厚纸巾跟前，从一整张纸巾上面撕下一小部分，用它来擦嘴，然后把带有污迹的那部分折叠起来，好拿到桌子上再用，而让餐巾纸保持原样。

跛脚是我当时的信仰，对我来讲就好比是展示肌肉或是跳跃障碍。起先那阵还有一种分离感，后来跛脚的感觉就开始变得自然了。在学校里，大多数孩子的反应都是傻笑或模仿。一个女孩扔雪球砸我，但我把这当成一种闹着玩的举动，并照此予以回敬，用手抓着自己的裤裆，冲着她直晃舌头。跛脚是一种能让我紧紧抱着不放的东西，是一种能够帮助我认清自己的方法，一步一步，拐弯抹角，发现自己就是正在做这件事的那个人。定义个人，我命令自己。定义人类，定义动物。

马德琳偶尔会跟一个名叫里克·林维尔的男人去剧院看戏，此人身材矮小，友善而粗壮。我可以明显看出这里面没有任何浪漫的成分。而是只有靠过道的座位。我母亲不喜欢被围住，她总是要求坐在靠过道的座位上。她并没有为上剧院而特意打扮。她还总是那么朴素，面孔、双手和头发，而我则总是在试图为她的朋友找一个适合他身高、体重和性格的名字。里克·林维尔是一个瘦人的名字。她听着我给他找的其他选择。先是名。莱斯特，切斯特，卡尔-海因茨。托比，莫比。我读着我在学校里列的一张表。莫顿，诺顿，罗里，罗兰。她一边看着我，一边耐心听着。

名字。假名。当我了解到父亲名字的真相时，正赶上我从中西部一所规模不小的大学放假回家。在那所学校里，每逢阳光明媚的星期六，也就是学校举办橄榄球赛的日子，所有那些在学校里到处招摇的学生身上穿的衬衫、毛衣、牛仔裤、短裤和裙子，往往会在挤得满满的体育场里融合成一大片花里胡哨的紫色和金色。我们在座位上又蹦又跳，等着电视摄像机来跟踪拍摄，我们好站起来挥手大叫，而这样过了二十分钟之后，我就会开始将自己脸上不自然的微笑看作一种自行造成的创伤。

我并没有把那些没碰过的餐巾纸当成一件微不足道的小事。这是一个人生活中看不见的纹理，而我却看到了它。她就是这样一个人。而随着我对她的了解越来越深，每次看望她时我都将此看在眼里，于是我的专注感也加深了。对于我所见到的事情，我往往会过度解读，这没错，但我经常看到这些细节，而我禁不住会认为这些细微的时刻要比它们表面看上去更能说明问题，尽管我拿不准它们说明的问题究竟是什么，那些餐巾纸，橱柜抽屉里的餐具，她整理勺子的方式，把干净的勺子从排水篓里取出来，而且特意不把它放在橱柜抽屉里所有其他同样大小的干净勺子上面，而是要放在下面，以保持时间上的先后，保持适当的顺序。最近刚用过的勺子和刀叉在最底下，下次要用的在最上面。随着顶上的餐具被用完洗干净晾干之后放到最底下，夹在中间的餐具就会慢慢移到最上面。

我曾经想用波兰语来读贡布罗维奇[①]的作品。我连一句波兰语都不懂。我只知道这个作者的名字，而且总喜欢不停地把它不出声或者出声地重复念出来。维托尔德·贡布罗维奇。我想读他的原著。这个短语我很喜欢。读他的原著。我和马德琳在吃晚餐，坐在那儿，吃着用早餐麦片碗盛着的某种湿乎乎的炖菜，我当时十四岁或十五岁，嘴里不停地轻声重复着那个名字，贡布罗维奇，维托尔德·贡布罗维奇，看着它在我脑子里拼写出来，一边用嘴说着，名和姓——你怎么能不喜欢它呢——直到我母亲把目光从碗里抬起来，严厉地轻声说了一句，够了。

她擅长估计钟点。不用手表，四周也没有时钟。当我们一起散步时，我和她，走过一个又一个街区，我可能会事先不打招呼就来考她，而

① 维托尔德·贡布罗维奇（1904—1969）：波兰小说家和剧作家。

她总是能准确报出时间，偏差范围不超过三四分钟。这就是马德琳。她喜欢看附带天气预报的交通频道。有时候她会盯着报纸，却不一定是在读新闻。有时她会看着一只鸟落在从起居室凸出去的小阳台的栏杆上，一直看着，一动不动，而那只鸟也看着它自己正在看着的东西，在阳光下一动不动，但很警觉，随时准备逃走。她非常讨厌那些贴在杂货纸箱、药瓶和润肤露软管上的小小的橙色荧光价格标签，还有那种贴在桃子上的标签，在她眼中简直不可饶恕。我经常看着她用大拇指指甲把标签硬抠起来，好把它弄掉，扔到看不见的地方，但更重要的是为了坚持一个原则，而有时候她要花好几分钟才能从从容容、一点一点地把这个东西抠下来，然后用指头把它卷成一团，扔在厨房洗碗池下面的垃圾桶里。她和那只鸟，还有站在一旁观望的我，一只麻雀，有时是一只金翅雀，而我知道如果我动一下手，那只鸟就会从栏杆上飞走。因为我知道这一点，知道自己从中介入的可能，于是我在心里琢磨，如果我真的动了一下，我母亲会不会注意到那只鸟已经飞走了呢，但实际上我所做的却是把自己的姿势变得更为僵硬，尽管外表上看不出来，等待着有什么事情发生。

有时我会记下她的朋友里克·林维尔的电话留言，告诉她有他打来的电话，然后等着她回电话。我会说，是那个和你一起看戏的朋友里克，然后大声地背他的电话号码，一遍，两遍，三遍，就是为了故意气她，一边看着她把买回来的食品杂货存放起来，有条有理，就像是法医在保存某个人饱受战争摧残的遗体。

她为我们俩做简单的饭菜，难得喝一次葡萄酒——而据我所知，她从来没喝过烈酒。有时她会让我动手做一顿饭，而她则从厨房的桌旁向我发布着漫不经心的指令，一边干着她从办公室拿回家里的活。正是这些简单的时间轴线塑造了我们在一起生活的每一天，深化了她的存在。我希望自己能够相信她作为我母亲要比我父亲作为我父亲远远更令人信服。但那时我父亲早已离开，因此拿他俩来互相做比较已经毫无意义。

她想要餐巾纸保持原样。她在用纸来代替布，然后却又认为纸和布二者无法区分。我对自己说，这里面最终将会形成一个谱系，一张直系后裔的清单——布餐巾、餐巾纸、厚纸巾、面巾纸、喷嚏纸、卫生纸，接下来便是从垃圾桶里找出来的可重复使用的塑料包装纸碎片，上面没有荧光价格标签，因为她已经把那些东西剥了下来，并且揉成了一团。

还有另外一个男人，她一直不肯告诉我他的名字。她只在星期五和他见面，大概一个月两次，或者只有一次，而且从来都不在我的跟前。在我的想象中，他是一个结了婚的男人，一名通缉犯，一个有着不可告人往事的男人，一个外国人，身穿一件束着腰带、肩膀上带着肩带的雨衣。这是为了掩饰我自己心里的那种不自在。我不再问有关这个男人的问题，后来那些星期五的会面结束了，于是我感觉好了一些，又开始问问题。我问他是不是穿一件束着腰带、肩膀上带着肩带的雨衣。她说那叫风衣，而她的声音里有着一种终结性的东西，于是我决定让这个男人在一架小型飞机坠毁事故中不幸丧生，就在斯里兰卡（旧称锡兰）的海岸附近，尸体下落不明。

有些单词似乎就悬在我面前的空中，伸手就能够得着。*比萨拉比亚人，内殿，清澈透明，炸豆丸子*。在这些单词里我能看到我自己。我能在我的跛脚里、在我改进和培养它的过程里看到我自己。但每当我父亲来带我去自然历史博物馆的时候，我就不假装跛脚走路了。这地方是许多夫妻分居后的丈夫所熟知的地带，在这里，我们一对对的父子，漫游在恐龙和人类祖先的遗骸之间。

我母亲给了我一块手表，而在放学回家的路上，我会不停地查看手表的分针。我把它当成一个地理标记，一种环球航行设备，指示着我可能正在接近的地方，在北半球或南半球，取决于我出发时分针的位置，可能是从开普敦到火地岛再到复活节岛，然后也许到汤加。我拿不准汤加是不是在这条半圆形的路线上，但这个地方的名字就足以让它有资格被包括在内，此外还包括库克船长[①]这个名字，他曾经发现了汤加或是访问了汤加，或是曾经带着一个汤加人乘船回到了英国。

① 詹姆斯·库克（1728—1779）：英国航海家、探险家、地图制作师。

当我父母的婚姻破裂之后，我母亲便开始全职工作。一直是同一个办公室，同一个老板，一位专门从事房地产业务的律师。在她两年的高校教育中，我母亲曾经学习过葡萄牙语，结果在这儿派上了用场，因为她们公司有几位巴西客户有兴趣在曼哈顿买公寓，通常是作为投资。到了最后她便开始在卖方律师、贷款公司和管理代理之间处理交易的细节。人们买进、卖出、投资。父亲，母亲，金钱。

多年以后，我明白了这丝丝缕缕的依附可以用语言来表达。我母亲是慈爱的源泉，是我可以信赖的依靠，是处在我和我自己各种小小的自我认知罪行之间的一种稳固平衡物。她没有强迫我多跟人交往或是花更多时间做家庭作业。她没有禁止我看色情频道。她说是到了我该恢复正常走路姿势的时候了。她说假装跛脚走路是对真正体弱者的一种残酷歪曲。她告诉我手指甲根部的浅色月牙部分叫作甲半月，甲—半—月。她告诉我鼻子和上唇之间的皮肤凹陷处叫作人中。在古老的中国面相学里，人中代表着某样东西。但究竟代表的是什么她记不得了。

我决定那个和她在星期五会面的男人大概是巴西人。对我来讲他比里克·林维尔更令人感兴趣，因为林维尔有名有形，但这里面总是隐含着一个问题，那就是那些星期五晚上的约会究竟是怎么结束的，他们在一起用英语和葡萄牙语都说了些什么，做了些什么，而且我还必须将这一切保持在一种无名无形的状态之下，此外还有她对这个男人本身只字不提的那种沉默，而对方也许根本就不是一个男人。这是我发现自己必须面对的另一件事情。也许根本就不是一个男人。脑子里突如其来的想法，不知从哪儿冒出来的，又有谁知道，又有谁在乎，又能怎么样呢。我在附近散了一会儿步，看着老年人在沥青球场上打网球。

然后便是那一年的那一天，我在某地的一座机场里瞥了一眼报摊上的一本杂志，罗斯·洛克哈特和另外两个世界金融界之神一起上了《新闻周刊》的封面。他身穿一套细条纹西装，还做了一个新发型，于是我马上打电话给马德琳，好指出他连环杀人犯似的鬓角。接电话的是她的邻居，那个拄着四足金属手杖的女人，她告诉我我母亲中风发作，我必须马上回家。

在记忆中，所有的角色都被固定在他们的位置上，毫无生气。我坐在一把椅子上，手里拿着一本书或是一本杂志，我母亲在看电视，没有打开声音。

生活是由平凡的时刻组成的。这就是她所知道值得信赖的东西，也是我最终从我们一起度过的那些岁月里学到的东西。没有飞跃或是跌倒。我吸入了过去那些毛毛雨一般的微小细节，从而知道了我是谁。经过时间的过滤，我以前曾经不明白的东西现在都已经变得更清晰，这种经历不属于任何其他人，根本就不是，没有任何人，从来都没有。我看着她用滚刷把她布外套上的毛絮清除掉。定义外套，我命令自己。定义时间，定义空间。

“你把胡子刮掉了。我花了好几分钟才注意到。我才刚开始习惯你留胡子的模样。”

“有些事情我最近一直都在反复考虑。”

“好的。”

“有好一段时间我一直都在为这些事做思想斗争，”他说，“然后整件事就突然变得明朗起来。我明白有一件事我非做不可。这是唯一的解决办法。”

“好的。”

罗斯坐在扶手椅上，杰夫坐在铺着坐垫的长凳上，两个紧张的男人在谈话，而阿尔蒂则在卧室里等待死亡。

他说：“我要跟她一起去。”

我是不是马上就明白了他的意思，从他脸上的表情就看懂了，然后却假装自己被这句话弄糊涂了？

“你要跟她一起去。”

我有必要把这句话重复一遍。*跟她一起去*。在某种程度上，我明白自己的角色是依照传统方式来进行思考和发言。

“你的意思是当他们把她带到下面去做他们必须做的事情的时候，你想和她在一起。你想要监督整个过程。”

“跟她一起去，加入她的行列，和她肩并肩地分享。”

等了好久，我们两人当中才有一个人重新开始讲话。这些话语里的简单事实，以及聚集在它们背后的巨大力量，几乎把我的五脏六腑都翻了出来。

“我明白你的意思。可是我该问的问题好像就是想不起来。”

“这件事我已经考虑了很长时间了。”

“这你已经说过了。”

“我不想过没有她的生活。”

“可是每当和自己非常亲近的人，每当和自己关系非常亲密的人快要死去的时候，难道不是每个人都会这么想吗？”

“我没法改变我自己这个人。”

这句话很动人，话语中带着一丝无奈。

又是一阵长长的沉默，罗斯双眼呆滞地望着前方。他要跟她一起去。这个决定否认了他所有曾经说过的话、做过的事。把他的生活，还有我的生活，都变成了一幅连环漫画。难道说这是他在试图得到救赎，他这个市场策略专家，手上有着不少艺术收藏品，还有小岛度假所和超中型喷气式飞机，在他完成了所有那些企业并购之后，在为别人管理并为自己积累了所有那些财富之后，试图得到某种精神上的拯救？还是说他这是一时精神失常，而他的这种疯狂行为将会带来长远的后果？

还能有什么别的可能呢？

难道这有可能仅仅是因为爱吗？所有那些无条件的爱恋之词。难道他配得上吗，他这个使用假名的人，半个丈夫，不在儿子跟前的父亲。我命令自己停住这番无声的怒骂，止住在我内心里不停翻卷的怨恨。一个像他这样拥有难以想象的财富和手段的人，却决定在他生命自然终结二十年之前成为冷冻舱中的冷冻标本，保存在某个贮存设施里。

"难道不正是你曾经教导过我,跟我说人类的寿命是多么短暂吗?我们的生命可以用秒来计算。而你现在却要自愿把它弄得更短。"

"我是要结束自己生命的一种形式,从而进入另一种远远更为持久的形式。"

"在目前这种形式下,我想你一定会定期做身体检查。你当然会。医生都跟你说了些什么?是不是有那么一个医生,一个小个子瘸腿男人,还有口臭?是不是他告诉你你的身体可能有很严重的问题?"

他挥了挥手,否定了这个想法。

"他没完没了地让你去做测试。肺,大脑,胰腺。"

他看了我一眼,说道:"一对夫妇里一个死了,另一个就得死。有过这种事,难道不是吗?"

"你的身体还很健康。"

"是的。"

"而你却要跟她一起去。"

"是的。"

我还没有找完卑劣的动机。

"跟我说实话。你是不是犯了什么罪?"

"犯罪。"

"规模巨大的欺诈行为。这种事在你们这一行里不是家常便饭吗?欺骗投资者。还有什么?非法转移巨额款项。还有什么?我不知道。可是一个人想要消失,这些都是可能的原因,对的。"

"别他妈的像个白痴一样胡说八道了。"

"别胡说八道,好的。但我还有一个白痴问题。不是应该在等到人死了之后再做冷冻处理吗?"

"还有一种特殊装置。叫作'零K'。它的前提是实验对象必须愿意进行某种过渡,以便达到另一个层次。"

"换句话说,他们会帮你死。但是这一回,在你身上,这个人还根本没有到该死的时候。"

“一个死了,另一个就得死。”

我们俩再次陷入了沉默。

“我感觉自己面前的一切好像一点都不真实。我现在正在看着你,好弄明白你是我父亲。这一点没错吧?我面前的这个人的确是我父亲吧。”

“这对你来说不真实。”

“跟我说这些话的人是我父亲。是这样吗?而他说他要跟她一起去。‘我要跟她一起去。’是这样吗?”

“我是你父亲,没错。你是我儿子。”

“不,不。我还没有做好准备。你赶在我前头了。我正在尽全力试图确认你是我父亲这一事实。我还没准备好做你的儿子。”

“也许你应该考虑一下。”

“给我点儿时间。也许过一段时间我就能给予考虑。”

我有一种离开了自己身体的感觉,知道自己在说什么,但与其说是我自己在说话,不如说我只是听到了自己说的话。

“请你帮自己一个忙,”他说,“听听我要说的话。”

“我觉得你被洗了脑。你是这周围环境的受害者。你是一个邪教的成员。你难道看不出来吗?这是纯粹的老式狂热主义。我有一个问题。那个个人魅力十足的领袖在哪里?”

“我已经为你的将来做好了准备。”

“你知道你这句话把我贬低成什么了吗?”

“你的将来会有保障。接受或是拒绝,都由你来选择。你明天离开这儿的时候心里应该明白这一点。有一辆车会在中午来接你。飞机也已经为你安排好了。”

“这让我感到非常羞耻,简直把我贬低得一文不值。”

“在路上将会有我的一位同事和你碰面,他将向你提供所有细节,所有你需要的文件,全都存在一个安全的计算机文件里,好帮助你决定从今天起你想要做什么。”

"由我来选择。"

"接受或是拒绝。"

我试着想笑出声来。

"有时间限制吗?"

"你需要多长时间都行。几周,几个月,几年。"

他仍在注视着我。十分钟前,这个人还赤着脚、甩着胳膊,在房间的两头之间走来走去。我现在看出了其中的道理。那是囚犯在自己的牢房里踱来踱去,做着最后的思考,可能还有改变主意的念头,琢磨着那个特殊装置里有没有马桶。

"阿尔蒂知道这件事有多久了?"

"当我自己知道的时候,她就知道了。我一拿定主意就告诉了她。"

"她怎么说?"

"你必须明白我和她共享着同一个人生。我所做的这个决定只会让我们之间的感情纽带变得更加紧密。她什么都没说。她只是看着我,那种眼神我根本无法描述。我们想要在一起。"

我无言以对。同时我也想不出什么其他的话题,就除了一个细节之外。

"那些在这里管事的人。他们会按照你的意愿行事。"

"我们没必要扯到那上面去。"

"他们会为你这样做。因为是你这位特殊人物。简简单单地打上一针,却是一种严重的犯罪行为。"

"算了吧。"他说。

"而你又将对他们如何回报呢?你一定已经拟好了遗书、信托协定和临终遗嘱,将某些资产和股份转让给他们,其数额远远超过你已经给了他们的那些东西。"

"你说完了吗?"

"这是不折不扣的谋杀吗?这是一种时机极为不成熟的辅助自杀吗?还是说这是一种形而上学的罪行,必须由哲学家来加以分析?"

他说:“够了。”

“先死一阵,然后得以永生。”

我不知道自己还有什么话好说,也不知道该怎么做,该到哪儿去。三天,四天,五天,也不知道我在这儿已经待了多久——时间被压缩,时间被拉紧,时间互相重叠,无日无夜,许多扇门,没有一扇窗户。我当然明白,这个地方处在可信范围的极度边缘之上。就连他自己都曾经这么说过。这种事编都编不出来。这就是其中的要点,这就是他们的本来目的,实实在在,三维立体。一座货真价实的地标,标志着种种令人难以置信的事物。

“我需要一扇窗户,好让我能看到外面。我需要知道在这些门和墙壁外面还有别的东西存在。”

“卧室旁边的备用房间里有一扇窗户。”

我说:“算了。”我坐在凳子上没动。

我之所以提到了窗户,是因为我本以为不会有窗户。也许是我想多找一样东西来和我作对。被困的人真可怜。

“你本以为你知道自己的父亲是什么样的人。当你说你觉得自己被这个决定贬低了的时候,你是这个意思吗?”

“我不知道我是什么意思。”

他对我说我还没有做过任何事情。还没有生活过。他说,你所做的仅仅是打发时间。他提到了我坚定不移四处漂泊的习惯,周复一周,年复一年。他想知道他刚才对我说的话是不是对此构成了威胁。从一份工作到另一份工作,从一座城市到另一座城市。

“你把自己的本事想得太大了。”我说。

他凝视着我的脸。

这是一种反事业,他说。非事业。难道现在这一切将不得不改变?他将其称为我的小教会,其原则是不作任何承诺。

他越来越生气。他说话的内容并不重要。他的话语本身,他声音的势头,正在塑造着这一刻。

“你认识的那些女人。你之所以对她们感兴趣，是不是因为她们符合你在智能手机上输入的某些准则？这种关系根本就不可能持久，也不会持久，永远都不会持久。”

她捅了他一刀。我母亲曾经用牛排刀捅了这个男人一刀。

现在该轮到我了。

“跟她一起去。你把阿尔蒂变成了海市蜃楼。”我说，“你现在正在径直走进一种光学幻觉里。”

他似乎要一跃而起。

我平静地说：“你能在冷藏状态下做出行政决策吗？你能仔细察看经济增长和股权回报之间的联系吗？你能巩固客户心中的品牌形象吗？中国的投资回报是不是仍然超过印度？”

他出手打了我一下，用手掌根猛击我的胸口，很疼。长凳在我重心的移动下摇晃着。我站起身，从地板上走过，进了备用房间，径直来到窗前。站在那里向外看。贫瘠的土地，皮包骨头，远处的山脊，高度无法估计，因为没有可靠的参照物。天空一片苍白，空无一物，西方天色渐暗，如果这是西方，如果这是天空的话。

我慢慢向后退去，看着视野在窗框的范围内逐渐缩小。接着我又看了一眼窗户本身，又高又窄，顶端是一个拱形。尖顶窗，我心想，忆起了这个名词，而这又把我带回到了自己身上，带回到了一个经过缩减的视角，一个坚定不移的东西，一个有意义的单词。

床没有整理过，衣服四下乱扔着，而我明白这是我父亲睡觉的地方，而且今晚还要再睡一夜，只不过他不会睡得着。阿尔蒂在隔壁房间里，我走进去，停了一下，然后走到床边。我看到她醒着。我什么都没说，只是向前俯下身子，然后等着她认出我。

她的嘴唇微微翕动，三个不出声的单词。

跟我们一起去吧。

这是一个玩笑，最后一个充满爱意的玩笑，但她脸上没有一丝微笑的痕迹。

罗斯又在踱步，从房间一头到另一头，现在步伐稍慢。他戴着他的墨镜，也就是说现在别人看不见他，至少对我来说是这样。我朝门外走去。他没有提醒我明天一大早就马上到这儿来，就到这个房间来。

对一个女人的爱，没错。但我又想起了斯滕马克双胞胎在那间石头屋子里对着那些有钱的捐助者讲过的话。勇敢地迈出那一大步吧，他们说。将亿万富翁的永生神话变为现实。而为什么不现在就行动呢，我想。还有什么东西值得让罗斯去获取呢？给这些未来主义者付上他们的血腥钱，他们就会让你有可能得到永生。

那个冷冻舱将是他最后的权利圣坛。

九

我在一扇门上敲了敲，然后在那儿等着。我走到隔壁门前，敲了敲，然后在那儿等着。接着我沿着走廊一路敲下去，不再等。我意识到两三天前我曾经这样做过，或者也许是在两三年前。我边走边敲，最后回过头去看看是否有哪扇门打开了。我想象着在某一扇门背后有一部电话正在桌上响着，振铃器设在低声。我在那扇门上敲了敲，然后伸手去抓门把手，意识到门上没有把手。我在门上寻找着可能和我腕带上的圆盘相匹配的装置。我走到走廊尽头，拐了个弯，检查了每一扇门，先敲一敲，然后寻找磁性部件。这些门全都被刷成了各种各样的淡雅色彩。对面的墙上没有门，我背靠这堵墙站着，扫视着面对着我的门，有十或十一扇，我发现没有哪两扇门的颜色完全相同。这是属于来世的艺术。这是陪伴临终事物的艺术，非常简单，如梦如幻，神志昏迷。它在说，你死了。我走到走廊尽头，拐了个弯，敲了敲第一扇门。

在我的房间里，我试着思考这个问题。罗斯不可能是这里唯一打算在身体离衰竭还早就进入冷冻室的人。这些人究竟是神经错乱，还是处在一种崭新意识的前沿？我躺在床上，望着天花板。考虑到这一披露的性质，那场父子之间的交流应该更克制一些。我说了一些愚蠢而不可原谅的话。早上我会跟罗斯好好谈谈，然后在他和阿尔蒂被带下去的时候陪在他的身旁。

我睡了一会儿，然后去了食物单元。里面空荡荡的，没有气味，没有修道士，槽口里也没有食物，午餐时间已过，晚餐还太早，可是他们难道遵守这些惯例吗？

我不想回我自己的房间。床、椅子、墙壁，如此等等，如此等等，如此等等。

跟我们一起去吧，她说。

屏幕上燃烧着一场大火，一队灭火飞机在烧焦了的树梢之上洒下一片浓厚的化学烟雾。

接着一个身影走过一座城镇空荡荡的街道，两旁是在高温和火焰下向内坍塌的房屋，还有皱缩成干巴巴模样的草坪装饰物。

接下来是一幅卫星图像，两道烟雾状的白色线条弯弯曲曲地从一片灰色地带上爬过。

现在是另外一个地方，人们戴着面罩，好几百人在摄像机的高度上移动着，或是自己行走，或是被别人抬着，而这是一种疾病，一种病毒，长长的一队男男女女，缓缓地移动着，这种东西是由昆虫或害鸟害兽传播的，由飘浮在空中的尘埃携带着，目光呆滞的人们，现在已数以千计，以一种饱受煎熬的步伐行走着，仿佛将要永远这样走下去。

接着是一个女人，坐在自己汽车的车顶上，双手抱着头，而火焰——又是那场大火——正在不远处从山麓上向下移动着。

然后是草地大火横扫过一片平原，一群野牛，在明亮火焰的映衬下，沿着和铁丝网围栏平行的方向疾驰而过，离开了画面。

镜头很快切换到汹涌而来的巨大海浪，接着是海水冲上海堤的景象，几组图像融合在一起，剪辑得非常巧妙，但不容易看明白，塔楼晃动着，一座桥梁倒塌，一幅灰烬和熔岩从地壳开口处喷发而出的巨大特写，而我想让它持续得更久一些，它就在那儿，在比我稍高一些的地方，熔岩，岩浆，熔化了的石头，但几秒钟后，出现了一片干枯的湖床，一棵弯曲的树干立在那里，接着又回到了林地和旷野中的野火，朝下席卷到了城镇和高速公路上。

接着是一个长镜头，树木繁茂的山坡被滚滚浓烟吞没，一队消防队员戴着头盔、背着背包，消失在一条山间小道上，然后重新出现在一片森林里，周围是劈开的松树和裸露的青铜色泥土。

接着，一个近距离镜头，熊熊火焰马上就要充满整个屏幕，火焰跃过一条小溪，就好像要冲进摄像机，一直冲到我正站在那里观看的那条走廊里。

我漫无目的地走了一段时间，看见一个女子打开一扇门，进入了那里面不知是什么样的空间里。我跟着一队工作人员走了五十米，然后绕道进了一条走廊，沿着一条长长的斜坡一直下到一扇有把手的门前。我犹豫了一下，脑子里一片空白，然后转动把手，推开门，走进了大地、空气和天空之中。

这里是一座带有围墙的花园，乔木、灌木、开花植物。我站在那里，四下张望。周围的热气没有我刚到的那天那么强烈。这正是我需要的，远离那些房间、那些走廊、那些单元——一个户外的地方，在这里我也许可以冷静地考虑一下在下一幕里我将会看到、听到和感觉到的东西，在明天一大早，当阿尔蒂和罗斯被带下去的时候。我沿着一条蜿蜒的石头小径走了半分钟，这才傻乎乎地意识到，这原来并不是一片沙漠绿洲，而是一座真正的英式花园，有着修剪过的树篱、林荫树木和爬在棚架上的野玫瑰。而更为奇怪的是，这里的树皮、草叶和每一种花朵——上面好像全都有一种涂层或是瓷釉，带着一种微弱的釉光。这一切没有一样是自然的，而且在吹过花园的微风中全都纹丝不动。

这里的树木和植物全都带有标签，我读了一些上面的拉丁文名字，而这只是加深了这里面的秘密或是矛盾或是诡计，不管它究竟是什么东西。这是斯滕马克双胞胎的手笔，这一点毫无疑问。长鞭欧洲鹅耳枥，一种锥形树木，绿色树叶，窄细的树干摸上去很光滑，感觉非常干净，是某种塑料或玻璃钢，博物馆级别的材料。我不停地查看着一个个标签，好像停不下来，零星的拉丁文擦边撞击，混杂在一起，千瓣葵，尖尖的叶子，一轮鲜黄色的花瓣，然后是一条长凳，在一棵高大橡树的阴影里，一个身影一动不动地坐在那儿，像是一个人，身穿宽松的灰色衬衫、灰色长裤，头戴银色的无边便帽。他向我转过身来，点了点头，表示许可，于是我慢慢靠近。他是一个年龄很老的男人，精瘦的体格，奶油般的棕色皮肤，尖尖的脸庞，细长的双手，脖子上的肌腱好似桥梁上的钢缆。

“你就是那个儿子。”他说。

“我想是吧，是的。”

“我不知道你是用什么办法躲过了通常的保护措施，居然来到了这里。”

“我想可能是我的圆盘出了故障。我的手腕饰品。”

“真神奇，”他说，“而今晚居然有一阵微风。这也很神奇。”

他邀请我分享那条凳子，那就像是一条缩短了的教堂长凳。他的名字叫本-埃兹拉，他说他喜欢到外面这儿来，坐在这里想着多年以后那个时候，当他重获新生，重新回到这个花园里，坐在同一条长凳上，想起自己过去曾经坐在这儿，通常是独自一人，而且正在想象着将来的那一刻。

“还是同样的树，同样的常春藤。”

“我料想应该是这样。”他说。

“或者是某种截然不同的东西。”

“现在这里存在的东西才是真正的截然不同。这是地球将来月球般的来世。人造材料，一座幸存者的花园。它和那种不再处于过渡途中的生命有着特殊的联系。”

“这座花园难道不也暗示着一种嘲弄吗？还是说这是一种怀旧？”

“看来想要你摆脱你随身带来的那些传统思想还为时过早。”

“那罗斯呢,他怎么样?”

“罗斯很快就获得了稳固的理解。”

“而我现在身在此地,我需要面对的是,一个我所钦佩的女人眼看就要死去,而她所爱的那个男人,碰巧就是我父亲,也要轻率地过早寻死。而我又在做什么呢?我正坐在一片沙漠荒地中间一座英式花园里的一条长凳上。”

“我们并没有怂恿他走这条路。”

“可是你们将会允许他这样做。你们将会允许你们的团队这样做。”

“在这里度过了一段时间的人最终都会发现他们自己到底是谁。不是通过与他人协商,而是通过自我反省,自我启发。一片失落的土地,一种令人无法抗拒的荒野感。这些房间和走廊,一种静止,一种等待的状态。我们这儿的所有人难道不都是在等待着有什么事情发生吗?发生在某个别的地方的某件事情,将会进一步确定我们在这儿的目的。而且还有某种更为本质的东西。等着进入冷冻室,等着发现我们在那里将要面对的是什么。正在等待的人当中有少数几个还相当健康,不错,这些人为数很少,但他们决定放弃自己当前生命中所剩余的部分,以便发现一种全新层次上的自我更新。”

“罗斯一向都是预期寿命的主人。”我说,“然而现在,在这里,在过去的三四天里,我眼睁睁地看着他这个人崩溃瓦解。”

“另一种等待状态。等待做出最终的决定。他还有今天剩下的时间和一个漫长的不眠之夜来更深入地考虑一下这个问题。如果他需要更多的时间,我们也可以为他作安排。”

“可是用简单的人类语言来讲,这个男人认为没有了这个女人他就活不下去了。”

“那么你就必须告诉他这个世界上剩下的东西值得让他回心转意。这个责任非你莫属。”

“剩下的还有什么?投资策略?”

“剩下的还有儿子。”

“那可不管用。”我说。

“有儿子，还有这个儿子可能做的事情，以保证他父亲在这个危险的大千世界里安然无恙。”

他的声音里带有一种轻微的抑扬顿挫，而伴随着话音的起落，他往往会摇摆一下自己的食指和中指。我在内心中面对着自己想要猜测或是编造此人背景的冲动。我判定，本-埃兹拉这个名字本身就是编造出来的。这个名字对他这个人很合适，使人联想到《圣经》和未来这两个主题的一种复合体，而我们现在正坐在他世界末日之后的花园里。我很遗憾他告诉了我他的名字，很遗憾在我有机会为他命名之前他就给自己起了个名字。

他还没有讲完有关父子二人的事。

“让这个人保留他自己选择的尊严吧。不要去想他的金钱。他所拥有的生活超出了你生活经历的极限。允许他拥有自己悲伤的权利吧。”

“他的悲伤，这可以。他的选择，那可不行。还有在这里，这种事情竟然是允许的，这竟然是整个计划中的一部分。”

“在这里，还有在其他地方，在将来的年月里，这并不罕见。”

我们一言不发地坐了一会儿。他脚上穿着黑色的拖鞋，每只鞋的鞋面上都带着小小的鲜艳标记。我开始询问有关“聚合”的问题。他没有作出任何直接答复，但是在言谈里顺便提到了这个团体仍在扩展之中，有工作职位需要填补，有地表下的建筑项目有待开启。不过那个简易机场仍将是一个简单的组成部分，没有对其进行扩建或是将其现代化的打算。

他说：“对于那些明白与世隔绝正是其本来目的的人来说，与世隔绝并不是什么弊端。”

我试着想象他身处其他普通的环境里，比如坐在一辆汽车的后座上，从拥挤的街道上缓缓驶过，或是坐在拥挤的街道上方一座小山顶上他自己家中餐桌的上首，可是这个想法没有任何说服力。我无法想象他在任何别的地方，而只能是在这里，在这条长凳上，在这座花园墙外那片巨大荒野的背景之下。他是这里土生土长的。与世隔绝正是其本来目的。

“我们认为延长人类生命的想法将会引发试图改进人体冷冻术的各种方法。重新设计衰老的过程，逆转进行性疾病的生化过程。我们完全有信心我们将处在任何真正创新发现的前沿。我们在欧洲的技术中心正在研究变革的策略。研究能够适应我们总体安排的各种思想观念。我们已经赶在了我们自己的前面。而这正是我们希望自己所处的位置。”

一个这样的人会有家庭吗？他平时刷牙吗，他牙疼的时候会看牙医吗？我能试着想象他的生活吗？别人的生活。一分钟都不行。就连一分钟都无法想象。身体上，思想上，精神上。甚至就连短短的一秒钟都不行。他矮小的身躯里包含着太多的誓约。

我告诉自己要冷静下来。

他说：“我们是多么脆弱啊。难道不是吗？这个世界上每个地方的每一个人。”

我听他讲到现在世界上有几亿人在拼命找东西吃，不是每天一次两次，而是一天到晚，天天如此，而将来这个人数将会变成几十亿。他详细地谈到了食物系统、天气系统、森林损失、干旱蔓延、鸟类和海洋生物的大批死亡、大气中的二氧化碳含量、饮用水的缺乏，以及覆盖着广阔地理区域的病毒浪潮。

地球上的这些灾难是这里思维的一个自然组成部分，但这里面并没有任何机械背诵的痕迹。他了解这些事情，对它们进行过研究，而且目睹过它们的某些方面，甚至梦到过它们。而这时他说话语调柔和，带着一种不得不令我钦佩的说服力。

再就是生物战，以及它所能够导致的各种不同形式的大规模生物灭绝。毒素，化学药剂，自我复制单元体。还有遍地都是的难民，为数众多的战争受害者，生活在临时避难所里，无法返回他们已被摧毁的城镇，而当他们的救护船只在海上翻船时，他们也将不幸丧命。

他正在注视着我，试探着，试图发现什么东西。

“你对这些事情的看法和感受难道不是比以前更深刻了吗？这些危险和警告？有某种东西正在酝酿之中，不管你在你的可穿戴技术当中感到有多么安全。所有那些能够让你变得好似脱离躯体的语音命令和超级连接。”

我对他说，正在酝酿之中的很可能是一种流行性心理疾病。是那种往往会造成不现实希望的恐惧感。这是一种人们时不时会想要并且需要的东西，纯粹是一种氛围。

我喜欢这种说法。纯粹是一种氛围。

这时，他注视着我的目光变得更加锐利，要么是因为他认为我的这句话太无知，不值得应对，要么就是他把我说的话理解成了在这种情况下必不可少的一种对社会习俗的表示。

“一种氛围，没错。这会儿，一切还都风平浪静。接着，天空中便出现了一个发光体，还有随之而来的音爆和冲击波——于是一座俄国城市进入了一种经过了压缩的现实，如果它不是如此突然而又真实的话，它会让人感到神秘莫测。这就是大自然的主旨，我们所有的努力，我们所有的远见，我们能够用来保护我们自己的所有聪明才智，全都在它的掌握之中。我讲的是那颗流星。车里雅宾斯克。”

他冲着我笑了笑。

“把它说出来吧。别犹豫。车里雅宾斯克。”他说，“那地方离这儿并不太远。其实离得挺近的，如果在地球上这片地方有什么东西可以被称作离得近的话。人们从一个房间跑到另一个房间，收集有价值的文件。他们准备转移到比较安全的地方去。他们把猫和狗放进宠物笼里。”

他停下来想了想。

“在这里我们将故事的文本逆转，我们把新闻倒过来读。从死亡到生命。”他说，“我们的微型装置将在动态下进入人体，成为我们重获新生所需的经过翻新的零件和通路。”

“难道奇迹总是发生在沙漠里吗？难道我们在这里是为了重复古老的虔诚和迷信吗？”

听到我仍不情愿让步，他觉得很好笑。

“这些想法可都是为了试图勇敢面对一种毁灭殆尽的未来，而你做出的却是这样一种古怪的反应。请尽量理解这一点。这一切都将发生在未来。这个未来，这个瞬间。如果你不能接受这个想法，那你最好现在就回家。”

我想知道罗斯有没有请求这个人来跟我谈一谈，来老练而宽慰地把我开导一番。我对他要讲的话感兴趣吗？我发现自己正在脑子里想着即将来临的可怕夜晚和终将到来的明天早晨。

“在这里我们分享着一种感觉，一种观念。我们把自己想成是超理性的。这个地方本身，这座建筑本身，还有将要改变人们以前所有信念的科学。这是对人类生存能力的一种考验。”

说到这儿，他停顿了一下，从裤子口袋里取出一块手帕来擤鼻涕，动作毫无保留，包括随后的涂抹和擦拭，而这让我感觉好了一些。现实生活，人体的生理活动。我等着他说完他要说的话。

“我们这些在这里的人已经不属于任何其他地方。我们已经完全脱离了历史。为了来到这里，我们已经放弃了我们自己的过去和我们曾经所在的地方。”

他仔细检查了一下那块手帕，小心翼翼地把它叠好。他花了一点时间才把那个小方块小心地放进了口袋里。

“而这里又是哪里呢？”他说，“未经开采的稀有矿物储备，石油财富的滚滚惊雷，一个个专制主义国家，各种侵犯人权的行为，还有可以收买贿赂的官员。最低限度的接触。脱离。灭虫。”

我想对他拖鞋上印着的标记进行解释。这些标记也许是此人文化血统的一个线索。但我一无所获，而这时我感觉到那股微风开始变得稍猛，同时耳中又听到了那个声音。

“这座设施是固定的。我们并不位于容易受地震或小型群震影响的地质带上，但是这座建筑的每一个细节上都设有抗震装置，拥有所有可以想象得到的防护措施，用来预防系统故障。阿尔蒂在这里会很安全，而如果罗斯决定陪伴她，他也会一样安全。这座设施是固定的，我们是固定的。”

本-埃兹拉。我需要想一想他的真名，他的本名。我需要一种自我防卫的方式，一种不知不觉潜伏到他生活中去的方法。我想给他一根手杖，来完成这幅画像，一根拐杖，用石枫木做成，坐在长凳上的男人，两只手放在弯曲的手柄上，杖杆与地面垂直，手杖粗钝的末端戳在他的两脚之间。

“那些最终从冷冻舱里出来的人将是非历史的人类。他们将摆脱过去那些平直的水平线，那些经过衰减的分分秒秒。”

“而且据罗斯说，他们讲的将会是一种新的语言。”

“一种完全孤立的语言，和其他语言没有任何联系。”他说，“我们将会把它教给某些人，而其他人，那些已经处于冷冻保存状态中的人，我们则可以将它直接植入体内。”

这个系统将为我们提供全新的含义和全新的感知层次。

它将扩展我们的现实，深化我们的思维领域。

它将彻底改造我们，他说。

我们将对自己达到前所未有的认识，包括血肉、大脑和肌肤。

我们的日常言谈将会带有纯数学的逻辑和美感。

没有明喻、暗喻或类比。

这种语言不会在我们以前从未经历过的任何形式的客观真理面前退缩。

他说着，我听着，话题开始达到新的高度。

整个宇宙，它曾经是什么，现在是什么，将来又会是什么。

不断加速膨胀、无穷发展变化中的宇宙，充满了生命，里面包含着永远都数不完的一个个星球，他说。

宇宙，多元宇宙，宇宙中存在着如此之多的无穷，以至于重复性这个想法变得无法避免。

两个人坐在一座沙漠花园里的一条长凳上，进行着我们之间、你和我之间正在进行的这番交谈，一字不差，只不过他们是不同的两个人，在离这儿数百万光年之外的另一座花园里——这个想法是一个无法避免的事实。

这究竟是一个老头子兴奋得失去了理智，还是一个年轻人在试图抵制某种事关重大的油滑嘲弄？

不管怎样，我开始把他当成一位疯人智者。

"人的天性就是想要知道得更多，永远都不会满足。"我说，"可是我们不知道的东西也正是我们人性的一部分。而且无知是没有尽头的。"

"接着讲。"

"不能永生也是没有尽头的。"

"接着讲。"他说。

"如果哪个人或哪样东西没有开始，那么我就可以相信，他、她或是它没有结束。但只要你是生出来、孵出来或是长出来的，那么你的有生之年就早已屈指可数了。"

他想了一会儿。

"'忧郁所能抛给人的最沉重的石头，就是告诉他，他的天数已尽，或者说，来世并不存在。'"

我等着下文。

"十七世纪，"他说，"托马斯·布朗爵士[①]。"

我又等了一阵。但再没有了下文。十七世纪。他让我自己来估算我们从那以后的进步。

现在风真的吹了起来，但整座花园却丝毫没有被扰动，花朵、草叶和树叶全都纹丝不动，抵抗着明显的气流，令人毛骨悚然。但是这个场景

① 托马斯·布朗(1605—1682)：英国医生和作家，作品涉及科学、医学、宗教、神秘学等多个领域。上文中的引语出自他的《瓮葬》一书。

并不是乏味地静止不动。这里有色调和色彩，到处闪着微光，太阳开始下落，树木在即将逝去的一天中光芒闪耀。

“你独自坐在家里一个安静的房间里，仔细倾听。你听到了什么？街上没有车辆来往，没有说话声、雨声或是哪个人的收音机的声音。”他说，“你听到了某种声音，可那究竟是什么呢？不是房间的声音或是环境的杂音。它可能会随着你听力的加深而改变，每分每秒，而此刻那声音正在变得越来越响——不是更响，而是不知怎地变得更为宽阔，维持着、环绕着它自己。这是什么？难道是心灵，生命本身，你的生命？还是说它是这个世界，不是大块的物质，陆地和海洋，而是生活在世界上的东西，是人类存在的滔滔之水。整个世界在嗡嗡作响。你自己曾经听到过这种声音吗？”

我没能给他编出一个名字。我无法想象他年轻时是什么样子。他生下来就是这么苍老。他的整个一生都在这条长凳上度过。他是这条长凳的一个永久组成部分，本-埃兹拉，脚穿拖鞋，头戴无边便帽，蜘蛛腿般细长的手指，一个静止不动的身体，坐在一座玻璃钢的花园里。

我把他留在了那里，开始漫步走过花坛，来到一条泥土小径上，穿过花园墙上装着一扇大门的地方，走进假树丛中的更深处。这时有个东西突然让我停住了脚步，那是一个站在昏暗光线下的身影，几乎和树分辨不开，脸部和身体呈棕色，好似烧焦了一般，两臂交叉在胸前，双拳紧握，而尽管我已经意识到自己正盯着一个人体模型，我仍然停在原地，和那个塑像一样一动不动。

它让我感到害怕，一个没有面部特征的东西，赤身裸体，没有性别，不再是服装人体模型，而是一个哨兵，摆着一种令人生畏的姿势。这和我曾经在那条空荡荡的走廊里看到过的那个人体模型有所不同。这次相遇之中有着一种紧张感。我小心翼翼地继续往前走，又看到了好几个，半藏在树丛里。我与其说是在看着它们，不如说是在监视着它们，紧张不安地审视着它们。它们的静止不动似乎是有意的。它们站在那里，或两臂交叉，或两臂下垂，或两臂向前伸出，其中一个没有胳膊，还有一个没有脑袋，这些强壮而呆立的物体，它们属于这里，漆成了各种深颜色。

在一块小小的空地上，有一个从地面上斜着凸起的建筑物，一个屋顶状的凸出物，下面是一个入口。我走下八九级台阶，进入了一个带有拱顶的内部空间，一个地下室，里面光线昏暗，阴冷潮湿，全都是带着裂缝的灰色石头，墙上设有壁龛，里面放着尸体，半身尸体，实际上是人体模型，做成经过保存的尸体模样，从头部一直到腰部，身穿带兜帽的破旧衣服，每一个都占据着自己的壁龛。

我站在那里，试图让我的脑子吸收我眼中看到的这一切。我寻找着那个单词。有一个我想要的词，不是地穴或石窟，而与此同时我只能目不转睛地仔细看着，试着收集那些细节。这些人体模型有面部特征，全都遭受了磨损和侵蚀，眼睛、鼻子、嘴巴，每一张都是被毁的面孔，呈灰白色，还有它们干瘪的双手，勉强保持着完整。有大约二十个这样的人像，有几个是全身，站立着，身穿破烂不堪的灰色旧长袍，低着头。我向前走着，我的两边全都是尸体，这种景象简直让人透不过气来，还有这个地方本身，那个词本身——那个词就是*地下墓穴*。

这些人像，这些沙漠圣徒，在自己的地下墓穴里干燥脱水，变成了木乃伊，这个场景拥有一种幽闭恐惧症似的力量，散发着一种微弱的腐臭气味。有那么一阵我有些喘不过气来。那些直立在人体冷冻舱里的男人和女人，那些处在永生边缘之上的血肉之躯，难道我能够不把我面前的这些人像解释为他们祖先时代的等同形式吗？我不想要解释。我想看到、感觉到这里存在着的东西，即便是当这种经历将我团团围住时会让我无法承受。

人体模型怎么会产生这样的效果，甚至比在教堂或修道院里看到的用防腐剂保存了好几个世纪的真人还要强烈？我从来没去过那样的地方，意大利或法国某地的藏尸所，但我无法想象会有更强烈的反应。我在这个土坑里究竟看到了什么？不是经过精雕细刻的大理石，也不是一根用凿子手工雕刻而成并用金箔加以点缀的精美松木。这只不过是几块塑料，合成化合物，披着死人的兜帽和长袍，而它们却给这个场景带来了一种淡淡的渴望，一种好似人类愿望的错觉。但我这又是在解释，难道不是吗？我感到饥肠辘辘，全身虚弱，被这一天里发生的事情刮得生疼，以至于我几乎期待着塑像会开口讲话。

再往前走，在那两排尸体之后，有一盏白色的灯悬在空中，而当我走近时，我需要用一只手遮着脸，好挡住刺眼的亮光。这里有一群人像陷在一个大坑里，一大堆人体模型，扭作一团，身体赤裸，双臂伸出，头部可怕地扭曲着，头顶上光秃秃的，一堆乱七八糟的人形纠缠在一起，四肢和身体都带有关节，这是一群被剥夺了性别的人，一群被剥夺了个性的男男女女，它们脸上毫无表情，就除了一个身上没有颜色的人像，像白化病患者似的，直盯着我，粉红色的双眼一闪一闪。

在食物单元里，我几乎把脸贴在了盘子上，嚼完了最后几口晚餐。整个建筑群里所有的食物单元全都堆积在我的脑海里，每个里面坐着一个人。我回到自己的房间，打开灯，坐在椅子上思考着。我觉得自己好像已经这样做了一千次，每次都是同一个房间，同一个人坐在椅子上。我发现自己正在侧耳倾听。我试着把脑子清空，纯粹只是在听。我想听到本-埃兹拉所描述的那种声音，那种人们生活、思考、谈话的声音，犹如海洋一般，几十亿人，遍布世界各地，在等候火车，奔赴前线，舔着手指上的食物。或者只是在过着他们自己的生活。

整个世界在嗡嗡作响。

十

我需要以最简单的方式来处理这个问题。

他坐在那里，双眼直盯着墙壁，独自沉思，遥不可及。他早已陷入了回忆中，在漂浮不定的画面中看到了阿尔蒂的身影，我心想，这些画面他自己无法控制，突然闪耀的记忆和幻影，全都因他的决定而开始出现。

他决定不跟她一起去。

他的整个一生，正如巨石一般狠狠地捶打着他，他所有曾经说过的话、做过的事，全都汇集到了这一刻。他坐在那里，苍白无力，头发蓬乱，领带没打结，双手松散地交叉在胯部。我站在一旁，不知应该如何站立，如何适应这个场合，但我决心毫不掩饰地望着他。他的双眼里没有任何恳求理解的意思。一夜之间的变化可真大，曾经是坚定不移的决定现在成了对一个人内心摇摆不定的疲软见证，昨天这个人还迈着大步从房间的一头走到另一头，言辞激昂，充满了说服力，而现在他却颓然地坐在那里，想着那个被他抛弃了的女人。

他三言两语把他的决定告诉了我。那是一种直接来自自然的声音，未经处理，没有任何情绪的外在表现。他不必告诉我我也知道，阿尔蒂已经被带到下面去了。从他的声音里就能听出来。这里只有房间、椅子、坐在椅子上的男人。还有在一旁尴尬地观望着的儿子。门口两旁站着两个护卫。

我等着有人首先做出举动。然后我自己先动了，略微改了一下姿势，多少像是个正式的悼念者，心里清楚自己自从到了这儿以来就一直穿着同一套早已不干净的衬衫和裤子，内衣和袜子我刚刚在天亮时用洗手消毒液擦洗过。

过了不一会儿，罗斯从椅子上站了起来，向门口走去，我紧跟上去，我们两人都没说话，我用手扶着他的肘部，不是为了领路或支持，而只是为了提供触觉的安慰。

一个拥有惊人财富的人难道也有被悲伤压倒的权利吗？

那两名护卫都是女子，其中一个用皮套佩带着手枪，年纪较轻的那个则没有。她们把我们领到一个成了抽象事物、成了理论事件的空间里。我不知道还能用什么别的方法来描述它。这是一种运动的概念，同时也是位置或地点的变化。这并不是我在这里第一次遇到这种经历，这一回我们四人都保持着沉默，有一种恭敬的感觉。我拿不准这究竟是因为眼下悲伤的境况，还是由于这种运输工具本身的性质，那种沿着某个角度下降的感觉，那种被从我们自己感觉器官上脱离开来的感觉，这种滑行更像是在精神上，而不是在物质上。

我决定测试一下这个环境，随便说句话，什么都行。

“我们现在乘坐的这个东西，它叫什么？”

我很确信自己说了话，但我无法断定我的话语是否发出了声音。我看了看那两个护卫。

这时罗斯说道：“这叫转向器。”

“转向器。”我说。

我把一只手放在他的肩上，向下按着，紧紧地握了一下，好让他知道我在这里，我们两人都在这里。

“转向器。”我又说了一遍。

我在这里说话的时候总是在重复，我是在验证，试图确定可靠的方位。现在阿尔蒂正在下面的某个地方，在转向器路线的尽头，数着浴帘上的水滴。

我站在那里，透过一块齐眼高的窄窄的玻璃镶板朝里望着。这就是我在这里的角色，观看他们摆在我面前的任何东西。“零K”的工作组正在为阿尔蒂的冷冻保存做准备，医生和其他穿着各种服装的人，有的在走动，有的在查看监测器，调整设备。

阿尔蒂在他们中间的某个地方，盖着单子，躺在一张台子上。我只能在短暂的片刻中看到她，看到某一部分，身体中部，腿部下端，总是不能清楚地看到她的脸。工作组在她身体上方和周围忙碌着。我不知道是不是应该把他们正在着手处理的那个形体当成“尸体”。也许她还活着。也许就在这一刻，就在这一秒钟，她正在被用化学方法诱导致死。

还有一件事我不明白，那就是到底什么才是生命的结束。一个人什么时候才算变成了尸体？我想，应该有不同程度的放弃。身体决定停止某一项生理机能，然后或许会停止另一项，但也可能不会——心脏，神经系统，大脑，大脑的各个部分，直到单个细胞的生化机制。我意识到死亡有不止一个官方定义，而其中没有一个是所有人一致认同的。大家都是根据情况需要现编，包括医生、律师、神学家、哲学家、伦理学教授、法官和陪审团。

同时我也意识到自己正在走神。

我想象着罗斯躺在那张台子上，如果他做出了那样的决定，一个健康人，全身处在系统崩溃状态之下。他现在正在接待室里，等着时间过去。我是唯一心甘情愿的见证人，而这时我看到了她的脸，动人的一瞥，阿尔蒂，工作组成员依次闪过，戴着帽子和口罩，身穿刷手服、手术服、短上衣、白大褂。

接着观察孔便成了一片空白。

一个扎着一头细长发辫的向导把我们领到了一个地点，什么都没说，让我们慢慢吸收我们看到的东西。

罗斯不时会问上一两个问题。他已经梳理了头发，系好了领带，把他的西装外套收拾平整。他的声音不完全像是他自己的，但他的确是在讲话，试图将自己置身于周围的一切当中。

我们站在一个带斜坡的小回廊上方的一条过道上，看着一处平常空间里的三个人形，那里的照明非常巧妙，使得外部边缘融入了阴影之中。那是三个装在人体冷冻舱里的人，冷冻舱的外壳是透明的。他们身体赤裸，一男两女，三个人全都剃着光头。

活人画，我心想，只不过这些演员是死人，而他们的服装则是超隔热性的塑料筒。

向导告诉我们这些人是那些选择提早接受处理的人当中的三个。他们在接受冷冻保存的时候或许还剩有五年或十年的生命，或二十年，或者更长。他们的主要器官都已被取出，包括大脑在内，被分别保存在称为器官冷冻舱的隔热容器里。

“他们好像很平静。”罗斯说。

那几个人体并没有摆成正式的姿势。他们的眼睛睁开着，目光呆滞，好像带着一种惊讶，两臂松散地垂在身体两侧，膝盖疙疙瘩瘩，带着皱纹，样子很自然，身上没有任何毛发。

“他们只是站在那里等着。”他说，“他们有用不完的时间。”

他脑子里正想着阿尔蒂，还能有什么，想知道她现在是什么感觉，如果她还有感觉的话，想知道她现在到了人体冷冻过程中的哪个阶段。

玻璃化冷冻法，冷冻保存术，纳米技术。

珍惜这些术语吧，我心想。让术语来反映对越来越晦涩难懂的方法的探索,直至亚原子的层次。

向导说话时带着口音,我猜想可能是俄国口音。她身穿光滑平整的牛仔裤和带流苏的长衬衫,而我试着让自己相信她的姿势和那几个人体的姿势一模一样。事实并非如此,但我还是尝试了一段时间,然后才打消了这个念头。

罗斯还在一直看着。这些是暂时中止的生命。要么就是无法重新恢复的生命留下的空架子。还有那个人他自己,我的父亲。我想知道他改变主意的决定将会如何影响他在这里的荣誉地位,以及他的决策控制能力。我知道我自己的感觉是什么,是一种被失望把血抽干了的同情。这个人打了退堂鼓。

他和向导说着话,但他的视线却一直没有离开站在我们面前的那几个人形。

“你们把他们叫作什么?”

“上面吩咐我们把他们称作先驱。”

“有道理。”他说。

“指明方向,开辟道路。”

“及早行动,勇于争先。”他说。

“他们没有等待。”

“他们在还没有必要这样做的时候就果断下手了。”

“先驱。”她说。

“他们看上去很安详。”

心里想着阿尔蒂,想象着她的身影,决心跟她一起去。但他却临阵退缩了。跟她一起去的想法是在某种疯狂潮水般的爱的推动下产生的。可是一旦发誓要这样做,他就必须信守不渝。如火如荼的生命和事业,处在金钱磁场中心的人。没错,我对他的声誉和物质财富是有些夸大。但这是他具有传奇色彩的生活中一个不可缺少的组成部分。一种过度会带来种种过度。

他在最后一排的一个位子上坐了下来,过了一会儿我也和他坐在了一起。然后我端详着那几个人体。

这里面牵涉到他们是谁的问题，牵涉到之前所有曾经发生过的事情，牵涉到一个生活在地球上的男人或女人无法用言语表达的浓厚生活体验。然而在这里，他们却成了实验室里的生物，被剥得精光，放在冷冻舱里，拉在一起作为一个小组，也不管将他们装罐和腌制用的是什么方法。然后他们被放在了一个毫无个性的空间里，没有确定的时间和地点，这种手法和我在这个地方的经历在每一个方面上都完全符合。

向导给我们解释了“零K”这个名词的含义。这番解释完全是死记硬背式的解说，中间带有事先计划好的暂停和重新开始，其内容是关于一个叫作绝对零度的温度单位，相当于摄氏零下二百七十三点一五度。其中提到了一位名叫开尔文[①]的物理学家，他就是这个名词里面的那个“K”。向导所讲的话里面最有趣的一点是这样一个事实，那就是人体冷冻保存中所采用的温度实际上并不接近零K。

那么就是说，这个名词纯粹是为了起到一种戏剧性的效果，这里面又有着斯滕马克双胞胎手脚的痕迹。

“我们将一起离开这里。我们收拾好行李就走。”罗斯说。

“我刚到的时候行李就已经收拾好了。”

“很好。”

“没什么可收拾的。”

“好的。我们将一起离开这里。”他又说了一遍。

这些都是平平常常的话语，而他必须发出这些声音，以便能够恢复一种正常生活的感觉。我觉得他还有更多的话要说，而这些话可能对我们两个人来讲都并不令人宽慰。

“昨晚夜深人静的时候，我终于对自己说，我有责任继续活下去。我

---

① 开尔文（1824—1907）：英国数学家、物理学家及工程师，原名威廉·汤姆森，于1866年被维多利亚女王封为第一代开尔文男爵。他是热力学温标（绝对温标）的发明者，而热力学温标的单位则被定为“开尔文”，符号为“K”。“零K”或“0K”即通常所称的绝对零度，是自然界中温度的下限。

必须承受这种失落，活下去，承受着痛苦，希望它会变得更容易——不是更容易，而是深深地扎下了根，以至于我能够承担得起那种失落，那种没有她的生活。跟她一起去将会是一种错误的放弃。我没有这个权利。那是一种滥用特权的行为。我们当时争论的时候你是怎么跟我说的？”

“我不知道。”

“你说如果我跟她一起去，那将是对你的一种贬低。这些都是我过度支配的表现，那种你无法逃避的东西。甚至包括爱她过深，甚至包括决定过早离开人世。就连在这种放弃当中，我也将获得支配权，而不是把它拱手交出。”

我仔细端详着这些人体的颜色。女人，男人，女人。颜色的范围很狭窄，然而不管在任何情况下，难道真的有可能准确地判定肤色吗？黄色、棕色、黑色、白色，除了作为方便的标签之外，这些全都不合适。难道我想要借助于色调的细微差别吗，比如琥珀色、赭色、月色？在我十四岁的时候，我拼死都会去试着这样做。

“最后我是怎么做的？我试图去面对它。”他说，“而这就意味着我必须告诉她。我在昏暗的房间里坐在床边。她听懂了我说的话吗？她究竟有没有听到我的话？我无法肯定。她原谅我了吗？我一直在请求她原谅我。然后我便没完没了地东拉西扯。我需要她有所回应吗？我害怕她会回应吗？*原谅我。等着我。我很快就会和你在一起。*没完没了，轻声耳语。我以为如果我轻声讲话，她也许就能听得到。”

“尽管她当时可能还活着，但她已经没有任何与外界相接触的可能了。”

“然后我就坐在那里，直到他们来把她带下去。”

这些人体的某些部位有些松弛，这完全正常，在胸部、乳房和肚子上。看的时间长了，甚至就连女人的光头也好像和大自然原始的寒意相一致。这就是这些冷冻舱的功能，我心想，科学方法详尽的严密性，除去了所有装饰的人体，被重新拼接成了胎儿状态。

向导说还有一样东西我们可能会觉得有兴趣一看。

现在已经过了多少天，已经有多少有兴趣一看的东西？那些屏幕，那个地下墓穴，那个石头房间墙上的人头骨。他们正在用终结之物来将我浸透。我想着这两个词。这是末世论，难道不是吗？不仅仅是一个生命渐渐离去时萦绕的回音，而是具有包容一切的巨大反响的话语，无法用诉诸理性来与之抗衡。*终结之物*。我命令自己不再去想它。

罗斯低下头，闭上了眼睛。

他在想阿尔蒂。我想象着他在家里，坐在他的书房里，手里端着一杯威士忌，听着自己的呼吸。他回想起那次他在沙漠边缘一个贝都因人[①]村庄外某处的一个考古发掘地探望她的时候。我试着在脑海里看到他所看到的东西，但我只能想象她在另一片沙漠里，就是这儿的这一片，处在全身冷冻保存状态之中，闭着眼睛，剃着光头，仍然保持着一丝完好的心理活动。他必须相信这一点——那些深深印在大脑组织里的记忆。

出发的时间很快就要到了。装甲轿车正在等候着，烟色玻璃车窗，佩带着手枪的司机。一种保护的弦外之音，让我觉得自己渺小而又软弱，受到了威胁。

可是难道说仅仅是爱使得他想跟她一起去吗？也许我宁愿认为他是受了某种黑暗渴望的驱使，某种潜在的需求，想要失去自我，失去自己拥有的一切，全都被剥去，被掏空，器官被保存起来，身体和其他人一起被支在一堆冷冻舱里。这是使得他当初改了自己名字的同一种自我否认的潜流，只不过更深，更强烈。某种黑暗的渴望，我喜欢这种说法。但我这样做究竟是出于什么目的呢？我为什么想要这样来想象我父亲呢？因为这个地方让我的心中充满了恶意。同时也因为这是白手起家的发迹者最终下场的歌舞版本。他们会毁在自己手上。

三年或十三年后，当他最终去和她做伴的时候，纳米技术专家会把他们的年龄下调吗？而当他们复活的时候，不管那将是何年何月，在他们地球上来世的第一刻，难道阿尔蒂将是二十五岁或二十七岁，罗斯将

---

① 贝都因人：又译贝多因人，指的是在沙漠地带过着游牧生活的阿拉伯人。

是三十岁或三十一岁吗？想象一下这个充满深情的团聚。我们来生个孩子吧。而我那时又将身在何处，又将是多大年纪，多么心怀嫉妒，身上带着尿渍，而当我拥抱着我精神饱满的年轻父亲和我刚出生的同父异母兄弟，他微微发颤的小手紧紧地握着我干瘪的手指，那种感觉又该是多么奇怪啊。

纳米机器人——一个小孩子的词语。

我一直直视着前方，边看边想。这些人，这些先驱，他们决定远在生命自然结束之前就被变成死亡状态。而且他们体内那些不可缺少的器官都已被掏空。他们被装在容器里，排列成行，一个个人体被放在指定的位置上。女人，男人，女人。我突然意识到这些人被当作了人体模型。我容许自己把他们想象成没有头脑的物体，上演着我之前遇到过的那幅场景的逆转——那些头戴兜帽、身穿长袍的人体模型，蜷缩在它们的墓穴里。而在眼前这幅定格画面里，则是冷冻舱里赤身裸体的人。

向导再次告诉我们还有一个地方我们可能会感兴趣。

我想在这些静止不动的人形中看到一种美感，一种宏伟的构思，不是钟表机械般的人体，而是简单的人体结构及其向内和向外的延伸，每一个人都拥有自己独特的触觉、味觉和精神，这一点丝毫不能改变。他们站在那里，并不是在试图告诉我们什么，却仍会让人联想起我们在这个地球上的生活当中混杂在一起的各种令人惊讶的事物。

然而与此相反，我怀疑我眼前所看到的是否是一种控制下的未来，男男女女不管情愿与否，全都必须服从某种形式的集中指挥。一种人体模型式的生活。这难道是一个肤浅的想法吗？我想到了当地的事情，从理论上讲，我腕带上的那个圆盘能随时告诉他们我身在何处。我又想到了我的房间，狭小而紧凑，但同时又体现着一种奇怪的总体性。还有这里的其他东西，那些走廊、转向器、人造花园、食物单元、无法识别的食物，或者究竟什么时候实用主义才会变成极权主义。

这些想法是不是有些空洞呢？也许它们只不过是我渴望回家的一种迹象。我还记得我住的地方吗？我还有一份工作吗？我还能在电影散场之后向女朋友讨一支香烟吗？

之前向导给我们讲过保存在隔热容器里的大脑。现在她又补充道，有时那些人的整个头部会被从身体上割下来分别存放，而大脑在里面完好无损。几十年后的某一天，这个脑袋将会被嫁接到一个健康的纳米身体上。

是不是所有复活的生命都会被这个过程本身修剪得整整齐齐，全都变得一模一样呢？死的时候是人，重获新生时则成了形体相同的机器人。

我轻轻地碰了一下父亲，悄悄地说："冷冻舱里的死人会勃起吗？比如说由于设备出了故障，把他们刺激了一下，或是温度的变化产生了一种能量，噌地一下从他们的身体中穿过，使得他们的阴茎竖了起来，所有冷冻舱里的男人，全都同时勃起。"

"你去问向导。"他说。

我反手在他胳膊上轻轻地拍了一下，然后我们站起身，跟着那个女子走进了一条走廊，走廊变得越来越窄，最后我们不得不排成单列往前走。声音开始变弱，我们的脚步声渐渐消逝，我们的身体不时蹭在两边靠得很近的墙壁上。

向导说过，还有一件东西，一件令人感兴趣的东西。

我们站在一间很大的白色房间的入口处。这里的墙没有我在别处看到的那种粗糙表面。这里全都是坚硬光滑的岩石，罗斯用手摸着墙，说这是纹理细密的白色大理石。他懂这个，我则不懂。房间里感觉冰凉，而且刚开始各个方向看上去全都一模一样，只有墙壁、地板和天花板。我张开双臂，做了一个傻乎乎的戏剧性动作，好表达这片空间的宏大尺度，但我克制住了自己，没有去试图估计它的长度、宽度和高度。

我向前稍走了几步，罗斯跟在后面。我朝着他的身后望去，看着那个向导，等着她说点什么，给我们一些线索，以说明这个场所的性质。这究竟是一个场所，还是说仅仅是一个场所的概念？我和我父亲一起仔细打量着这个房间。我试着想象我所看到的东西，就在我正在看着它的时候。究竟是什么东西使得这场经历如此难以捉摸？一个很大的房间，两个男人站在那里看着。一个女人站在入口处，纹丝不动。一座美术馆，我心想，里面空空如也。美术馆本身就是艺术，那个空间本身，墙壁和地板。或者是一座巨大的大理石坟墓，一片集体墓地，尸体都被移走了，或者是在等候着尸体。没有装饰性的檐口或饰带，只有平坦、闪亮的白色大理石墙壁。

我看了一眼罗斯，他的双眼正直盯着我身后房间另一头的角落。过了片刻我才反应过来，这里的一切我都需要稍过片刻才能反应过来。接着我看到了他所看到的东西，那是一个坐在地板上的人形，靠近两面墙壁的接缝处。一个小小的人像，一动不动，渐渐地渗入我的意识水平当中。我不得不提醒自己，我并不是正在什么别的地方，试着想象我此时此地实际上正在看到的实实在在的东西。

我父亲朝着那个方向走去，有点犹豫，而我跟在他身后，走走停停。那个坐着的人形是一个女孩，光着脚，两腿交叉。她身穿宽松的白色长裤和一件白色的齐膝女衬衫。一只胳膊举在脖子的高度上，弯向身体。另一只胳膊齐腰高，角度与第一只胳膊恰好相对。

我和罗斯停下了脚步。我们距离这个人像还有一段距离，但如果再靠近，那就好像是一种侵扰，一种妨害。她的头发修剪成一种男人似的发型，头略微低着，双脚摆成脚底向上的姿势。

我能肯定这不是一个男孩吗？

她的眼睛是闭着的。我知道她的眼睛是闭着的，尽管从我们站着的地方看上去这并不明显。也不能明显看出她很年轻，但我愿意相信她很年轻。她一定很年轻。而且她没有国籍。她一定是没有国籍的。

一片冰冷刺骨的白色沉寂笼罩着整个房间。我将双臂交叉在胸前，这究竟是为了控制我对这一美丽场景的反应，还是说只不过是因为我感觉有点冷？

这时我们两人同时稍稍后退了两步。即使我们知道她为什么在这里，为什么摆着这个姿势，那也将没有任何意义。意义在这个人形本身、在这个景象本身之中就已经被耗尽。

“阿尔蒂一定会知道对此作何解释。”罗斯说。

“我会问她这是男孩还是女孩。”

“而她会说,那又有什么区别。”

生命的现实,一个小小的身躯,带着跳动的心脏,在这个高耸的陵墓里,而在我们离开之后很久,她还将在这里,日日夜夜,在这个为一个静止人像构想并设计的空间里,这一点我知道。

在我们离开这个地方之前,我回头望了最后一眼,没错,她还在那里,以空洞的方式,一个活生生、会呼吸的艺术形式,男孩或女孩,身穿睡衣般的服装,坐在那里,没有更多可让我思考或想象的东西。向导领着我们走过一条长长的走廊,两边没有门,而这时罗斯开始跟我讲话,一个遥远的声音,几乎接近颤抖。

“一个人上了年纪,就会变得更喜欢物件。我觉得真是这样。某些特别的东西。一本皮革封面的书,一件家具,一张照片,一幅画,给画镶的框。这些东西让过去显得永久。一只带有某个著名球员签名的棒球,那个球员早就死了。一只简单的咖啡杯。那些我们信任的东西。它们讲述着一个重要的故事。一个人的一生,所有那些进进出出的人,有一种深度,一种丰富多彩。我们曾经经常坐在一个房间里,就是那间挂着那几幅单色画的房间。我和她。那座连栋房屋里的那个房间,里面挂着那五幅画,还有我们保存下来并镶上了画框的门票,就像一对十几岁的游客,两张马德里斗牛表演的门票。当时她的身体状况已经很差。我们说话不多。只是坐在那儿回忆往事。”

这些句子之间有着很长的停顿,而他的话音几乎是一种低语,或者是耳语,我努力地听着,等待着。

然后我说:“那对你来说,你所喜欢的东西是什么?”

“我还不知道。也许我永远都不会知道。”

“不是那些画。”

“太多。太多了。”

“那些门票。两张小纸片。”

“半阴凉座席。拉斯本塔斯斗牛场。”他说，“我们所在的那片观众席有时在太阳底下，有时在阴凉地里。是露天座席。半阴凉座席。”

他还没有说完，一个被推进了强迫性反思的人。他说着，我听着，他的声音变得更加断断续续，话题更难以捉摸。我是不是想盯着那个向导，试着想象我们一起在一个房间里，我的房间，我和她，那个向导，那个护卫，或者只是想象她独自一人，不知在什么地方，一个女人，正在脱鞋子。我在心里感到一种色情的渴望，但无法将其塑造成形。

我们站在转向器里，滑出“零K”的区域，滑出有编号的楼层。我想到了质数。我想，定义质数。我心想，转向器是一个适于严谨思维的环境。我一向擅长数学。在和数字打交道的时候，我觉得对自己很有把握。数字是科学的语言。而现在我需要找到一种准确而永久、多少带有强制性的措辞，用它来构成质数的定义。可是我为什么需要这样做呢？向导闭着眼睛站在那里，用俄语思考着。我父亲正处在一种清醒的大脑失灵状态中，躲避着他内心的痛苦。而我在想，质数。一个不可被整除的正整数。可是还有什么别的呢？质数还有什么别的特征？整数还有什么别的特征？

我沿着走廊向那个房间走去，迫不及待地想抓起我的旅行袋，然后去和父亲碰面，好一起回家。这是我所剩下的唯一一种能量，那就是对回家的期待。人行道、街道，绿灯、红灯，用表计量的数秒钟，必须在这段时间里穿过马路，保住性命。

但这时我不得不停下了脚步，停下来看着，因为天花板上的屏幕开始下降，接着一系列的图像填满了整个走廊的宽度。

正在奔跑的人们，一群群跑动中的男男女女，他们挤得很紧，一副拼命的样子，几十个，然后几百个，工装裤、T恤衫、运动衫，互相摩肩擦肘，眼睛直视前方，摄像机的位置要稍高一些，一个有角度的镜头，没有切换、倾斜或是全景。我本能地向后退去。没有伴音，但几乎可以听到呼吸声和沉重脚步声的宏大脉搏。他们脚下的地面在他们拥挤的身体下面几乎看不见。我可以看见网球鞋、短靴和凉鞋，还有一个光着脚的女人，一个穿着运动鞋的男人，鞋带松开了，来回飞舞着。

他们不停地向前跑来，像是在试图逃避某个可怕的景象或是某种隆隆而至的威胁。我仔细地看着，试着分析屏幕上的动态，它的那种一致性，这个紧急场面背后那种井然有序的部署和平稳的步伐。我开始意识到我所看到的也许是同一群奔跑的人在不断重复，拍完了之后再拍，把二十几个跑步者弄得就好像是几百个，一种如同变戏法一般完美无缺的剪辑。

他们这就来了，张着嘴，甩着胳膊，头上戴着运动头带、遮阳帽、伪装帽，似乎并没有放慢脚步，而这时我脑子里又出现了一个想法。有没有可能这并不是经选择而提供的真实记录，而是某种完全不同的东西？这是一种数字编织品，每一个片段都经过了处理和增强，一切都经过了设计、剪辑和再设计。为什么在此之前，在以前那几次放映的时候，在看到那些季风降雨和龙卷风的时候，我就没有想到这一点呢？这些东西全都是视觉杜撰，包括那些野火和自焚的僧侣，全都是用计算机生成的数字比特，数字代码，没有一样是真实的。

我一直看到屏幕上的图像渐渐消逝，屏幕开始无声地向上升起，而我刚刚沿着走廊走了没多远，就听到一种响声，很难识别，而且很快变得越来越响。我又向前走了几步，却不得不停了下来，因为那响声几乎已经到了我的跟前，接着他们便绕过拐角朝着我的方向冲了过来，那些奔跑着的男男女女，图像变成了实实在在的人体，从屏幕上溢了出来。我匆忙逃到了唯一安全的地方，也就是离得最近的那堵墙，挺直脊背，展开双臂，那些跑步者一步步逼近，九个或十个并排，飞奔而过，眼神狂乱。我可以看到他们身上的汗水，闻到他们身体的臭味，而他们则不停地跑过来，全都直视着前方。

保持冷静。看看这是怎么回事。把它好好想清楚。

一种广受支持的当地民间仪式，一场饱含神圣敬畏的马拉松赛跑，某种坚持了上百年的令人费解的传统。我所能用来猜测的时间只有这些。他们跑过来，接着又跑过去，而我看着那些面孔，然后又看着那些身体，我看见了那个鞋带飞舞着的男人，又试着寻找那个光着脚的女人。有多少人在跑，他们都是些什么人，他们为什么在被拍摄，他们现在还在被拍摄吗？我就这样看着他们来去匆匆，接着，当最后一批跑步者接近时，在渐渐稀疏的人流中，我看到了一对高大的金发男子。当他们并肩经过时，我俯身向前，好看个仔细。他们正是斯滕马克双胞胎，毫无疑问，拉尔斯和尼尔斯，或者是扬和斯文。

这几天来，在这段异乎寻常、好似一生的时间里，他们一直在向我灌输各种东西，他们的伎俩让我难以招架。除了给我上一堂有关困惑不解的集中课程之外，这背后究竟还有些什么名堂？

这是他们的游戏，他们的乌合之众，而他俩也是其中大汗淋漓、气喘吁吁的一部分。斯滕马克兄弟。我紧贴在墙上，看着他们飞奔而过，沿着长长的走廊继续向前跑着。当跑步者全都过去了之后，我仍然停留在原地，和墙又贴了片刻。我发现自己又是我刚刚看到的这一幕的唯一见证人，这难道让我觉得出乎意料吗？

一条空荡荡的走廊。

事实上，我并没有想到会在这里遇见别人。我从来没想到过会有其他人在走廊里。根据我的经验，除了几次短暂的例外，有其他人的情况并不常见。这时我离开了墙壁，站在那里，头脑和身体嗡嗡作响，而走廊似乎仍在跑步者低沉的冲击下颤抖着。

在回我房间的路上，我意识到自己正在跛脚走路。

阿尔蒂·马蒂诺

可是我还是原来的我吗。

我相信我是某个人。有个人在这里,我能感觉到它在我体内,或者是和我在一起。

可是这里是什么地方,我在这里有多久了,这里只有我自己吗。

她知道这些话语。她全都是话语,但她不知道如何从话语中出来,成为某个人,成为知道这些话语的那个人。

时间。我感到它在我体内无所不在。但我不知道它是什么。

我唯一知道的时间是我的感觉。它全都是现在。但我不知道这意味着什么。

我听见有话语在对我反复讲着某些事情。总是同样的话语,一会儿消失,一会儿又回来。

可是我还是原来的我吗。

她正在试图弄清楚在她自己身上究竟发生了什么事，自己究竟身在何处，还有作为她自己究竟意味着什么。

我正在等待着的究竟是什么。

我仅仅是此时此地吗。在我身上究竟发生了什么事，把我变成了这样。

她既是第一人称，又是第三人称。

我所在的地方是唯一的这里。可是这里是什么地方。为什么只有这里而没有别的地方。

我所不知道的东西就在这里，和我在一起，可是我怎样才能让我自己知道它呢。

我究竟是某个人，还是说只是那些话语本身让我认为我自己是某个人。

为什么我不能知道更多。为什么只有这些，而没有任何别的东西。或者说难道我需要等待。

她能够说出她所感觉到的东西，而同时她也是站在这些感觉之外的那个人。

难道那些话语本身就是一切。难道我只不过就是那些话语。

我的感觉是那些话语想要告诉我一些事情，可是我不知道该如何去听。

我听着我所听到的东西。

我只能听到我自己。我是由话语组成的。

难道会一直这样下去吗。

我究竟是在什么地方。什么是一个地方。我知道某个地方是什么感觉,但我不知道它在哪儿。

我明白的东西不知是从哪儿来的。直到我把它说出来的时候,我才知道我明白的是什么。

我正在试图成为某个人。

复旧的过程,心灵的漂移。

我几乎知道某些事情。我以为我会知道一些事情,可是那并没有发生。

我能感觉到在我体外有某个属于我的东西。

我的身体在什么地方。我知道这是什么吗。我只知道这个词,而我不知它从何而来。

我知道我在某个东西里面。我是处在我所在的这个东西里面的某个人。

这是我的身体吗。

这就是让我成为我所知道的东西和我自己的那个东西吗。

我所在的地方我无法知道,也无法感觉到。

我将试着等待。

一切我所不知道的东西都在这里和我在一起,可是我怎样才能让我自己知道它呢。

我究竟是某个人,还是说只是那些话语本身让我认为我自己是某个人。

为什么我不能知道更多。为什么只有这些,而没有任何别的东西。或者说难道我需要等待。

她生活在自我的冷酷极限之中。

难道那些话语本身就是一切。难道我只不过就是那些话语。

我会不会停止思考。我需要知道更多,但我也需要停止思考。

我试着去了解我是谁。

可是我还是原来的我吗,我知道这意味着什么吗。

她既是第一人称,又是第三人称,但她没有办法将二者结合在一起。

我所需要做的是让这个声音停下来。

可是接下来会发生什么事呢。我在这里有多久了。这究竟是所有的时间,还是说仅仅是最少的时间。

所有的时间是不是还在后头。

我难道就不能不是我自己,而变成谁都不是吗。

她是残余物,是一个本体仅存的那一部分。

我听着我所听到的东西。我只能听到我自己。

我能感觉到时间。我自己全都是时间。但我不知道这意味着什么。

我只是处在此时此地的东西。

我在这里有多长时间了。这里是什么地方。

我觉得我可以看到我在说什么。

可是我还是原来的我吗。而这又是什么意思呢。是不是有人在我身上做了些什么。

难道这就是自我的噩梦,缩得这么紧,以至于她将永远无法从中逃脱。

我试着去了解我是谁。

可是我仅仅是我说出的话语,而这几乎微不足道。

她无法看到自己,无法给自己起个名字,无法估计自从她开始思考她正在思考的问题以来究竟过了多长时间。

我相信我是某个人。可是我只不过是在说话。

这些话永远不会消失。

分钟，小时，天，年。还是说她所知道的一切全都包含在永恒的一秒钟内。

这一切全都太小。我觉得我几乎不在这里。

只有在我说话的时候我才知道自己在这里。

我是不是需要等待。

此时此地。这就是我，但仅此而已。

她试图看到词语。不是词语里的字母，而是这些词语本身。

触摸是什么意思。我几乎可以摸到这里和我在一起的那个东西。

这是我的身体吗。

我相信我是某个人。我作为我自己究竟意味着什么呢。

一个人所拥有的所有那些自我。给她留下的只有一个极为勉强发出的声音。

我试着看到那些话语。总是同样的话语。

那些话语漂浮而过。

难道我只不过就是那些话语。我知道应该不止这些。

她需要第三人称吗。让她生活在她自我内部的深海里。让她把她的问题全都提给她自己,而不是任何其他人。

可是我还是原来的我吗。

永无休止。闭着眼睛。冷冻舱里的女人身体。

[第二部]

康斯坦丁诺夫卡时期

一

这间办公室属于一个名叫西尔弗斯通的人。这里曾经是我父亲的办公室，他所拥有的两幅画仍挂在墙上，黑乎乎的，带着几道满是灰尘的阳光，两幅画都是这样。我不得不强迫自己看着西尔弗斯通，他正坐在锃亮的桌子后面，用单调低沉的声音做着一个全球性综合报告，从匈牙利到南非，从福林到兰特①。

罗斯出面替我打了一个电话，而就连在我坐在这儿的时候，我仍在试着感受到那种隔离，那种挥之不去的距离感，那种感觉一直都是我在办公室里度过的时光所具有的最显著的特征，一个拥有一份工作、一个职位的人——不完全是一份职业，而是一个身份、一个角色、一个头衔。

这份工作将使我成为“他儿子”。有关这次面试的消息将在公司里四下传开，而这里的每个人都将会这样看待我。这份工作并不是一件无条件的礼物。我必须赢得保留它的权利，但我父亲的名字将紧紧跟随着我的一举一动，我的一言一行。

可是，话说回来，我早就知道我将会拒绝这份工作，任何工作，不管

① 福林和兰特分别为匈牙利和南非的货币单位。

是什么身份或是什么角色。

西尔弗斯通是一个体型宽厚、几乎完全谢顶的男人，他的双手在他滔滔不绝的独白里起着积极主动的作用，而我发现自己正在以简略的方式模仿着他的手势，用来替代点头或是表示同意的低声咕哝。我们俩就好像是一位老师和他的学生，正在演示某种手语字母表。

福林的手势是转动手指，兰特的手势则是挥动拳头。

我父亲曾经在这里待过，而那两幅画是因此而留下的幽灵般的遗迹。我想起我上次来这个办公室的时候，当时是晚上，罗斯站在窗边，戴着墨镜。那是在他那次跟妻子一同出行然后跟儿子一同回家之前，从那以后大部分的时间都好像有一种臃肿的感觉，至少对我来说是这样，整整两年，慢慢吞吞，松松散散。

西尔弗斯通讲得更具体了一些，告诉我我将加入的是一个有关水资源基础设施的小组。这是一个我以前从未听说过的名词。他谈到了水资源压力和水资源冲突。他提到了用来引导投资者的水资源风险地图。他说还有用来详细说明资本和水资源技术之间交点的各种图表。

墙上的两幅画不是水彩画，但我决定不向他指出这一点。没必要把我性情中较为肤浅的那部分暴露出来。

他将会和我父亲以及其他几个人交换一下意见，然后向我提供一份工作。我则会等上几天，提醒自己急需一份工作，然后有礼貌地拒绝接受这份工作，而不作更多的说明。

我一边听着这个人讲话，一边也偶尔说上两句。我说了些聪明的话。我自己觉得我听起来挺聪明。可是我为什么要来这里呢？难道是我需要在一段时间里用手势在三维空间里说谎吗？难道是我正在抵抗一种服从现实压力的持久愿望吗？只有一点我敢肯定。我之所以这样做，是因为这件事让我变得更为有趣。这难道听起来很荒唐吗？它向我展示了我是什么样的人，而其中的各个方面我并没有试着去理解。

罗斯并不在我对这件事的思考范围之内。我和他都决心不以故意怀恨而终，而我的这些花招里没有一个是针对他的。当我拒绝这份工作的时候，他多半会如释重负。

在和西尔弗斯通的这一幕里，我一直都在想象着自己坐在这里，听着这个人讲水资源的事。我和他之间，到底谁更荒唐？

今晚我会向埃玛描述这个人，重复他讲过的话。这是一件我擅长的事，有时能一字不差。我期待着在一家坐落在一条绿树成荫的街道上、档次适中的餐馆里吃上一顿稍迟的晚餐，两旁的大道上是喧闹的交通，同时水资源基础设施则良好地引导着我们的心境。

当我们从“聚合”回来的时候，我对罗斯宣称，我们现在又回到了历史当中。每一天都有自己的名称和编号，形成一个可分辨的序列，而且还有一个过去事件的总和，包括最近和很久以前的事情，而我们可以试图去理解它。某些事情是可以预测的，即使是在偏离了通常秩序的种种变化之中。电梯上下运行，而不是朝着旁边走。我们在公众餐馆里吃饭时可以看到为我们上菜的人。我们走在铺好的路面上，站在街角招呼出租车。出租车是黄色的，消防车是红色，自行车大多是蓝色。我终于能够回到我的电子设备中间，数据漫游，随时随刻，沉浸在万维网令人麻木的狂喜之中。

结果我父亲对历史、技术和叫出租车全都不感兴趣。他让自己的头发疯长，不管到哪儿去几乎都是步行，而实际上他几乎哪儿都不想去。他行动迟缓，有点驼背，而当我谈到运动、饮食和自我责任的时候，我们俩都明白这只不过是一场空谈。

他的手有时会发抖。他看着自己的手，我看着他的脸，只能看到一种毫无生气的冷漠。有一回，我紧紧握住了他的手，好让它不发抖，而他只是闭上了眼睛。

他们将会给我一个工作机会。而我将拒绝接受。

在他的连栋房屋里，他最终会漫步走下楼梯，坐在那间挂着单色画的房间里。这意味着我的来访结束了，但有时我会跟着他，在门口站上一会儿，望着那个男人双眼直盯着房间里某个不存在的东西。他正在回忆或想象中，我不敢肯定他是否知道我的存在，但我知道这时他的思绪正穿越时空，回到了那片不毛之地，在那里，那些尸体正整齐地排列着，等待着。

二

我和埃玛，还有她儿子斯塔克坐在一辆出租车里，三个人的身子一起挤在后座上。那个男孩查看了一下司机的身份证件，便马上开始跟那个人用一种无法识别的语言说起话来。

我跟埃玛小声商讨了一下，埃玛说她儿子正在业余时间里自学普什图语。她还向我进一步解释，说那是阿富汗的语言。

出于自我防卫，我本能地咕哝了两句有关乌尔都语[①]的话，因为这是我在这种情况下唯一能想到的一个词。

我和她，我们俩互相靠在对方身上，而她夸大了我们之间的同谋关系，为了喜剧效果装作偷偷跟我讲话的样子，告诉我斯塔克一边在他自己房间里绕着圈子走路，一边按照别在他腰带上的电子设备的指示念着普什图语的短语。

这时他正坐在出租车司机的正后方，对着有机玻璃挡板讲话，丝毫不在意周围车辆的噪声和街道上修路的障碍。他今年十四岁，外国出生，像一座斜塔，六英尺四英寸，而且还在长，他的声音急促而紧密。那

① 乌尔都语是巴基斯坦的国语，也是印度的二十四种规定语言之一。

个司机发现自己正在跟一个白人男孩用他自己母语的单词和短语交流，却好像并没有感到惊讶。这毕竟是纽约。每一种活生生、会呼吸的基因型都曾经在某个时候进过他的出租车，不管是白天还是黑夜。而如果说这是一种夸张的观念，那么它本身也正是纽约的一部分。

在我们面前的电视屏幕上，两个人正在谈论着大桥和隧道的交通状况，他们的声音仿佛很遥远。

埃玛问我那份新工作什么时候开始。从今天起两周之后。哪个小组，哪个部门，城里哪片地方。我告诉了她几件我已经告诉了我自己的事情。

“西装领带。”

“是的。”

“胡子刮得干干净净，鞋子擦得锃亮。”

“是的。”

“你对此很期待。”

“是的，没错。”

“这会让你改变吗？”

“它会提醒我我就是这样的一个人。”

“在心灵深处。”她说。

“不管是在什么深处。”

司机溜进了公交车道，暂时赢得了超车的机会，获得了优势和统治地位，而他一边说话，一边朝后冲着那个男孩做手势，前面一路连着三个绿灯——普什图语、乌尔都语、阿富汗语——我对埃玛说我们正坐在一辆出租车上，司机非法进入了公交车道，正在以疯狂的速度驾驶，一只手握着方向盘，同时还半回着头跟一位乘客用一种来自远方的语言交谈着。这究竟意味着什么？

“你是不是要跟我讲他只有在说这种语言的时候才会这样开车？”

“这意味着这只不过是平平常常的一天。”

她查看了一下屏幕下方的选项，用手指按了一下标有“关闭”字样的一英寸见方的方块。没有反应。我们又回到了沿着百老汇大街慢慢行进的交通主流当中，而不知为什么，我突然跟埃玛说我想停止使用我的信用卡。我想用现金支付，过一种不管在什么情况下都有可能付现金的生活。过一种生活，我又说了一遍，仔细回味着这个措辞。然后我朝着屏幕俯过身去，按了一下那个“关闭”按键。没有反应。我们听着斯塔克在他所知的普什图语范围之内和司机专心地讲着话。埃玛仔细地看着屏幕上的图像。我等着她去按那个“关闭”按键。

她和她的前夫，她没有提起过这个男人的名字，他们曾经去了一趟乌克兰，在一个收留被弃儿童的地方发现了这个男孩。他当时只有五六岁，而他们则冒了个险，作了安排，用飞机把他接回了在丹佛的家。最后身为父母的他俩离了婚，埃玛搬到了东部，于是纽约便也成了半个家。

当然，这只不过是整件事情极为简略的大致轮廓，她足足花了好几个星期的时间，才慢慢地把这个故事为我填补完整，而就在她的声音因悔恨而变得疲倦的同时，我则渐渐陷入了另一种家中，陷入了那些最直接的东西，肌肤相亲，只言片语，蓝色的床单，在凌晨两点呼唤埃玛的名字，好似儿语一般。

周围的汽车喇叭断断续续地发出噪声，而斯塔克仍在透过封闭的嵌板和司机谈着话。一会儿说，一会儿喊，一会儿听，一会儿停下来寻找适当的单词或短语。我跟埃玛谈起了我的钱。我想到了钱，便谈了起来，褪色的数字，自动取款机吐出的取款单上出现的小出入。我回家看了一下支票登记簿，做了些简单的算术，结果发现有一美元十二美分的偏差。

“那是银行的差错，不是你的错。”

“也许就连银行的差错都不是，而是这个结构本身所包含的某种东西。在计算机、系统网络、数字算法和情报机构之外。这就是一切的根源，这就是源头，我多半是认真的，正是在这个地方，要么各个部分互相吻合，要么整个结构就会分崩瓦解。三美元六十七美分。”

车流彻底停了下来，我轻轻按了一下窗户开关，听着周围汽车喇叭的音量接近最高点。我们被困在了我们自己强迫性的喧嚷之中。

“我讲的是决定我们每个人本质特征的小事情。”

我关上窗户，想着接下来该讲些什么。有关新闻和天气的微弱声音不断从埃玛膝盖前的屏幕上传出来。

“那些机场里的漫长时刻，最后都被从记忆中抹去。到了机场，在那儿等着，脱了鞋站在长队里。想想看。我们脱掉鞋子，拿掉身上的金属物件，然后走进一个隔间里，举起胳膊，被用身体扫描仪扫描，经受着辐射，在某个地方的显示屏上被弄成裸体，然后又在停机坪上等候起飞，再次变得完全无能为力，系着安全带，我们的飞机排在第十八位，而这一切全都是平平常常，好似家常便饭，最后我们还让自己将它忘记。这就是问题所在。”

她说：“什么问题？”

“什么问题。所有问题。正是我们忘记的事情告诉我们自己究竟是什么样的人。”

“这是一个哲学论断吗？”

“交通堵塞是一个哲学论断。我想抓起你的手，把它塞进我的裤裆里。这是一个哲学论断。”

斯塔克将身子后移，离开了司机隔间。他挺直身子坐在那里，一动不动，呆呆地望着前方。

我们坐在那儿等着。

“这个人。这个司机。他曾经是塔利班的成员。”

他说这话的时候语调平和，脸上仍是一副茫然的神情。我和埃玛，我们两人想了想，最后她说道：“这是真的吗？”

“他是这么说的，我是这么听的。塔利班。参与过大小冲突，各种各样的军事行动。”

“你们还谈了些什么？”

“他的家庭，我的家庭。”

这让她有些不悦。我们之间逐渐形成的轻松气氛让位给了沉默。我想象着一间酒吧，我们把孩子送下车后可以到那里去，酒吧柜台前拥挤的身体，坐在三四张桌子周围的情侣，活跃的交谈，女人的笑声。塔利班。为什么那些逃避恐怖的人，还有那些制造恐怖的人，最后有这么多全都来到了这里，而且都在开出租车呢。

我们之所以坐出租车是因为斯塔克拒绝乘地铁。站台上野蛮的酷热和恶臭。站立和等候。拥挤的车厢，报站的录音，身体的接触。难道他是属于另一个物种，排斥了所有那些我们为了维持我们之间不稳定的共同秩序而认为本应容忍的东西？

我们安静了一会儿，然后我又按了一下屏幕下方那个“关闭”按键，接着埃玛将它按了一下又一下。汽车喇叭声变小了，但车流仍没有移动，而噪声很快就复苏，几个乖僻的司机催促着其他人，而其他人又催促其他人，于是那种经过放大的声音变成了一股独立的力量，为了噪声而噪声，淹没了时间和地点的细节。

交通堵塞，市中心，星期天，毫无意义。

斯塔克说：“如果你闭上眼睛，噪声就会变成一种多少好像是正常的声音。它不会消失，而只是变成一种因为你闭上眼睛而听到的声音。变成你的一种声音。”

“当你睁开眼睛时，那又会怎样呢？”他母亲说。

“那样的话，声音就会又变成噪声。”

为什么要收养一个那种年龄的男孩呢，五六七岁，一个你初次见到的孩子，在一个远离首都、你从未听说过的城市里，而那个国家本身就是被人收养的，多少个世纪以来从一个主人手里落到另一个主人手里。她告诉我她丈夫有乌克兰血统，但就她而言，我知道那肯定是因为这个男孩脸上和眼里的某种东西，一种需要，一种恳求，而她在心里感到了一种无法抗拒的同情。她看到了一个没有任何期望的生命，而她有责任将它揽在怀里，保护起来，让它变得有意义。但同时这里面也有着一种瞬间冲动的成分，难道不是吗，就像一种血肉之躯的赌博，我们就这样做吧，对所有可能出现的问题爽快地置之不理。然而家里的这个陌生人会给他们带来可能挽救他们婚姻的长久好运吗？

她说斯塔克喜欢数街对面屋顶上的鸽子，而且总会向她报告总共有多少只。十七只，二十三只，令人失望的十二只。

接着，在人行道上，站着的并不是一个无家可归、面部肌肉松弛的男人，举着用蜡笔写的牌子沿街乞讨，而是一个摆着冥想姿态的女人，笔直的身体上穿着长裙和宽松的女式衬衫，两只手臂弯在头的上方，手指并没有完全接触。她闭着眼睛，一动不动，非常自然，她身旁有一个小男孩。我以前曾经偶尔见过这个女人，或者是一个别的女人，双臂自然下垂，或是交叉在胸前，总是闭着眼睛，而现在还有这个男孩，这还是第一次，熨过的裤子，白衬衫，蓝领带，看上去好像有点害怕，而在此之前我从未想过这是为了什么目的，为什么没有牌子，也没有传单或小册子，只有那个女人，那种宁静，蜂拥不停的人群中的一个固定点。我看着她，知道自己无法为搏动在那双眼睛背后的那个生命编造出任何生活细节。

车流开始移动，而斯塔克又跟司机谈了起来，他的前额紧贴在有机玻璃上。

"有时候我会叫他闭嘴，乖乖地吃他的菠菜。过了一段时间，"她说，"他才明白这是个笑话。"

他时不时会在这儿待上一个长周末，赶上学年结束时会待上十天。仅此而已。她没有告诉我她和丈夫究竟是为什么而分的手，而我之所以一直没问她，其中也一定有它的原因。也许是为了尊重她的缄默，要么就是实际上也许我们两人正在探索着一种志趣相投的关系，决心避免接触过去，顶住任何讲述我们个人历史的冲动。我们没有结婚，也不住在一起，但我们已经紧紧地编织在了一起，你中有我，我中有你。这就是我的想法。一种直觉的联系，就好比一对倒数，一个数字和另一个数字之间的互相关联，当二者相乘之后，不论白天黑夜，它们的乘积都是一。

"他听不懂笑话，而这很有趣，因为他父亲曾经对我有过同样的评价。"

埃玛在一所为有学习障碍和发育问题的儿童开的全年制学校里当辅导员。埃玛·布雷斯洛。我喜欢把这个名字念出来。我喜欢跟自己说，如果在我们第一次见面时她没有告诉我她的名字，那我也会猜到它，或是把这个名字编造出来。我们初次相见是在我们两位共同朋友的婚礼上，地点是在康涅狄格州的一家养马场。这将会成为我们在将来岁月里不断重温的怀旧主题吗？乡间小路，蓝草牧场，脚蹬马靴的新郎新娘。将来岁月这个概念太广泛，太悬而未决，我们对其还无法进行探索。

在这里高楼变得更高，而司机只是在开车，让斯塔克独自练习他的普什图语。两个剃着光头的年轻女子在红绿灯处穿过街道，而屏幕上的那对男女正在用好像来自远方的声音讲着新的一轮北极冰山融化，于是我们等着某种视频镜头的出现，业余录像或是广播公司直升机拍摄的镜头，但是他们却改了话题，于是我按了一下“关闭”按键，然而他们却仍在那里，接着埃玛按了一下，我又冷静地按了一下，然后我们只好听任那种具有致命镇定作用的图像和声音就这样继续下去。

然后她说：“他总是在谈论天气。不只是今天的天气，而是把这种普遍现象的范围缩小到某些具体的地方。为什么尽管图森更靠南，而菲尼克斯[1]却总要比图森热呢？他不告诉我答案。这种事情我一般不会知道，而他应该知道，但他却无意分享这点知识。他喜欢念温度。那些数字对他来讲有一定的意义。图森华氏一百零三度。他总会说明是华氏还是摄氏。这两个词他都非常喜欢。菲尼克斯华氏一百零七度。巴格达。巴格达今天是多少度？”

“他对气候感兴趣。”

“他对数字感兴趣。高，中，低。地名和数字。他会说，上海。降水零点零一英寸。他会说，孟买。他非常喜欢说孟买。孟买。昨天，华氏九十二度。然后他会报出摄氏度。然后他会查看一下他的一个电子设备。然后他会报出今天的温度。然后他会报出明天的温度。他会说，利雅得[2]。如果利雅得输给了另一个城市，他会很失望。他的情绪会受

① 菲尼克斯和图森均为美国亚利桑那州城市。

② 利雅得是沙特阿拉伯的首都。

到打击。”

“你这是在夸张吧。”

“他会说，巴格达。华氏一百一十三度。利雅得。华氏一百零九度。他正在让我消失。他的个头，他在房间里的存在，他把我们的公寓缩小了，他在一个地方待不住，必须一边走动一边说话，凭着记忆大声背诵，还有他的那些要求，他的那些最后通牒，还有他发出这些要求时所用的那种声音，甚至带着它自己的回声。我是稍微有些夸张。”

出租车正沿着市中心狭窄的街道缓缓前行，而如果斯塔克听见了他母亲说的这些话，他并没有做出任何表示。他现在在说英语，试图引导司机出入于棋盘游戏般的单行道和死胡同之间。

“我不知道他是谁，我不知道他的朋友都是些什么人，我不知道他父母是什么人。”

“他没有父母。他只有一个生母和生父。”

“我讨厌生母这个字眼。这就像是科幻小说。他喜欢读科幻小说，数量极多。这我是知道的。”

“他什么时候走？”

“明天。”

“他走了之后你会是什么感觉？”

“我会想他。他一出门我就会想。”

我让这句话有时间在空中飘散。

“那你为什么不要求更多的时间和他相处呢？”

“我受不了，”她说，“他也受不了。”

出租车停在了附近一条几乎空荡荡的街道上，就在好似深坑的金融区南面一点，斯塔克侧着身子出了车门，一只手在身后晃了晃，做了个滑稽的告别。我们看着他走进一座由工厂改建的大楼，在接下来的两个小时里，他将在一个满是灰尘和汗臭的房间里学习柔术，一种早于现今柔道的巧妙自卫方法。

司机滑开中间的嵌板，埃玛付了车钱。我们走了一阵，漫无目的，街道有一种被废弃了的感觉，消防栓打开着，喷出一股软弱无力、带着铁锈的水流。

过了一会儿她说道："塔利班的故事是他编出来的。"

又是一个我需要好好消化的想法。

"这个你知道？"

"他时不时会即兴发挥，把某些东西加以夸大、扩充，把一个故事讲到可能会考验你可信标准的地步。那个塔利班的故事纯属虚构。"

"你当时马上就感觉到了。"

"还不止是那样。我当时就知道。"她说。

"把我可骗了。"

"我拿不准他这样做的动机是什么。我认为他并没有什么动机。这就像是一种重复性的实验。他是在测试他自己，还有我、你和所有人。要么就纯粹是一种本能。脑子里想到什么，然后就把它说出来。他想象的东西变成了现实。其实并不是那么奇怪。只不过有时候我真想用煎锅砸他两下。"

"那他的柔术呢？"

"那是真的，非常认真。我曾经得到允许在旁边看过一回。如果他尊重那种传统，他的身体就会心甘情愿地遵循一种严格的格式。这种传统就是日本武士格斗。封建时代的武士。"

"十四岁。"

"十四。"

"十三、十五也就算了。十四岁正是花朵最后突然绽放的时候。"我说。

"你绽放了吗？"

"我还在等着绽放呢。"

我们陷入了一段段很长的沉默，一步一步向内心里走着，而一阵细雨也没有让我们说一句话，或是去找地方躲雨。我们向北走到布罗德街上的反恐路障处，一位旅行团领队正在那里向他打着雨伞的团员们讲着墙上一百年前由一颗无政府主义者的炸弹留下的疤痕。我们走过空荡荡的街道，我们共同的步伐开始感觉就像心跳一般，很快就变成了一场游戏，一种心照不宣的挑战，我们的脚步越来越快。雨停之前几秒钟时，太阳重新出现，我们经过了一辆无人照看的烤肉串贩卖车，看到一个玩滑板的人在街道尽头飘然滑过，一晃就不见了。我们走近一位戴着阿拉伯头饰的妇女，一位白人女子，白色女式衬衫，沾有污迹的蓝裙子，在那里自言自语，光着脚，五步向东，五步向西，沿着一条支满了脚手架的人行道来回走动着。接下来是钱币博物馆、警察博物馆，松树街上的老石头建筑，而这时我们的脚步又加快了，这里没有汽车和行人，只有那些铁柱，那些沿街安置的矮小安全标记，而我知道她会在这场赛跑中赢过我，保持着平稳的步伐，她在意志的驱动下，就像是手里拿着一张明信片走向邮筒。周围一种我们无法辨认的声音让我们停下了脚步，侧耳倾听，那种音调，那种音高，一种连续低沉的嗡嗡声，一开始听不到，可是一旦听到了，它就无所不在，你每走一步，它都会从街道两旁空荡荡的建筑物里散发出来。我们站在德意志银行锁着的旋转门外面，听着里面各种系统的声音，那些由互相作用的部件构成的网络所发出的声音。我抓住她的胳膊，把她推进了一家关了门的店铺的门洞里，我们俩紧紧地抓着对方，身体挤压在一起，几乎干脆就要干起来了。

然后我们俩互相看着对方，仍旧一言不发，那种眼神就好像是在说，你他妈的到底是谁啊。这是她的眼神。一种女人特有的眼神。我到底是在这儿干什么呀，和我在一起的是谁，不知从哪儿冒出来的一个傻瓜。我们仍处在恋爱初期，而且即使这段恋情能够持续下去，那么它也将继续像恋爱初期一样。我们不需要有任何进一步的发现，而这也并非表面看上去的那种冷冰冰的契约算计。这只不过是我们自己，以及我们的言谈和感觉。我们又重新开始散步，现在变得随意，看见一个光着胸脯的老头穿着卷起裤腿的睡裤，在廉租公寓防火梯上坐在一张湿乎乎的沙滩椅上晒太阳。这就是一切。我们明白，我们共同意识的纹理，它的印痕，它的图案，将永远像在那些最初的日日夜夜里印下的一般。

我们缓缓地漫步回到我们开始所在的那条街道，而我意识到我们正在走入某种心境，埃玛的心境，一种稍带克制的情绪，其形态来自她儿子的即将出现。我们到了那座由工厂改建的大楼，而当他出现时，他手里拿着他的东西，系成一个包袱，准备带回丹佛。我们向北走，然后朝西，我发现自己正在想象着我们叫到的出租车的司机有一个乌克兰名字，说话带乌克兰口音，并且乐意跟斯塔克用乌克兰语交谈，从而再给这个男孩一个机会，好让他把一个陌生人平淡无奇的生活变成丰富多彩的想象。

三

每次关了火之后，我总还是要再三检查炉子。在晚上，我会确定门已经锁上了，然后回去做我正在做的事情，但最后我还是会偷偷回到门跟前，检查一下门锁，拧一下门把手，以便验证、确认、检验门的确锁上了，这才上床睡觉。这是从什么时候开始的？我走在大街上的时候会不时检查我的钱包，然后是我的钥匙。钱包装在左边屁股口袋里，钥匙在右边前面的口袋里。我会从口袋外面感觉或拍打一下钱包，有时把拇指伸到口袋里摸一下。钥匙我不用这样做。我从口袋外面接触一下就够了，隔着裤子口袋和手帕这两层织物紧握着那一圈钥匙。我觉得没必要把钥匙包在手帕里。钥匙就放在手帕底下。我对自己说，这样要比把钥匙包在手帕里更卫生一些，因为我可能会用手帕擤鼻子。

我到罗斯的单色画房间里去看望他，他坐在那里思考着，我坐在那里等待着。他叫我来，说有一个提议想跟我谈谈。我意识到这里是他的隔离小屋，是每一个珍藏记忆的正式场所。他闭上眼睛，把头向前倾着，然后，就好像是按照指定的顺序，他看着自己的手开始颤抖。

当他的手停止颤抖的时候，他把头转向我。

“昨天洗完脸之后，我照了照镜子，认真仔细地看了一下。我发现自己有些晕头转向，”他说，“因为在镜子里，左边是右，右边是左。但实际上却并不是这样。本来应该好像是我右耳的那只耳朵却真的是我的右耳。”

“看上去好像是这样。”

“实际上就是这样。”

“应该有一门叫作幻觉物理学的学科。”

“是有这个学科，但他们给它起了个别的名字。”

“那是昨天。今天发生了什么？”我说。

这他答不上来。

然后他说：“有一段时间我们曾经养过一只猫。我想这个你可能不知道。那只猫有时会下楼到这里来，蜷着身子躺在地毯上，而阿尔蒂说，那只猫给这个房间带来了一种静谧，一种特殊的优雅。那只猫变得跟那些画不可分割，猫成了艺术的一部分。当那只猫在这里的时候，我们会轻声说话，尽量不做任何突然或者不必要的举动。要不然那将是对猫的一种背弃。我觉得我们对这一点是认真的。那将是对猫的一种背弃，阿尔蒂说，她的脸上带着那种微笑，就是她在模仿英国老电影里的角色时所用的那种微笑。那将是对猫的一种背弃。”

他的胡须从脸上飘洒下来，比过去的建筑模型还要白，还要无拘无束。他大部分时间都待在这个房间里，慢慢变老。我觉得他来这里就是为了变老。他告诉我他正在把他的一部分艺术收藏品捐赠给社会机构，并把几件较小的作品送给朋友。这就是他把我叫到这里来的原因。他知道我很欣赏这里墙上的艺术品，各种色调柔和的画作，帆布油画，总共五幅。再就是这间家具不多的房间本身，带有一种如此明确的意图，以至于一个人可能会觉得自己在这里的存在是一种侵犯。我并没有那么敏感。

我们讨论了那几幅画。他学过有关的术语，我则没有，但我们发现我们的欣赏方式原来并没有太大的不同。光线，平衡，色彩，严谨度。他想送我一幅画。挑上一幅，就是你的，可能还不止一幅，他说，而且除此之外，还有你最终想在哪儿生活的问题。

我让他最后这句话余音回荡。他竟然会认为在将来某个未指定的时间我可能会想来这里住，这不禁让我感到惊讶。他以一种实际的态度谈论着这种可能性，就好像这是一件家庭事务，但他并没有考虑这个地方的美元价值。我在他的声音里听出了一种试探性的语调，一丝单纯的好奇心。他也许是在问我，我究竟是什么样的一个人。

他身体前倾，我则向后靠着。

我对他说我不知道该如何在这里生活。这是一栋漂亮的褐砂石房屋，前门用橡木雕刻而成，内部是镶木板装潢，家具摆设庄重静雅。我的话并不纯粹是为了做样子。我在这里将会是一名游客，在一种临时安排的约束之下。是阿尔蒂把他从他装饰豪华的双层楼顶公寓带了下来，那里有阳光普照的花园和一览无余、核爆炸般的落日景色。这些曾经是早些年里适合他全球性自我价值观的东西。她曾经对他说，你有两个宏伟壮观的阳台，比教皇还多一个。这里则是他的一些艺术品，还有他的所有藏书，所有他曾经设法学习过、热爱过和获取到的东西。

我知道如何在我所住的地方生活，在曼哈顿上城西区的一栋老建筑里，里面有个可怜的小天井，终年隐藏在阴影之中，还有曾一度颇具气派的大厅，需要洪水保险的洗衣房——在一间传统装潢的公寓里，高高的天花板，安静的邻居，在电梯里跟熟悉的面孔打招呼，和埃玛一起站在楼顶热烘烘的柏油表面上，在西面的护栏边，望着一场暴风雨正朝着我们的方向从河上疾扫而过。

我是跟他这么讲的。但事实难道不是比这更复杂吗？这些话里带着一种惩罚性的无情打击，一种从过去挖掘出来的可鄙拒绝。所有这些不同的层次，这些螺旋形的相互纠葛，和我们共同分享的境况是如此不可分割。

我告诉他我很感动，并建议我们两个人都再考虑考虑。但实际上我并没有被感动，而且也没有打算再考虑。我对他说，不管有没有那只猫在，这个房间都非常令人赞叹。而我没有告诉他的是，在我的公寓里，有几张马德琳的照片。女学生，年轻女子，母亲和正值青少年时期的儿子。我怎么可能在我父亲连栋房屋那个不友好的环境里摆放这些照片呢。

多年前有一段时间，埃玛曾经学习过舞蹈，而她浑身上下都带有一种流线型的感觉，面庞和身体，走路的姿态，甚至包括她说话时简洁的语句。有时候我会想象在她手中就连最普通的时刻都有着一份详细的计划。这是一个男人闲来无事的猜想，他没有情节的日日夜夜开始成为世界在他周围越缩越小的标志。

但她使得我不至于对一切都感到不满。她是我的情人。仅仅是这个想法本身就让我感到安慰，这个词本身，情人，这个美丽的音符，那个悬浮在空中的字母*v*。我往往会陷入傻乎乎的白日梦中，琢磨着这个词，把它想象成女人的形状，感觉自己就像一个十几岁的少年，期待着他将能对自己说他有一个情人的那一天。

我们去了她的住处，一间不太大的公寓，在曼哈顿东区一座战前建成的大楼里，她让我参观了斯塔克的房间，我以前来的时候只瞥过几眼。一对滑雪杖竖在一个角落里，一张铺着军用毛毯的便床，一张巨大的壁挂苏联地图。我被那张地图吸引了过去，在那片广阔的区域里搜寻着我所知道以及许多我从未遇到过的地名。埃玛说，这是那个男孩的纪念墙，一条历史冲突的伟大弧线，从罗马尼亚一直延伸到阿拉斯加。每次到这里来的时候，都会有那么一段时间，他只是站在那里，看着地图，将由于自己被抛弃而留下的深刻个人记忆与有关往日罪行的集体记忆相对比，回想起当年的饥荒，令数百万乌克兰人不幸丧生。

埃玛说，他经常和他父亲谈论近期的时事。跟我则没什么好谈的。普京，普京，普京。他整天讲的就是这个。

我站在地图跟前，开始大声朗读地名。我不知道我为什么要这样做。阿尔汉格尔斯克，谢米巴拉金斯克，斯维尔德洛夫斯克。这究竟是诗歌还是历史，还是在一个未知表面上孩子般的漫步？我想象着埃玛也加入进来，和我一起朗读，强调着每一个音节，我们两人，她的身体紧贴在我身上，基廉斯克和斯沃博得内，接着我想象我们在她的卧室里，我们脱掉鞋子，躺在床上，面对面地朗读着，城市、河流、共和国，每念一个名字我们每人就脱掉一件衣服，戈尔基是我的夹克，勘察加河是她的牛仔裤，慢慢地念到哈尔科夫、萨拉托夫、鄂木斯克、托木斯克，而在这个时候我开始感到有些愚蠢，但仍然继续了片刻，在内心里念着一串没有意义的词语，一堆由呻吟构成的名字，那片辽阔的大地形成了一个奥秘，覆盖着我们的相爱之夜。

但我们是在斯塔克的房间里，而不是在卧室里。我停止了朗读，停止了想象，但仍不愿离开那张地图。有那么多可以看到、可以感觉到而又可以对其一无所知的东西，那么多可以不知道的东西，而且还有车里雅宾斯克，就在这儿，那个遭到流星撞击的地方，还有“聚合”本身，埋藏在地图上原苏联领土中的某个地方，被中国、伊朗、阿富汗等国家包围着。难道我真的曾经去过那里，曾经身处在如此深刻而灼热的故事当中吗，而现在这一切全都在眼前，几十年的历史动荡被压缩成了一堆地名。

这是斯塔克的地图，不是我的，而我意识到他母亲已不再站在我的身边，而是漫步走出了房间，回到了当地的时间和地点当中。

这座城市仿佛被压扁了似的，一切都靠近路面，建筑脚手架、修理工程、警笛声。我望着人们的面孔，对面孔背后的人进行着瞬间的研读，默默无语，然后想起抬头看着那些高层建筑的立体几何形状，那些线条、角度和平面。我成了研究人行横道指示灯的学生。我喜欢在指示灯上的红色数字只剩下三四秒钟的时候冲过街道。在给行人的指示灯变红到给汽车的红绿灯变绿之间总会有那么一秒多一点的额外时间。这就是我的安全余量，而我很喜欢遇到这种情形，坚定地迈着大步穿过宽阔的大道，有时是文明的慢跑。这让我感到自己忠实于这个系统，知道不必要的风险是城市病态规范中不可缺少的组成部分。

今天是埃玛执教的那所学校的家长参观日，她邀请了我陪她一起去。那里的孩子有从语言障碍到情绪问题的各种缺陷。在日常学习中他们面临着种种障碍，如何获得基本的意识，如何理解，如何按照正确顺序排列单词，如何获取经验、学会留心，如何收集信息、找到答案。

我在一间挤满了男孩女孩的房间里靠墙站着，他们坐在一张长桌旁，桌上放着填色图画书、各种游戏器具和玩具。家长们四下转悠着，一边微笑，一边聊天，而且的确值得微笑。孩子们非常活泼，积极参与，又是写故事，又是画动物，那些能做这些事的孩子，而我在一旁边看边听，在这一片由混杂的细小童音和徘徊在四周的大人身体组成的轻快喧嚷之中，试着感受到正在这里发生着的那些人生的感觉。

埃玛走过来站在我的身旁，指了一下一个正俯身坐着玩拼图游戏的女孩，这个女孩害怕迈出每一步，从这儿到那儿，每时每刻，都需要有人用语言不断地予以支持，往往还需要温和的鼓励。有些日子比其他时候要好一些，埃玛说，而正是这句话给我留下了很深的印象。所有这些疾病都有它们各自的首字母缩略词，但她说她不用它们。桌子的末端有一个男孩，他无法作出能让别人理解他说话发音所需的特殊肌肉运动。一切都不自然。音素，音节，肌肉紧张度，舌头、嘴唇、下颌和上颌的动作。这种病的首字母缩略词是CAS，她说，但她没有把它翻译出来。对她来讲，这个词就好像是这种疾病本身的一种症状。

很快她就又回到了那些孩子中间，而她的威信、她的自信，即便是在最温和的情绪当中也显而易见，开口说话，轻声耳语，在游戏板上移动一个棋子，或者只是看着一个孩子，或是跟一位家长谈话。房间里到处都是一片开心活跃的景象，可是我却觉得自己像是被冻结在了墙上。我试着想象某个孩子，这一个或那一个，那个不能识别图案和形状的孩子，或是那个无法保持注意力或听懂最简单语言命令的孩子。我望着那个手里拿着字母图画书的男孩,试着想象他在一天结束之后,坐在校车上,跟其他孩子聊天,或是望着窗外,我想象着他都看见了什么,他所看见的跟司机和其他孩子看见的有什么不同,然后我又想象着在这条大街和那条大道相交的街角上,他的母亲或是父亲,他的哥哥或是姐姐,他的家庭护士或是管家在那里等着接他。但这一切都没有把我带到他的人生中去。

可是它为什么应该把我带进去呢?它又怎么可能把我带进去呢?

还有别的孩子在其他房间里,早些时候我还看见有几个孩子在走廊里游荡,然后一位家长或老师领着他们回了某个房间。那些成年人。这些孩子当中会有一些能够冒险踏入成人世界吗,他们能够形成成年人的世界观和人生态度,能买一顶帽子,能穿过大街吗。我望着那个每迈出一步都会感到某种注定危险的女孩。她并不是一个比喻。浅棕色的头发,此刻上面正洒满了阳光,她的脸上带着自然的红晕,专注的眼神,纤小的双手,六岁的年纪,我心想,她的名字叫安妮,我心想,或者也许叫凯蒂,而我决定在她玩完她面前的游戏之前离开,家长日结束了,孩子们可以继续进行下一项活动。

玩一个游戏,列一个表,画一条狗,讲一个故事,迈出一步。

有些日子比其他时候要好一些。

四

终于到了给西尔弗斯通打电话拒绝那份工作的时候了。他说他能理解。我想说，不，你并不理解，不是全部都能理解，你不理解让我变得更有趣的那部分。

我一直在跟进几条有希望的线索，别无选择，只有坚持下去，不时地在心里想自己是不是已经过时了。在大街上，在公共汽车上，在触摸屏的风暴中，我可以看到自己正在自发地进入中年，一个不由自主的男人，在他神经系统行为的指导下。

我跟埃玛提到过这份工作。这并不是我想要的，不符合我的需要。她的回答甚至比这还要简短。这并不奇怪。她随遇而安，并不是出于被动或冷漠，而是本着一种中介空间的精神。他和她，从这儿到那儿。而这并不适用于斯塔克。她儿子是我们那天的话题，当时我们正好在楼顶上，阴天，西面护栏边我们的老地方。我们望着一艘驳船被拖船拖着沿河而下，一寸一寸，中间不连续，因为有几座高大建筑割断了我们的视野。

“他现在干的就是这个。在线赌博网站。他在飞机坠毁事件上下赌注，全都是真事，标着各种各样的赔率，根据航空公司、国家、时间范围以及其他因素而定。他还在无人机袭击行动上下注。什么地点，什么时间，有多少人死亡。”

“这是他告诉你的？”

“还有恐怖袭击。到那个网站上，查看一下条款，下一个赌注。哪个国家，哪个组织，死亡人数。总是有个时间范围。必须在预定的几天、几周或几个月之内发生，还有各种其他变量。”

“这是他告诉你的？”

“是他父亲告诉我的。他父亲命令他停手。公众人物暗杀事件，从国家元首到叛乱领袖，以及各种其他类别。赔率取决于那个人的地位和他所属的国家。还有其他类型的赌博，数量还不少。好像是个很兴旺的网站。”

“我不知道这能有多兴旺。这些事情并不经常发生。”

“但它们的确会发生。那些下赌注的人期待着它们发生，等着它们发生。”

“那些赌注让这种事情更有可能发生。这我理解。坐在家里的普通人。”

“一种改变历史的力量。”她说。

“那可是我的台词。”我说。

我们是不是开始觉得这样挺好玩？我朝着楼顶另一头瞥了一眼，看见一个穿着凉鞋、短裤和三角背心的女人，正在把一条毯子拖到一个她好像认为太阳将能照到的地方。我望着厚厚的云层，接着又看了一眼那个女人。

“你经常跟他父亲谈话吗？”

“我们在有必要的时候会谈话。因为这个孩子的缘故，时不时会有必要。他还有其他的习惯，还做其他的事情。”

“跟出租汽车司机讲话。”

“不值得为了这个往丹佛打电话。”

“还有什么？”

"连着好几天改变他说话的声音。他能装出一种沉闷的声音。我模仿不来。一种水下的声音,数字噪声,组合在一起的声音单元。再就是普什图语。他会用普什图语冲着街上看上去好像可能是以它为母语的人讲话。但这些人几乎从来都不是。要么就是冲着超市店员或是飞机上的乘务员。乘务员还以为这是飞机劫持的第一阶段。这种情况我亲眼见过一次,他父亲见过两次。"

我发现自己对她跟孩子父亲谈话这一事实感到不安。他们当然会谈话,出于各种原因他们不得不谈话。我想象着一个身材结实的男人,肤色有些黝黑,他站在一个墙上挂着照片的房间里,照片上父子二人一身打猎的装备。他和那个男孩在一个不出名的有线电视频道上看着电视新闻,来自东欧的节目。我需要给斯塔克的父亲起个名字,埃玛的前夫,在丹佛,一英里高的城市[①]。

"他现在不在汽车炸弹事件上下赌注了吗?"

"他父亲并不完全相信。他会偷偷地对斯塔克的电子设备进行突击检查。"

毯子上的那个女人一动不动,躺得非常平展,两腿张开,双臂舒展,手掌向上,脸朝上,双眼紧闭。也许她听到消息说太阳将会出现,也许她并不想要太阳,也许她每天都在同一个时间这样躺在那里,一种服从,一种纪律,一种宗教信仰。

"他会在两三个星期后回来。他必须到他的柔术学院去。他的柔道馆,"她说,"有特别活动。"

或者也许她只是想从公寓里出来透透气,是这栋大楼里的一位住户,但我不认识,中等年纪,有几个小时能暂时逃离立方体中的生活,和我们一样,和我们穿过公园走向埃玛住处时一路上看到的那几百个人一样,那些跑步者、闲散者、打垒球的人、推着婴儿车的父母,那种因为能在自由空间里待上一阵而带来的显而易见的轻松感,一个分散的人群,正

① 丹佛的海拔约为一英里,故别称"一英里高的城市"。

是因为我们的分散而感到安全,可以自由自在地互相打量,可以注意、欣赏、羡慕和猜想。

想想看吧,我几乎说出口。别处有这么多地方,人群正在聚集,数千人叫喊着,有节奏地高呼着,在手持警棍和防暴盾的警察的冲击下退却着。我的脑子里想着这些事情,无法止住,已经死去和正在垂死中的人们,双手绑在身后,头脑开裂。

我们开始加快步伐,因为她想回家赶上看一场温布尔登的网球比赛,她最喜欢的球员,那个每次奋力回球时都会发出性感呻吟的拉脱维亚女人。

假如我不曾和埃玛相识,当我走在大街上,没有什么特别的地方要去,只是上邮局或是去银行的时候,我会看到什么呢。我会看到那里存在的东西,难道不是吗,或者说我会看到我的感官能够从那里收集到的东西。但现在则不一样。我所看到的街道和人群,里面总会有埃玛的身影。她并不是一个幻影,而只是一种感觉,一种感受。我所看到的并不是我认为她会看到的东西。这是我自己的感官知觉,但她身在其中,或是散布在里面,无处不在。我能觉察到她,感觉到她,我知道她在我的内心里占据着某个位置,从而使得这些时刻在街道上和人群中不时地发生。

那沓二十美元的钞票出现在自动取款机的槽口里,我站在小隔间里数着钱,把有的钞票上下倒过来,还有的正反翻个面,好把这一沓收拾整齐。我很公道地对自己宣称,这个手续应该由银行来执行。银行应该将这些钱,我的钱,整整齐齐地交到我的手上,十张钞票,每张二十美元,所有的钞票都头朝前,正面朝上,没有污迹,清洁卫生。我又数了一遍,低着头,弓着肩膀,和我两边小隔间里的人相隔开来,尽管互相隔离,但仍可以意识到,我能感觉到他们在我左右两边的存在,我的钱拿在靠近胸口的地方。这好像不是我自己。好像是别的某个人，一位隐居者，无意中走进了半公众的视野，正站在这里数钱。

我在屏幕上点了一下，要了收据，接着又要了账户收支记录和账户摘要，然后我把那沓钞票卷在那几片有毒的薄纸里面，离开了小隔间，手里紧握着收据和钱。我没有去看排队的人。在自动取款机这种地方没有人会去看别人。我尽量不去想安保摄像机，可是在我脑子里的自我监视设备里，我可以看到自己，身子紧紧地蜷在那里，把钱从槽口里拿出来，数了一遍，整理好，然后又数了一遍。

可是这种行为难道真的有那么自省，有那么异常谨慎吗？整理钞票的方式，突然提高的警觉，这难道不是人们常做的事吗，检查钱包，检查钥匙，这只不过是常见事物的另一个层次。

我坐在家里，那堆交易记录、取款单、详细账户记录，还有我过时的智能手机，我的信用卡账单，新余额、逾期付款、额外费用，全都摊在我面前马德琳的老核桃木书桌上，里面似乎有好几处总是不断出现的小错误，而我正在试图确定它们的来源。这些错误背离了数字这个概念当中所包含着的逻辑，而正是这种逻辑，这种可靠数字的纯粹要旨，决定着一个人的价值，尽管其总数正在一周一周变得越来越少。

我向埃玛描述了几次求职面试的细节，她很喜欢我对这些过程的叙述——对主持面试者所说的话进行声音模仿，有时一字不差。她明白我并不是在嘲笑这些男人和女人。这是对某种特殊对话的一种纪录片式的处理方法，而我们俩都知道，这位仍然没有工作的表演者本人就是这部作品的主人公。

此时阳光明媚，于是我想起了在我家楼顶上四肢张开躺着的那个女人。到处都是女人，埃玛坐在离我只有一臂之遥的一把导演式折叠椅上，那个拉脱维亚女人和她的对手在电视屏幕上，流着汗水，呻吟着，击打着一只网球，其中的花样模式可能是行为科学家们将要研究的高级课题。

我们有大约一个小时没有进行一场认真的讨论了。在这种时候我总是听从埃玛的意见。她有一个收养的儿子，一次失败的婚姻，一份涉及残疾儿童的工作，而我又有什么呢——我可以上到一座凉风习习的楼顶，在上面可以毫无遮拦地看到整条河。

她说："我觉得你对这些求职面试很期待。把脸上的胡子刮干净，把鞋擦亮。"

"我只剩下一双体面的鞋子了。这并不是极端的懒散行为，而是一种日常的粗心大意。"

"你对这些体面的鞋子有没有一种喜爱？"

"鞋子就像人一样。它们会适应不同的情况。"

我们一边看着网球比赛，一边喝着高玻璃杯里的啤酒，她事先把玻璃杯侧着放在她低矮冰箱的冷冻室里。结着冰霜的玻璃杯，深色的窖藏啤酒，网球比赛结束了，其中一位女子将球拍在空中翻转着，另一位女子则走出了画面，第一位女子兴高采烈而又无拘无束地仰面倒在草地球场上，两臂宽宽地伸展开来，就像我楼顶上的那个女人，不管她究竟是谁。

"定义网球拍。这是在我十三四岁的时候可能曾经对我自己讲过的话。"

"然后你就会那样做。"她说。

"或者说试着那样做。"

"网球拍。"

"十三四岁。"

我告诉她我曾经会站在一间黑屋子里，闭着眼睛，思想沉浸在那种处境之中。我告诉她我现在还会那样做，尽管很少，而且我从来都不知道自己什么时候就要那样做了。就站在黑暗里。台灯放在床边的五斗橱上。我站在那里，闭着眼睛。有点像斯塔克。

她说："听起来像是一种正式的冥想。"

"我不知道。"

“也许你是在试图清空头脑。”

“你自己没有那样做过。”

“谁,我,没有。”

“我闭上眼睛是为了抵挡黑暗。”

“你在思考你自己究竟是谁。”

“也许是在一种思想空白的方式下,如果有这种可能的话。”

“在一间亮着灯的屋子里闭着眼睛和在一间黑屋子里闭着眼睛有什么不同?”

“有着天壤之别。”

“我正在尽量忍着不开玩笑。”

她说这话的时候语调平和,一副严肃的面孔。

知道那一刻,感觉到那只轻抚的手,将所有那些容易被遗忘的碎片收集起来,架子上新换的毛巾,一块漂亮的新肥皂,床上干净的床单,她的床,我们的蓝色床单。这就是我日常生活中所需要的一切,而我试着将这些日日夜夜想象成一种低声的反对命令,我们的反对命令,用来抵抗那种普遍的信仰,那就是认为将来,每个人的将来,都要比过去更糟。

我父亲的一位手下打电话来交代了细节。时间,地点,穿着。约了一顿午餐——但是为什么呢。我不需要在中城区的一座烹饪艺术殿堂里吃午餐,在那儿吃饭需要穿西装外套,而且据称那里的食物和插花摆设精美之至,而那里的员工比国葬仪式上的护柩者还要称职。正好赶上周末,我的几件西装衬衫还都在洗衣店里,为下一轮求职面试做准备。我不得不穿上一件已经反复穿了两三次的衬衫,先在指头上吐了点唾沫,好把领子内侧洗一洗。

每次约会我总是第一个到,我总是首先到达。我决定坐在桌旁等候,而当罗斯出现时,他的样子让我很震惊。那身带着背心的灰色西装和那条鲜艳的领带使得他野人般的胡须和蹒跚的步伐显得更为突出,而我拿不准他这副样子究竟是像一座令人难忘的废墟，还是像一位著名的舞台剧演员，把他漫长艺术生涯中最具代表性的角色演活了。

他一点一点缓缓地坐进了我们的天鹅绒长软座。

“你不想要那份工作。你把它拒绝了。”

“那份工作不合适。我正在跟一个投资策略集团里的一位重要人物进行联系。很有可能会有结果。”

“很多人都在失业。你可是得到了在一家非常强大的公司里工作的机会。”

“一整套的公司。但我并不是对它不屑一顾。各个方面我全都考虑过了。”

“没人会在意你是我儿子。儿子和女儿到处都是，而且都在坚实的岗位上，做着富有成效的工作。”

“好的。”

“你把父子关系这件事看得太重要了。不出几天，你就能靠你自己的能力说话了。”

“好的。”

“很多人都在失业。”他又说了一遍，这话合情合理。

我们一边谈话，一边点了菜，而我不停地看着他的脸，脑子里想着某个词。我想到的词会把我引入难以看透的现实中去，让一种局面或境况变得更为清晰，至少从理论上讲是这样。眼下的罗斯双眼疲倦，耸肩弓背，右手微微地颤抖着，而我想到的那个词就是废止。这个词有着一种适合眼下环境的格调品质。但它是什么意思呢？一种无所作为的状态，我心想，也许是一种失去了的活力。我望着罗斯·洛克哈特，他的穿着潇洒漂亮，但他身上没有了曾经塑造了他这个人的那种坚持不懈和精明狡黠。

“我上次来这里的时候是在大约五年前，当时我说服了阿尔蒂，让她陪我一起来。那时她的身体状况还没有到急剧恶化的程度。我记不得那么多了。但有那么一刻，有那么一段时间，我记得非常清楚。有那么特别的一刻。当时她看到侍者正在把一个女人领到附近的一张桌子，正好从我们旁边经过。她等着那个女人坐下，又多看了一会儿。然后她说：‘如果她化妆化得再浓一点的话，她就会着火了。’”

这把我逗笑了，而且我注意到这段记忆在他眼里仍然是活生生的。他仿佛看到了阿尔蒂坐在桌子对面，穿越了时间，就像一种波形，隐约可见。葡萄酒上来了，他总算看了看标签，然后进行了仪式性的摇晃和品尝，但他没有去闻软木塞，也没有表示对酒的认可。他仍然沉浸在回忆中。过了一会儿，侍者才判定可以开始倒酒。我天真地看着这一幕，就好像一位青少年一般。

我说：“他们的名字叫‘精选资产公司’。”

“那是谁？”

“就是我正在联系的那些人。”

“买上一件新衬衫。那也许会帮助他们拿定主意。”他说。

一个男人究竟在什么时候就会变成他父亲？我还远远不到那个时候，但我意识到有朝一日，当我正坐在那儿盯着一堵墙，当我所有的防御全都被融入了那相应的一刻时，这件事就可能会发生在我的身上。

饭菜上来了，他马上开始吃饭，而我则边看边想。接着我给他讲了一个故事，让他停了下来。

我告诉他他的妻子，他的第一任妻子，我的母亲，在她临死的时候，在家里，在她床上，不能讲话，听不到也看不到坐在那儿的我。我从来都没有对他讲过这件事，而我也不知道我为什么要在这个时候对他讲，我守在她床边的那几个小时，马德琳，还有她的邻居，拄着手杖站在门口。我发现自己讲得很详细，尽可能回忆起我所能想到的一切，轻声地讲着，描述着当时的情景。邻居，手杖，床，床罩。我描述了床罩。我提到了那个老橡木五斗橱，拉手雕成翅膀的形状。这个他应该记得。我觉得我是想要他被感动。我想让他看到那最后的几个小时，就像当时发生的那样。这里面没有任何黑暗的动机。我想让我们两人在这里走到一起。而在这个地方谈论这件事是多么的奇怪啊，周围是踮着脚走路的侍者，墙边摆放着一枝枝高秆的白色孤挺花，像葬礼一般，我们桌子中间的小花瓶里插着一朵白兰花。这些话语中间并没有怨恨的主题。马德琳房间里的那个场景本身就不允许这一点。桌子，台灯，床，躺在床上的女人，还有那根张开四条小腿的手杖。

我们坐在那里沉思着，过了一会儿，我们中间有一个人吃了一口食物，喝了一小口酒，接着另一个也照做了。房间里到处都是活跃的谈话声，如潮水一般，在此之前我一直都没注意到。

“这件事发生的时候我在哪儿？”

“在《新闻周刊》的封面上。”

我看着他试图弄懂这句话的意思，接着解释说，就在我得知母亲病情危急之前，我看到了封面上有我父亲的那本杂志。

他将身子在桌上俯得更靠前，用手背撑着下巴。

“你知道我们为什么来这里吗？”

“你说你上次来这里的时候是和阿尔蒂在一起。”

“而她永远都是我们在这里讨论的内容的一部分。”

“好像还为时过早。”

“我每时每刻都在想着她。”他说。

他每时每刻都在想。冷冻室里的阿尔蒂。我也会不时地想到她，剃着光头，身体赤裸，站在那里等待着。她知道自己在等待吗？她在等候者的名单上吗？还是说她已经完全死去，离开了人世，就连一丝最细微的自我意识都没有留下？

“到了该回去的时候了，”他说，“我想要你跟我一起去。”

“你想要一个见证人。”

“我想要一个同伴。”

“我明白。”

“就一个人。没有别人。”他说，“我正在安排。”

他将在那场漫长的飞机旅途中将他生命的岁月倒空。我想象着他失去了他身上所有的洛克哈特式的特征，变成了尼古拉斯·萨特斯韦特。一场疲惫的人生缩回到了它的根源。数千英里的航空里程，所有那些杂乱无形、日夜不分的麻木时光。我和他，难道我们俩是萨特斯韦特父子吗？废止。我突然意识到，这个词可能无疑更适用于儿子，而不是父亲。废弃，误用。将浪费时间作为一种人生追求。

“你仍然相信这个想法。”

“全心全意。”他说。

“可是这个想法不是已经失去了它所曾经拥有的那种内在信念吗？”

“在唯一的关键点上，这个想法仍在变得越来越坚定。”

“回到那些有编号的楼层去。”我说。

“这些我们已经全都讲过了。”

“那是在很久以前了。难道感觉不是这样吗？两年了。感觉就像是半辈子。”

“我正在安排。”

“这你刚才已经说过了。那个远离文明社会的地方。我们去好了，干吗不呢，就我和你。只管去安排吧。”

我等着接下来的话。

“你也应该考虑一下其他那些事情。”

“我不想要那幅画。我不想要人们一般都想要的那些东西。这并不是因为我抛弃了物质享受。我并不是苦行僧。我的生活足够宽裕。但我想保持简单的生活。”

他说：“我需要留下明确指示。”

“我并不追求金钱。我认为金钱就是个可以数一数的东西。是我放在钱包里然后再从钱包里拿出来的东西。金钱是数字。你说你需要留下明确指示。明确指示这种说法听起来很令人生畏。我喜欢不知不觉地碰上各种事情。”

盘子和餐具都已撤下，我们喝着一瓶陈年的马德拉葡萄酒[1]。也许所

---

① 马德拉是非洲西海岸之外北大西洋上一个属于葡萄牙的岛屿。马德拉葡萄酒是该岛上产的一种加强葡萄酒，即掺入了烈酒（通常为白兰地）的葡萄酒。

有马德拉葡萄酒都是陈年的。餐馆正在慢慢清空，而我喜欢看着他们，看着所有这些人果断地大步走回到他们各自的境况之中，走回到他们各自的工作中去。他们必须回到他们的办公室和会议室，而我则不必。这给了我一种身在公司既定工作日程之外的自由感，而实际上我真正身在其外的则是一份工作。

我和罗斯，我们两人都没有说话。侍者正站在房间的另一头，一个一动不动的人影，画面四周是吊篮里的一束束鲜花，他在等着我们招呼他结账。我希望外面正在下雨，我们好出门走入雨中。与此同时，我们一边想着即将到来的旅程，一边喝着我们的加强葡萄酒。

五

我看着埃玛站在穿衣镜前。她正在检查全身上下是否收拾妥当，然后就要去学校，去照顾那些或如饥似渴或闷闷不乐或难以对付的孩子。衬衫背心，定制的宽松长裤，便鞋。我一时冲动，走进了这幅画面，站在她的身旁。我们看了几秒钟，我们这一对，没有出声，也没有不自然或是任何觉得好笑的迹象，而我明白这是很说明问题的一刻。

我们两个，女人聪明、有决心，与其说是超然冷漠，不如说是习惯于冷静估量每一个场合，包括眼下的这一个；棕色的头发向后梳着，一张对自己漂亮与否不感兴趣的脸，而这给了她一种我无法确切指出的品质，一种未经分割的完整性。我们从来没有这样互相看过，两双眼睛，那个漫无目的的男人，个子高一些，头发浓密，狭窄的脸庞，稍稍凹陷的下巴，褪色的牛仔裤，等等。

他就是那个排队买芭蕾舞票的男人，因为有个女人想看那场芭蕾舞，而他愿意等上好几个小时，同时她正忙着照顾她的学生。她就是那个女人，一动不动地坐在座位上，看着一位舞蹈演员劈开空气，指尖碰着脚尖。

这就是我们俩，这一切，而且还远远不止，好奇的眼睛通常看不到的东西，一个探寻的眼神，有这么多可看的东西，我们每人都同时看着我们俩，接着我们便从中摆脱出来，走下四段楼梯，进入了街道噪声的高潮中，而这种噪声告诉我们，我们又回到了其他人中间，回到了毫不宽容的空间里。

过了将近一个星期我们才又有机会谈话，是在电话上。

“后天。”

“如果你想让我过去就说一声。”

“我会跟他提一下。看情况。事情有点紧张。”她说。

“出了什么事？”

“他不想回学校。他们八月份开学。他说那是浪费时间。跟闲着没两样。他们教的东西对他来讲一点意义都没有。”

我站在窗边，手里拿着电话，低头看着我刚刚擦亮的鞋子。

“他有什么别的打算吗？”

“这个问题我已经反复问了好几遍了。这孩子没有明确表态。他父亲听起来好像束手无策。”

听到他父亲束手无策，我心中不免有些暗喜。但另一方面，我又觉得很难受，因为我知道埃玛显然也正处在同一种状态下。

“我一下子还不知道怎么才能帮得上忙。但我会考虑一下。我会想想我自己在那个年纪时的情况。如果他同意的话，也许我们可以再一起坐出租车到柔道馆去。”

“他不想去柔道馆。他不想学柔术了。他这次同意来全都是因为我一再坚持。”

我想象着她一脸严肃、一再坚持的样子，身体挺直，快言快语，手里紧握着手机。她说她会跟儿子谈谈，然后再给我打电话。

听到她说她会给我打电话，这让我有些不安。这是我在求职面试结尾时经常听到的话。离我预定的会面时间还有不到一个小时，而我刚刚用传统的鞋油、马毛刷和法兰绒布擦亮了我的皮鞋，而不是用全色海绵的快速擦鞋法。然后我在洗手间镜子里看了看我的脸，再次查看了一下二十分钟前我仔细刮脸的效果如何。我想起罗斯曾经说过镜子里的右耳真的是他的右耳，而不是左耳的镜像。我尽量集中精力，这才说服自己事实并非如此。

人们通常所做的那些容易忘记的事情，它们的气息就隐藏在我们大家所认同的我们之间共同之处的表面下。我想要这些手势、这些时刻具有某种意义，检查钱包，检查钥匙，某种在暗中将我们吸引到一起的东西，反复地锁上前门，检查炉子上的炉盘，看看有没有正在逐渐熄灭的蓝色火焰或是渗出的煤气。

这些便是正常生活中的催眠剂，我平平淡淡漂流生活中的日子。

一天早上，我又看到了她，那个摆着艺术姿势的女人，这次是一个人，身边没有小男孩。她站在林肯中心附近的一个街角上，而我敢肯定这是同一个女人，和上次一样闭着眼睛，这回双臂靠近身体两侧，但举得离身体有一定距离，像一种突然受惊的姿势。她站在那里一动不动。但也许这并不对。她只不过是将自己投入了精神的深谷，面朝里对着人行道和匆匆而过的人群。一个十几岁的女孩稍停了片刻，用她的电子设备拍了张照片。一种骚动在我们周围变得越来越强烈，空气浓重而黑暗，天空好像就要开裂，而我想知道当雨落下来的时候她会不会待在原地不动。

我再次注意到她的身旁没有任何东西表明她的目的、她的使命。她站在开放的空间里，一个无法解释的存在。我想看到一张小桌，上面放着传单或外语宣传画。我想看到一种非罗马字母的语言。好让我有些想象的依据。她的身上有一种气质，一种风格，她的五官特征表明她来自另一种文化。我想要一张写着希腊文、阿拉伯文、西里尔文字的牌子，一个女人，属于某个受国内外势力威胁的团体或派别，正在向人们大声呼吁。

她是外国人，没错，但我猜想她应该会说英语。我对自己说我从她脸上就能看出来，一种跨越国界的举止风度，一种对环境适应的结果。

我心想，如果这是一个男人的话，我会停下来看吗？

我必须继续看下去。其他人瞥了几眼，有两个孩子拍了照片，一个穿着围裙的男人匆匆走过，大街上的人们在天气变化的威胁下加快了步伐。

我走近了一些，小心不要靠得太近。

我说："我不知道可不可以问个问题。"

没有反应，脸上还是同样的表情，手臂僵直，严守纪律。

我说："到现在为止，我还没有试图猜测你的意图、你的目的是什么。而我禁不住会想，如果你有一张宣传画，上面表达的可能是一种抗议。"

我向后退了一步，为了给人留下更深的印象，尽管她看不见我。我觉得自己并不认为她会有所反应。我并不认为她可能会睁开眼睛看着我，或是开口说几个字。这时我才意识到自己开头说想要问个问题，结果到现在也还没问。

我说："那个身穿白衬衫、打着蓝领带的男孩。上次在市中心的某个地方，有个男孩和你在一起。那个男孩到哪儿去了？"

我们仍站在原地。周围的人们正在争相抢占位置，传统的出租车恐慌，而雨还没开始落地呢。一张用印地语或其他语言写的牌子。我需要一个具体的挑战来帮助我抵抗这场相遇的随机性。一个女人。难道非得是一个女人吗？如果是一个男人站在这里，做着一模一样的姿势，会有人停下来看吗？我试着想象在大约公元前一千年的时候，一个男人举着一张写着腓尼基文的牌子。我为什么要这样对待自己？因为我的脑子总是在不停地工作，无法控制。我再次靠近，和她正面相对，主要是为了阻止那些想给她拍照的人。那个穿着围裙的男人又回来了，推着一列连锁在一起的购物车，一共四辆，全都是空的。那个一直闭着眼睛的女人，她将一切固定在那里，为我停住了车辆行人，让我能够清楚地看到这里究竟有什么东西存在。

我跟她说话，难道是犯了一个错误？这是一种侵扰，很愚蠢。我背弃了自己谨慎言行记录册中的某个准则，同时也违背了这个女人坚持沉默的意愿。

我在那儿站了整整二十分钟，等着看她对雨作何反应。我本想待得更久一些，本来会待得更久一些，而且因不得不离开而觉得内疚，但雨并没有来，而我必须动身去赴我的下一个约会。

阿尔蒂不是曾经告诉过我她会说某种亚洲语言吗？

我们在离美术馆不远的地方发现了一家几乎空无一人的餐馆。斯塔克点了西兰花，不带任何别的东西。对骨头有好处，他说。他有一张长长的脸，头发直立，身穿一件拉链缝在背后的慢跑运动服。

埃玛叫他讲完他在出租车里开始给我们讲的那个故事。

“好的，于是我开始琢磨瓦哈卡[①]在哪里。我猜它是在乌拉圭或是巴拉圭，主要是巴拉圭，尽管我有百分之九十的把握它在墨西哥，因为托尔特克人和阿兹特克人[②]的缘故。”

“这个故事的要点是什么？”

“过去我曾经需要马上知道我想要知道的东西。现在我会先对它进行一番思考。瓦哈卡。这里面有什么呢？你有一个*oa*，然后是*xa*，然后是*ca*。瓦哈卡。我拒绝向自己提供有关瓦哈卡人口和民族成分的知识，甚至就连他们说的是什么语言都不能肯定，有可能是西班牙语，或者是某种混杂着西班牙语的印第安人语言。而且我还把那个地点放在了它

① 瓦哈卡是墨西哥南部的一个州，其首府为瓦哈卡市。

② 托尔特克人和阿兹特克人均为墨西哥境内的印第安人分支。

不应该在的地方。”

我跟埃玛讲过那个美术馆，还有馆内陈列的唯一一件展品。她把这件事告诉了斯塔克，斯塔克同意去那里看看。这本身就是个不小的成就。

很明显我是这里的中间人，被招来的目的是为了缓解他们之间的紧张气氛，而我发现自己马上就直捣那个敏感的话题。

“你从此就脱离学校了。”

“我们互相脱离了。我们谁都不需要对方。日复一日，纯粹就是浪费时间。”

“我也许知道那种感觉，或者是记得。老师，科目，同学。”

“毫无意义。”

“毫无意义，”我说，“但是还有其他类型的学校，不那么正式，有独立研究的机会，有时间深入地探讨一个课题。我知道这些你都已经经历过了。”

“我的确都已经经历过。全都是一堆面孔而已。而我对面孔视而不见。”

“你是怎么做到这一点的？”

“每年都有千百万个面孔穿过我们的视野，而我们每个人都学会了辨别它们之间的不同。对吧？我在很久以前就抛弃了这种能力，还是在我童年的时候，在孤儿院里，纯粹是出于自卫。让那些面孔穿过你的视觉框架，然后将其抛在脑后。把它们全都看成一团巨大而模糊的东西。”

“除了少数几个例外。”

“很少的几个。”他说。

他再没有什么别的想要补充的。

我目不转睛地看着他，用我所能发出的最从容不迫的声音说道：“‘石头在，但它们不存在。’”

我稍停了一下，然后继续说道：“我是在大学里接触到这个说法的，后来忘了，直到最近才又想起来。‘只有人才会存在。石头在，但它们不存在。树在，但它们不存在。马在，但它们不存在。’”

他听着，低着头，眯着眼睛。他的肩膀扭动了一下，像是在适应这个想法。*石头在*。我们是来这里看石头的。展览品的正式名称是一座室内石头雕塑。是一块大石头，就一块。我告诉斯塔克是这块石头把那句话从我本科生头脑深处的角落里引出来的。

"'上帝在，但他不存在。'"

我没有告诉他的是这些想法原本属于马丁·海德格尔[1]。直到最近我才得知这位哲学家曾经跟纳粹主义的原则和思想保持着稳固的伙伴关系。历史无处不在，在黑色的笔记本里，而甚至就连最单纯的字眼，*树*、*马*、*石头*，也会在这个过程中陷入黑暗。斯塔克有着他自己扭曲的历史需要考虑，他的祖先所经历过的大规模饥荒。就让他去想象一块没有被玷污过的石头吧。

这个展出是二十多年前设立的，现在仍在继续，中间没有停过，一直是同一块石头。最近几年里我一共来看过三次，每次总是这里唯一的见证人，就除了那个值班员，那位守护者，一位中年偏老的妇女，坐在美术馆的另一头，戴着一顶黑色的纳瓦霍帽，帽圈上插着一根羽毛。

斯塔克说："我曾经喜欢朝着栅栏扔石头。没有别的地方可以扔石头，除了朝着人扔，而我不得不停手砸人，不然他们会把我关起来，每天给我喂两次肥料。"

他的声音里有一种开朗，那种十四岁孩子的自我赞赏，而又有谁能责怪他呢。我和他，我们俩相处得还不错。也许是西兰花的缘故。他母亲坐在他身边，一言不发，目光茫然，听着我们讲话。没错，她显得很警惕，不知道这个男孩下一句会说出什么。

我坚持要为午餐付账，埃玛同意了，接受了我作为团队领导的角色。美术馆设在一座由工厂改建的老建筑里，占了三楼整个一层。我们排着一列纵队爬上楼梯，而那狭窄的通道，微弱的灯光，还有那楼梯和墙壁本身，让我觉得我们变成了黑白两色，失去了我们的皮肤色素和我们衣服

① 马丁·海德格尔（1889—1976）：德国哲学家。

上的颜色。

这个房间又长又宽，铺着用厚木板做成的地板，墙上满是缺口和凹痕。值班员的旧自行车靠在房间另一头的墙上，在她折叠椅的旁边，却不见那个女人的人影。但那块石头就在这里，支撑在一块大约三英寸高的实心金属板上。地板上贴着白色的胶带，标志着参观者的界限。可以靠近，但不能碰。我和埃玛停下脚步，隔着半个房间，以宏伟的角度来欣赏这块石头。斯塔克则没有浪费时间，径直大步走向那个比他高的物体，马上找到了他需要看的一切，表面上所有那些不规则的地方，所有那些属于一块石头的凸起和凹陷，而眼下的这块石头是一块巨石，整体形状有几分圆形，最宽的地方可能有六英尺左右。

我和她，我们两人慢慢地、悄悄地走近，但这究竟是出于对这件石头雕塑、这件自然艺术品教堂般的尊重呢，还是说我们只是在观察着由这个物体和它的观察者共同组成的那个整体——观察者就是那个难以捉摸的男孩，他很少将自己跟某种坚实的东西联系在一起。不用说，他伸手越过了用胶带划成的边界，勉强摸着了那块石头，而我能感觉到他母亲在内心里注意到了一种停顿，一种警告，等着警报器开始尖叫。但那块石头只是静静地待在那里。

我们站在他的两侧，我让自己和那块石头独处了一两分钟。

然后我说道："好吧，你来试试。"

"什么？"

"*定义石头*。"

我在想我自己在他这个年纪，决心给一个单词找到多少比较确切的含义，从指定的单词里抽出其他的词，以便找到它的核心。这从来都不是一件容易的事，而眼下这个词也不例外，一大块属于自然的材料，由侵蚀、流水、吹沙、落雨等种种力量塑造而成。

这个定义必须简明扼要，具有权威性。

斯塔克很醒目地打了个呵欠，然后将身子向后倾斜，打量着这块石头，从一定距离之外估量着它，它的物理参数，它坚实的表面，它上面的凸起、尖角、支脉和凹坑。他绕着石头走了一圈，留意着整块石头未经打磨的表面。

“它很坚硬，坚如岩石，经过了石化，它的主要成分是矿物质，或者全都是矿物质，里面有很久以前死去的动植物遗体的化石。”

他又说了几句，双臂伸到胸前，用两只手一个词组一个词组地把他的言语片段混合起来。他正独自一人和那块石头在一起，那个东西只需一个音节来勾画出它的轮廓和形状。

“正式来讲，我们可以说石头是地面上或埋在土壤里的大块坚硬矿物质。”

我觉得这个定义很不错。我们三人一直看着那块石头，车流在外面闹哄哄地经过。

斯塔克还跟石头讲话。他告诉它我们正在看着它。他把我们称作智人这一物种的三个成员。他说这块石头的寿命将会超过我们所有人，很可能要比我们这个物种的寿命都要长。他又讲了一阵，然后没有特别对象地说道，有三种岩石。我还没来得及试着想起三种岩石的名称，他就把它们说了出来。他还谈到了岩石学和地质学，大理石和方解石，而我和他母亲一边听着，这个男孩一边似乎越长越高。这时那个值班员走了进来。我喜欢把她当成馆长，同一个女人，同一顶插着羽毛的帽子，T恤衫和凉鞋，夹着自行车裤管夹的宽松牛仔裤。她手里拿着一个小纸袋，一言不发，走到她的椅子跟前，从纸袋里拿出了一块三明治。

我们毫不掩饰地看着她，默不作声。美术馆里巨大的空间，几乎空无一物，而那件唯一的显著展品使得最简单的动作都似乎显得颇具含义，不论是男人还是女人，是猫还是狗。稍停了片刻之后，我向斯塔克问起了另一种自然现象，天气，而他说他跟天气已经没关系了。他说天气早已成为过去。他说有些事情已经变得没有必要了。

这时他母亲终于开口了，她声音紧张地低声说道：

“你当然还有关系。那些温度，摄氏度和华氏度，还有那些城市，一百零四度，一百零八度。印度，中国，沙特阿拉伯。究竟发生了什么事，让你说你和天气没有了关系？你当然还有关系。那些东西都到哪儿去了？”

她的声音听起来很失落，而在这一天当中，她浑身上下的一切都在暗示着一种失落的时间。她儿子马上就要回他父亲那儿去，而接下来将会发生什么事，如果他不回学校上学，将来又在何处，等待着他们的又将是什么呢？一个执意要走任性道路的儿子或女儿似乎是父母必须承受的惩罚——但为的是什么罪过呢？

我提醒自己我需要给斯塔克的父亲起个名字。

在我们离开之前，那个男孩向房间另一头的美术馆馆长喊话，问她这块石头是怎么弄进大楼里来的。她正在掀起一片面包弧形的那一端，好查看一下三明治里面的东西。她说他们在墙上打了个洞，然后从一辆带起重机的平板车上把这家伙吊了上来。我第一次来的时候就想到了要问同一个问题，但我决定想象那个东西一直都在这里，没有任何记录，那样要更有趣。

石头在，但它们不存在。

当我们走下昏暗的楼梯时，我又一次引用了这句话，而我和斯塔克在试图弄清它的含义。这个话题和我们黑白两色的下降过程很相称。

我在收音机上听古典音乐。我读那种具有挑战性的小说，我青少年时代曾经试着读过的那种，通常来自欧洲，有时书中的叙述者无名无姓，全都是翻译过来的。音乐和书籍，只是一种存在，墙壁、地板、家具，客厅里挂着的两幅画稍有些没对齐。我让东西保持原样。我会看一下，但不去动它们。我研究着实实在在的每一分钟。

两天后，她事先没打招呼就突然出现，这种情况以前从未发生过，而且她也从来没有像这样笨拙而匆忙，不是将牛仔裤轻轻脱下，而是用力挣扎出来，需要摆脱任何有关她儿子的事情所带来的那种剧烈的紧张情绪。

“他拥抱了我一下就离开了。我不知道哪一样更让我害怕，是离开还是拥抱。这是他第一次完全主动地和我拥抱。”

她好像仅仅是为了脱衣服而脱衣服。我站在床脚那头，穿着衬衫，穿着裤子，鞋袜齐整，而她则一边不停地脱着衣服，嘴里一边讲个不停。

“这个孩子到底是谁？我以前见过他吗？他一会儿来，一会儿又走。拥抱了我一下就离开了。上哪儿去了？他不是我儿子，从来都不是。”

“他过去是，现在也是。完完全全是你从孤儿院里领出来的那个孩子。那些失去的岁月。他的岁月，”我说，“在你第一眼看到他的那一刻，你就知道他身上带着一些除了在法律上之外你永远都无法宣称是你真正有权拥有的东西。”

“孤儿院。听上去就像是出自十六世纪的一个词。孤儿变王子。”

“摄政王。”

“小王公。”她说。

我笑了，她没有笑。她在课堂上孩子们面前所展现出的那种镇定自若，不管是在那里还是在其他地方，镜子里面那个知道自己是什么人、知道自己想要什么的女人，全都被这个男孩的短暂来访破坏了，而眼下她正迫不及待地需要挣脱出来，一堆散乱的肢体，在我凌乱的床上。

从那以后我见她的次数变得更少，打电话，等她回电话，她上班的时间更长，而且她现在也变得更为安静，早早吃完晚餐，然后回家，独自一人，很少有关于她儿子的话，只是说他放弃了他的普什图语，不再学，不再说，除非有什么实际问题需要解决。她说话时用的是一种平和的语调，声音好像来自隐蔽的远处。

我决定去跑步。我穿着运动衫、牛仔裤和运动鞋，在公园里跑步，绕着水库，风雨无阻。有一种智能手机上有个应用程序，能用来数跑步的步数。我是自己数的，一天又一天，一步又一步，一直数到好几万。

六

那个女人从她台式电脑的屏幕上转过身来，头一次看着我。她是一位招聘人员，而我们正在讨论的这份工作在简介上的名称是康涅狄格州西部一所大学的合规与道德主任。在我们谈话时，我隔一阵就对自己重复一下这个名称，其中省略了康涅狄格州西部，那是一个三维的实体。丘陵，树木，湖泊，居民。

她说我将负责解释学校章程，以确定在州和联邦法律范围之内的各种法规要求。我说没问题。她提到了有关管理、协调和监督方面的事宜。我说好的。她等着我提问题，但我没有问题。她在谈话中还用到了*双边指令*这个名词，而我告诉她她长得有点像一位我叫不上名字的女演员，这位演员正在一部最近重新上演的舞台剧里出演。我说我没看过这部戏，但我读到过，还看到过照片。那位招聘人员淡淡地微笑着，她的面孔在那位女演员经过强化的陪伴之下渐渐变得真实。她明白我说这话的意思并不是为了向她讨好。我只不过是自己思想不集中。

我们友好地谈论了一阵戏剧，而从此之后她很明显是想劝我不要考虑这个职位，并不是因为我不够资格或是过于急切，而是因为我不适合那种环境。合规与道德主任。她没有意识到她所提到的有关那个职位的所有信息,用经招聘启事认可的术语讲出来,不仅适合我的喜好,而且对我过去的经历至关重要。

不时会有一些人,伸着手,拿着纸杯站在那里的男人,蹲在自己晕船颜色呕吐物跟前的女人,坐在毯子上的女人,身体来回摇摆,嘴里单调地重复着什么,我经常会看到这些,而且总会停下来给他们一些东西。我觉得我不知道如何去想象这种瞬间美元接触背后的那些生活,于是我对自己说我必须看着他们。

出租车,卡车,公共汽车。即使车流停了下来,车辆的噪声仍在继续。我可以从我的楼顶上听到这一切,火热的太阳晒在我的头上。这是那种悬在空中的噪声,一刻不停,不管是白天还是黑夜,不管是什么钟点,只要你知道如何去听。

我连续八天没有用我的信用卡。这究竟有什么意义,这里面究竟包含着什么样的启示。现金不留痕迹,不管这句话究竟是什么意思。

电话铃响了,是一家国家机关有关大规模服务中断的录音通知。电话里的声音并没有说大规模,但我对这个通知就是这样理解的。

关了炉火之后,我又检查了一下炉子,接着我打开门锁,然后又重新把它锁上,以确认门的确是锁好了。

我望着窗外的路灯,等着有人走过,投下老电影里那种长长的影子。

我感到自己将要面临一场挑战,而我必须能够从容应对即将发生的事情。一方面是罗斯,他正需要勇敢地面对未来。另一方面是埃玛,她正在对我们之间的爱情做着温柔的改动。

电话又响了,是同一个录音通知。我花了大约两秒钟的时间去想是什么服务将会被中断。接着我又试着去想所有那些各种类型的电话,全都带着这个消息,数以百万计的人,却没有一个会记得向别人提起这件事,因为我们大家全都知道的事情是不值得去分享的。

*　*　*

布雷斯洛是埃玛的姓，不是她丈夫的。这一点我是知道的，而且我多少给这个人定下了一个名字。沃洛基米尔。他是在这个国家出生的，但我想，如果不给他一个乌克兰名字，那给他起名字还有什么意义。接着我马上意识到这样做是多么的浪费，这种想法，在这种时候，浪费、浅薄、无情、不合适。

编造的名字属于那片沙漠里饱经摧残的景观，除了我父亲和我的名字之外。

我在连栋房屋里转来转去，最后在厨房的桌旁找到了他，他正在吃一块烤奶酪三明治。附近有人正开着真空吸尘器。他举起一只手以示问候，我问他最近怎么样。

"我每天早餐后不再照惯例上厕所大便了。每一件事都变得更慢更傻了。"

"我该收拾行李了吗？"

"少带点行李。我的行李就很少。"他说。

他并不是在开玩笑。

"日子定了吗？我想知道，因为有一份工作还有待决定。"

"想吃点东西吗？什么样的工作？"

"合规与道德主任。一周四天。"

"再说一遍。"

"我可以有长周末休息。"我说。

罗斯现在成了穿蓝色牛仔裤的人。他每天都穿着那条裤子，同一条，一件蓝色休闲衬衫，灰色运动鞋，没穿袜子。我吃了一块三明治，喝了一瓶啤酒，吸尘器的声音逐渐变小了，而我试着在脑子里想象这个男人失去了那个女人之后的日日夜夜。他所有的特权和安逸，现在都失去了意义。金钱。难道是金钱，我父亲的金钱，决定了我的思想和生活方式？我究竟是将会接受他的提议，还是会断然拒绝，难道这就是压倒一切的问题？

"我什么时候能知道？"

"几天之内。会有人联系你的。"他说。

"怎么联系？"

"他们该怎么做就会怎么做。我只是要离开一阵而已。我在职业方面已经有一段时间没有活动了，我只是要离开一阵而已。"

"但会有人知道这趟旅行的真正目的。某些值得信赖的朋友和伙伴。"

"他们知道一些事情。他们知道我有一个儿子，"他说，"而且他们知道我要离开。"

我们又回到了言语不多的状态，我等着他的手开始发抖，可是他却坐在他的大胡子后面给我讲了一个很长的故事，讲的是那次他在摩根图书馆东厅上层考察的事，在正常开放时间过后，欣赏着排列在画着华丽壁画的天花板下面不远处的那些无价古书，记着书脊上的书名，而我决定不向他提起，我当时和他在一起。

地铁站台上有一位女子，在铁道的对面。她站在墙跟前，穿着一条宽松的长裤和一件薄毛衣，闭着眼睛，而有谁会在地铁站台上这样做呢，这里人们转来转去，列车来来往往。我望着她，当我正在等的那趟车到站时我并没有上车，而是等着铁道再次清空，然后继续望着她，一个好像正在不断趋向内心的女人，我心里就是这样希望的。我希望她就是我以前看到过两次的那个女人，站在人行道上，一动不动，闭着双眼。站台开始变得拥挤，而我不得不移动位置才能看到她。我想知道她是不是参与了某种文化帮会斗争，是某个流亡派别的成员，而他们正在试图找到对自己角色和使命的一种解释。如果有一张标语牌的话，这就将是牌子上的要点，一条信息，针对的是其他的各个派别，那些相信另一种理论、持有另一种信念的党派人士。

我喜欢这个想法，这完全有道理。我想象着自己离开站台，匆匆走上台阶，穿过街道，走下另一段台阶，穿过旋转栅门，来到另一边的站台上，就此事向她询问，询问她的组织，询问她的派别。

但这并不是同一个女人，而且也没有标语牌。当然从一开始我就知道这一点。我没有别的事情可做，只有等着她的列车进站，人们离站，人们上车。我想确定她不会仍站在那里，她不会留下来，双手交叉放在腰间，闭着双眼，在空荡荡的站台上。

我打了好几次电话，留了言，而有一天，我发现自己正站在她住的那栋大楼，埃玛的住处的街对面。一个男人从旁边走过，靴子上满是尘土，皮带上用钥匙圈挂着一串钥匙。我检查了一下自己的钥匙。然后我穿过马路，走进大厅，按了一下她的门铃。里面的门当然是锁着的。我等了一阵，然后又按了一下。我想到步行去她的学校，问一下我能不能见见埃玛·布雷斯洛。我在心里默念着她的全名。

她的手机已经不再正常工作。这简直就是陷入了史前时代。当我终于能和她再次讲话时，我第一句话会说什么呢？

合规与道德主任。

然后呢？

康涅狄格州西部的一所大学。离我们初次相识的那个养马场不远。你可以来看我。我们可以去骑马。

我没有去她的学校。我在拥挤的街道上走了很长一段距离，看见了四个剃着光头的年轻女子。她们是一起的，她们是朋友，不是像打扮成颓废厌世模样的时装模特一般扭动着肢体向前走着。她们是游客，我心想，来自北欧，我并不十分用心地试着从她们的出现里找到某种含义。但有时街道会将我淹没，需要吸收的东西太多，于是我不得不停止思考，继续往前走。

我给她的学校打了个电话，有人告诉我她请了一个短假。

工作已经定了下来，两周后开始，离学年开始还很早，有足够的时间去陪罗斯，足够的时间回来，作调整，而我不知道自己对回到那个地方去究竟是什么感觉，回到“聚合”，那个地球上的裂缝。在这里，在已经定下的几天或几周时间里，已经没有任何论点可以提出，没有任何其他选择可供建议。我已经接受了这种情况，我父亲的情况。但我需要事先跟埃玛谈谈，终于把一切全都告诉她，父亲、母亲、继母，改名的事，有编号的楼层，所有那些晚上睡觉时缠着我不放的血腥事实。

那天晚上她打电话给我，时间很晚，说话的声音万般紧急，就好像身上负担着巨大的压力，一字一句。斯塔克失踪了。这是五天前发生的事。她现在在丹佛，和那个男孩的父亲在一起。她从第二天起就一直在那里。警方已经发布了失踪人员通告。有一个搜索小组正在负责这个案子。他们没收了他的电脑和其他电子设备。父母二人还在跟一位私家侦探进行联系。

他们两个人，母亲和父亲，共同的痛苦，儿子决定突然失踪的不解之谜。他父亲确信这个孩子是被其他人劫走并扣押了。曾经有过某种超出了斯塔克惯常失检行为的活动迹象。仅此而已。还能有什么别的可能呢？她已经精疲力竭。我简短地说了几句，说了我必须说的话，并且问怎么才能和她联系。她说她会再打电话给我，然后就挂断了。

我站在卧室里，觉得自己遭到了挫败。这是一种可鄙而又自私的情感，一种精神上的怨恨。雨打在窗户上，而我把它朝上打开，让清凉的空气进到室内。然后我面对着衣柜上方的镜子，模拟着枪击头部的自杀动作。我又这样做了三次，练习着不同的面部表情。

七

一场沙尘暴正在从这片地形上徘徊而过，因此那座简易机场一时无法靠近。我们的小型飞机绕着那座建筑群转着圈子，等待机会降落。从这个高度看去，那座建筑群本身就是一个形状和形式的典型，一个荒野幻景，全都是线条、角和突出的侧楼，安全地放置在一个与世隔绝的地方。

罗斯坐在我前面的座位上，正在跟狭窄过道对面的一位女子讲着法语。这架飞机上有五个座位，只有我们三名乘客。我和他已经旅行了许多个小时，历时数天，在某处的一所大使馆或领事馆里过了一夜，而我觉得他是在拖延时间，不是为了多活上一天而延迟他的到达日期，而只是为了更加全面客观地看待事情。

什么事情？

精神和记忆，我猜想。他的决定。我们父子之间三十余载满是沟沟坎坎的遭遇。

这就是长途旅行的目的。回顾你身后的往事，拉长你的视野，找到其中的模式，了解那些人，考虑这件事或那件事的重要性，然后咒骂自己，或是祝福自己，或是像我父亲这样，告诉自己有机会从头再来一次，这次还能有所不同。

他今天穿的是猎装夹克和蓝色牛仔裤。

当我和罗斯登上最后这架飞机的时候，那个女人就已经坐在她的座位上了。她将是他的向导，指引他度过最后的时光。我断断续续地听着他们讲话，偶尔听懂了只言片语，内容全都是有关程序和时间表，办公室里又一天中的工作细节。她可能是三十五岁左右的年纪，身穿一种绿色的两件套衣服，像是医院工作人员经常穿的那种，她的名字叫戴利娅。

飞机盘旋的高度降低了，而那座建筑群好像是从地下浮出来似的。它的周围全都是一大片发烧般灼热的灰烬和岩石。那场沙尘暴还在那里，这时更为明显，灰尘好似巨大的黑色波浪一般高涨上扬，只不过是竖直的，像垂直裂开的巨浪，足有一英里高，也许两英里，我根本不知道，在脑子里试着把英里换算成千米，然后试着想起阿拉伯语里用来指这种现象的那个词。这就是我在为了抵御某种自然景象时所做的事情。想一个词。

哈布尘暴，我心想。

接着风暴的呼啸声传到了我们的耳中，狂风开始将飞机猛烈地上下颠簸，这时我们感到了一种切身的危险。那个女人说了句什么，我叫罗斯帮着翻译。

“敬畏的并发症。”他说。

这个短语听上去很有法国味，即使是用英语说出来。我将这个短语重复了一遍，他也这样做了。飞机开始转向，避开了正在冲过来的城墙般的风暴，而我则开始寻思，这是不是一场令人颤抖的全面预演，预示着我在自己即将走过的某条空荡荡的走廊里的一块屏幕上可能遇到的一个画面。

我拿不准这是不是我之前住过的同一个房间。也许它只是看上去一模一样。但我现在身在此处，我的感觉并不一样。现在这只不过是一个房间。我不需要去仔细研究它，或是分析我在它当中存在这一简单事实。我把我的短途旅行袋放在床上，然后做了几下伸展运动和深蹲跳，试图把这场长途旅行从身体记忆中摆脱掉。这个房间不是一个适合我的理论推测或抽象概念的场合。我对这个房间没有丝毫认同感。

戴利娅可能来自附近这片地区，但我明白来历并不是这里的要点，而一般来讲不应该把类别分得很细，甚至不应该把它们明讲出来。

她领着我们穿过一条宽阔的走廊，走廊里有一个固定在花岗岩底座上的物体。那是一个人像，男性，裸体，不是放在一个容器里，也不是用青铜、大理石或赤陶土制成。我试图确定用的是什么材料，那是一个摆着简单姿态的身体，不是希腊河神或罗马战车御者。一个男子，没有头——他没有脑袋。

她转过身面对着我们，一边倒退着走，一边说着零碎的法语，罗斯在一旁翻译着，显得有些疲惫。

“这不是用硅胶和玻璃钢做成的复制品。而是真正的肉体，人体组织，真人。将冷冻保护剂涂在皮肤上，就可以将身体暂时保存一段时间。”

我说：“他没有脑袋。”

她说：“什么？”

我父亲什么都没说。

还有其他几个人像，有的是女性，而这些身体显然是在陈列展出，就像是在博物馆的走廊里一样，它们全都没有脑袋。我猜想这些人的大脑都在冷藏中，而这个无头的艺术主题是出自从废墟中挖出的古典时期之前的雕像。

我想到了斯滕马克兄弟。我并没有忘记那对双胞胎。这是他们对死后装饰风格的理解，而我突然意识到在这个展览当中隐含着一个预测。饱含着先进防腐剂的人体，将成为未来艺术市场的支柱。由曾经活生生的肉体变成的矮小独石，放在拍卖行的陈列室里，或是摆在麦迪逊大道时尚路段上一家高级古董店的橱窗里。或是一对无头的男女，占据着一个俄罗斯寡头所拥有的伦敦顶楼公寓大套房的一角。

我父亲的冷冻舱就在阿尔蒂旁边，已经准备好了。我尽量不去想我上次来访时看到的那些人体模型。我想摆脱所有的参照和关系。看到了这些人体，那就证明我们，我和罗斯，的确又回来了，而这已经足够。

戴利娅领着我们穿过一条空荡荡的走廊，走廊两侧的门和墙壁刷成了相配的颜色。当我们转过拐角时，一幅令人惊讶的景象出现在眼前，一个房间的门半敞着，于是我走上前朝里面看了一眼。普通的椅子，桌上有几样器具，间隔均匀地摆放着，一位身穿白色罩衫的小个男子坐在房间另一头墙边的一条长凳上。

这幅情景在我眼里似乎有些可怕，小小的房间，光秃秃的四壁，低矮的天花板，长凳和椅子，但实际上这只是一个理发和剃须的地方。理发师让罗斯坐在椅子上，然后迅速动手，用的是打薄剪刀和无声推子。他和那个向导短短地交谈了几句，用的是一种我无法辨认的语言。而我父亲的面孔正在从浓密的毛发中显露出来。毛发是那张面孔的巢穴。那张刮干净之后的脸令人感到悲伤，双目茫然，皮肉塌陷在突出的颧骨下面，下巴变得软乎乎的。难道是我的眼睛过于夸张？这个经过压缩的空间很可能会造成言过其实。头发散落得到处都是，头上露出细小的凹痕和损伤。然后是眉毛，一下子就没了，让我错过了那一刻。

当我父亲的手开始颤抖时，我们这些椅子周围的人不得不停下来。我们站在那里看着。我们没有动弹，而是保持着一种恭敬的沉默，有点奇怪。

当颤抖停止时，向导和理发师又开始讲话，还是听不懂，而我突然意识到这是他们曾经跟我讲过的那种语言，先是罗斯，然后是人造花园里的那个人，本-埃兹拉，他曾经提到他们正在开发一种语言系统，要比世界上任何现有的会话方式都更具表现力、更为精确。

理发师用传统的剃刀和泡沫刮完了嘴和下巴周围的凹陷部分，而我则听着戴利娅用断断续续、类似音节的语言单位讲着话，中间偶尔夹杂着拉长了的、上气不接下气的单调发音片段。她的上半身有些倾斜。她还在用左手做着一个动作。

理发师用结结巴巴的英语告诉我，体毛将在更接近那个时间的时候被清除掉。然后他们帮着罗斯从椅子上站起来，而他看上去已经准备好了。这个想法很可怕，但这正是我眼中所看到的，一个除了他身上穿着的衣服之外一无所有的人。

我在走廊里走来走去，故地重游，每转过一个拐角都会展开一丝记忆。门和墙壁。一条长长的走廊，刷成天蓝色，墙壁的上端和天花板的边缘上涂着淡淡的、灰蒙蒙的蒸汽尾迹。我停了一阵，在想什么事情。我什么时候曾经需要停下来想事情？时间好像暂时停止了，直到有人从旁边走过。什么样的人？我在想我父亲曾经讲过的有关人类寿命的话，我们活着的时间，实实在在的一分一秒，从出生到死亡。他说，这段时间是如此之短暂，我们居然可以将它用秒来计算。而我正是想这样做，在那个被称为秒，也就是一分钟的六十分之一的时间间隔的背景下来计算他的生命。这将会告诉我什么呢？这将是一个标记，一个有序数列中的最后一个数字，好放在他生命岁月的任性潮流旁边，他是什么人，他曾经说过的话、做过的事和还没有做完的事。也许像是一种纪念徽章，应该在他意识的最后一闪中轻声告诉他的一件事。但话说回来，我并不知道他究竟是多大年纪，究竟是多少年、多少个月、多少天，好让我把它换算成一个杰出的秒数。

我决定不为此而感到烦恼。就在他儿子做作业的时候，他走出家门，抛弃了他的妻子和儿子。*正弦，余弦，正切*。从那以后，在我心里，这几个神秘的字眼就和这件事紧紧相连。那一刻让我摆脱了任何有关他特定数字的责任，包括他的出生年月日。

我重新开始在走廊里四处走动。我只不过是暂时在这里，一步一步，承担着那个人的责任，那个和我年纪形状相同、曾经来过这里的人。接着我看到了那块屏幕，它的下端边缘，宽宽的一条，和走廊一样宽，在天花板上的凹处下面明显可见。这是一个悦目的景象。那些图像所带来的一连串冲击力将盖过我在时间里漂浮的感觉。我需要外面的世界，不管是什么样的冲击。

我走到离屏幕将要下降到地板高度的地方五米远处。我站在那里等着，想知道什么样的事件将会向我迎面扑来。事件，现象，启示。没有任何动静。我默默地数到一百，那块屏幕仍原地不动。我又数了一遍，低声念着那些数字，每数十个数停一下，但屏幕还是没有降下来。我闭上眼睛，又多等了一会儿。

站在那儿闭着眼睛的人。难道我是一场流行性闭眼传染病的一部分吗？

那种空旷的感觉，长长的走廊里的那种寂静，涂着颜色的门和墙壁，还有那种自我意识，知道我是一个孤零零的人影，一动不动，被困在了一个似乎是专门为这种情况而设计的环境里——这开始有点儿像是一个儿童故事。

我睁开眼睛。还是没有任何动静。一个男孩在虚空中的历险。

我清楚地记得那个石头房间，还有那个巨大的宝石头骨，那只装点在一面墙上的巨型骷髅头。这次的环境有所不同。一个戴着防尘面罩的男人领着罗斯和我来到一个地点，或是一个位置，而我辨认出这就是转向器。我猜想这是许多转向器当中的一个，而当我们朝下滑向某个有编号的楼层时，有那么一刻，或者说是一个非时刻，时间在里面暂时停止了。然后，我们跟着那个男人来到了一间会议室，里面坐着另外四个人，在一张长桌的两边，每边两个，有男有女，全都是光头，脸上无毛，身穿宽松的白色衣服。

罗斯身上穿的就是这个。在一种轻度兴奋剂的刺激下，他相对比较精神。向导把我们带到了相互面对的椅子上，然后离开了房间。我们六个人，尽量不去打量对方，而且谁都无话可说。

这些人全都自己选择了这一角色，但依然沉浸在他们每人所知的那个生命中最后的几个小时里。我很想知道阿尔蒂在这种情况下会做何评论。这些是陌生人，这是我的父亲，而一种沉思的寂静是一件难得的幸事。所有的疯狂痴迷都一时潜而不露。

等候的时间并不长。三男两女走进了房间，中年人，衣着齐整，显然是这里的来访者。他们坐在了桌子另一头的边上。我明白他们是捐助者，其中有私人，还有他们当中的一两个人可能是某个机构、研究所或秘密组织派来的特使，就像罗斯曾经解释过的那样。而他在这里，他自己也是一名捐助者，现在成了一个失落的人形，毛发被剪掉，没有了西装领带或个人数据库。

又过了短暂的片刻，又一阵寂静，然后又有人进来。一位高大而严肃的女人，身穿高领套头衫和紧身裤，头发扎成一束，像非洲发型，带着几丝花白的痕迹。

我注意到了这些东西，我对自己说了这些词语，确定了面孔、身体和衣着的类型。如果我没有这样做，这个人会消失吗？

她站在桌子的一端，双手叉腰，两肘张开。她好像是在对着桌子讲话。

“有时候，历史是短暂接触中的单个生命。”

她让我们对此稍做思考。我几乎可以确信我应该举起手并举个例子。

“我们不需要例子，”她说，“但尽管如此，我们还是举一个吧。一个极其简单化的例子。一位科学家，在某个实验室里，在某个被人遗忘的角落里，做着某种鲜为人知的研究。靠吃豆子和米饭过活。无法完成某个理论，某个公式，某种综合过程。有些精神错乱。然后，他参加了在世界另一端举办的某个研讨会，和来自某个不同研究方向的另一位科学家共进午餐，分享了一些想法。”

我们等着下文。

“结果是什么呢？结果是发现了能够帮助我们理解我们在银河系中位置的一种新的方式。”

我们又等了片刻。

“还有什么别的例子？”她说，“或者是一位持枪者走出人群，走向某个大国的领导人，而一切都将因此而改变。”

她望着桌子，思考着。

“你们的情况，你们这些即将走上通向重生之旅的少数几个人。你们完全不在我们称之为历史的叙述范围之内。这里没有地平线。我们所承诺的是一种内向性，一种针对我们真正自我和我们所在位置的深入探究。”

她一个一个依次看着他们，看着我父亲和其他四个人。

“你们当中的每一个人，都很快就要成为只和自己接触的单个生命。”

她是不是把这件事讲得听起来有些令人生畏？

“那些其他人，他们的人数要多得多，他们在健康状况不断恶化的情况下来到这里，来等候死亡，为进入冷冻室做准备。你们将会被标为‘零K’。你们是先驱，选择提前进入门户。门户。不是一座气派的大门或一个蹩脚的网站，而是一个由各种思想、志向和得之不易的现实组成的复合体。”

我需要给她起个名字。这次来我还没有给任何人起过名字。名字将会给这个轻盈的身体增加一些特点，暗示她来自何处，帮助我找出把她带到这里的种种境遇。

“这并不将是一片漆黑，寂静无声。这你们都知道。这些都已经跟你们讲过。首先，你们将接受生物医学修订，距现在只有几个小时。大脑编辑。最后你们将重新遇到你们自己。记忆、本体、自我，在一种不同的层次上。这是我们纳米技术的主旨。你们是在法律上已经死亡了呢，还是非法死亡，还是二者都不是？你们在乎吗？你们将在脑壳里拥有一种幻影式的生活。漂浮中的思想。一种被动的精神领会。砰、砰、砰。就像一台新生的机器。”

她绕着桌子走了半圈，从另一端向我们讲话。给她起名字的事就算了吧，我心想。那是上一次。我想要这次来访赶快结束。决心已定的父亲，身处在输卵管里。日渐衰老的儿子，整天忙于自己的日常事务。埃玛·布雷斯洛的归来。合规与道德主任的职位。检查钱包，检查钥匙。墙壁，地板，家具。

“如果我们的星球将一直都是一个能够自我维持的环境，对大家来讲那该有多好啊，而实际上那又是多么不大可能啊。”她说，“不管怎样，地下将是高级模式变为现实的地方。这并不是对一系列困难环境的屈服。这只不过是人类事业发现了它所需之物的地方。我们正生活和呼吸在一种未来的环境之下，就在此时此地。”

我看了一眼桌子对面的罗斯。他的思绪正在别处，不是像做梦似的一脸茫然，而是正在努力思考，努力回想，试图想到或理解什么东西。

也许我也正在想起同一个紧张的时刻，我们两人在一个房间里，还有我父亲说的那句话。

我要跟她一起去，他说。

如今，两年之后，他正在找到通向这句话的道路。

“那个世界，地面上的那个，”她说，“正渐渐消失在各种系统之中。消失在透明的网络之中，这些网络慢慢地堵塞了所有那些方面的流动，那些将人类和电梯按钮及门铃相区别开来的本性和特征。”

我想对此好好思考一下。*慢慢地堵塞了那种流动*。但她还在不停地讲着，不时从桌面上抬起目光，打量着我们这群人的集体外观，凡夫俗子和剃光了毛发的超脱尘世之人。

“你们当中将要回到地面上去的那些人。你们难道没有感觉到吗？人身自由的丧失。那种被虚拟化的感觉。你们使用的那些电子设备，你们不管到哪儿都把它们随身带着，从一个房间到另一个房间，每分每秒，无法逃避。你们有没有失去血肉的感觉？所有那些你赖以作为引导的编码脉冲。房间里所有那些传感器，监视着你，监听着你，跟踪着你的习惯，测量着你的能力。所有那些旨在将你纳入大数据的链接资料。这里面有没有什么东西让你感到不安？你有没有想到过技术病毒，所有系统全部崩溃，全球性内爆瓦解？还是说要更个人化一些？你有没有感觉到自己正沉浸在某种无处不在而又无以名状的可怕数字恐慌之中？”

她需要一个以字母Z打头的名字。

“当然，在这里，我们总是在不断改进我们的方法。我们正在将我们的科学运用到复活的奇迹当中去。这里没有偷偷摸摸的琐事。没有应用方面的放任自流。”

她的声音快速而清脆，具有权威性，稍带口音，而她的身体中有一种紧张感，一种绷紧的能量。我可以叫她齐娜。或者是扎拉。大写字母Z在一个单词或名字里总是显得非常突出。

门开了，一个男人走了进来。他身上穿着经过破旧处理的牛仔裤和一件套头衬衫，长长的辫子耷拉着。这个编着辫子的发型是新的，但很容易就能认出这个人是斯滕马克双胞胎中的一个。究竟是哪一个呢，这难道有什么关系吗？

那个女人仍在桌子的一端，那个男人在另一端找了一个位置，很随便地站好，没有事先编排好动作的迹象。他们没有互相打招呼。

他用脸和手做了一个相连的姿势，意思是说我们总得起个头，那就让我们看看将会发生什么事情吧。

“圣奥古斯丁[①]。让我来告诉你们他曾经讲过的话。他是这样说的。”

他稍停了一下，闭上眼睛，这个举动给人的印象是他的话语属于黑暗，从数世纪之前的遥远过去来到我们身边。

“‘一个人身在死亡之中，没有比死亡本身永远不死更为悲惨的境

① 圣奥古斯丁（354—430）：古罗马时期的基督教神学家、哲学家，曾任天主教会主教。下文中的引言出自他所著的《上帝之城》（又译《天主之城》）一书。

遇了。’”

我心想，什么。

过了一会儿他才睁开眼睛。然后他的视线越过扎拉的头顶，紧盯着房间另一头的墙。

他说：“我不会试图给出启发了这句话的上下文，那是一段对拉丁文语法的沉思录。我只是把它放在你们面前，作为一个挑战。一句值得思考的话。能在你们的人体冷冻舱里吸引你们注意力的一件东西。”

还是同一个面无表情的斯滕马克。但他明显变老了，脸上的皮肉拉得更紧，手上的青筋呈深蓝色。我给这对双胞胎一共起了四个名字，但现在已经没法将它们厘清了。

“恐怖和战争，现在到处都是，遍及我们整个世界的每个角落。”他说，“而这一切又相当于什么呢？一种怪诞的怀旧。那些原始的武器，人力车上穿着炸弹背心的男子。不一定是男人，也可能是一个男孩，一个女孩，或者是一个女人。念一下这个词吧。人力车。在某些城镇里现在还是用手拉的。小型两轮车。小型自制炸药。还有在战场上，以前的突击步枪，老式的苏联武器，破旧不堪的老坦克。所有这些深埋在扭曲回忆中的攻击、战斗和大屠杀。泥泞中的小规模冲突，一场场圣战，被炸毁的建筑物，整座城市被化为数百条瓦砾遍地的街道。将我们带回到过去的肉搏战。没有汽油，没有食物和水。背着丛林背包的男人们。摧毁无辜者，烧毁茅草屋，在井里下毒。重温血脉的历史。”

他的头歪斜着，两只手插在口袋里。

“还有后城市时代的恐怖分子，在抛弃了他移居的城市或国家之后，他又做出了什么贡献呢？传播返祖性恐怖的网站。可怕民间传说中的砍头故事。还有那些残酷的封锁，有着数百年历史的古老教义争端，杀死那些属于另一个哈里发[①]辖区的人。到处都是拥有着共同历史和记忆的敌人。这是一场世界大战，正在东一块西一块地从世界上扫过，只

① 哈里发是旧时伊斯兰教国家政教领袖的尊称。

不过没有这样命名罢了。还是说我疯了？或者说我是个胡言乱语的傻瓜？偏远地带里被人遗忘的战争。冲进村子，杀死男人，强奸妇女，绑架孩子。死人成百，但你猜会怎样——没有影片或照片，因此这又有什么意义，又会有什么反应呢。还有更明亮光线下的战斗行为。我们对此屡见不鲜。坦克和卡车燃烧的场景，头上戴着黑色兜帽的战士或民兵，站在碾碎的带刺铁丝网中间，目睹着一场大火，同时他们正在用锤子、步枪枪托和汽车千斤顶敲打着一只烧焦了的浴缸，将一阵先祖的鼓声传向夜色之中。”

他这时似乎正处在癫痫发作的边缘，浑身发抖，双手不停地旋转。

他说：“什么是战争？为什么要谈论战争呢？我们在这里所关心的事物要更深、更广。我们每分每秒都生活在我们共同信仰的怀抱之中，也就是精神和躯体永恒不死的美景。但他们的战争已经变得不可避免。难道战争不是人类事务阴暗表面上唯一的波纹吗？还是说我的脑子有毛病？难道不是有一种缺陷，一种浅薄的精神，正在指导着集体的意愿吗？”

他说：“没有了他们的战争，他们又算是什么呢？这些事件已经变成了不容忽视的集群，它们互相接触，四处传播，将我们全都带到了一场全球性独角戏的范围之内，其规模比我们所曾见过的要大得多。”

这时扎拉正注视着他，而我则注视着扎拉。他们两人都在紧紧地抓住地表不放，难道不是吗？所有意义上的地球，从太阳数的第三颗行星，凡人所在的世界，还有介于这二者之间的所有定义。我不想忘记她还需要一个姓氏。这是我欠她的。这难道不就是我在这里的原因吗，用我的花招和把戏来破坏这场超越的舞蹈？

“人们骑着自行车，那是战区里非战斗人员除了步行、跛行和爬行之外唯一的交通方式。跑步的只有交战各方和进行现场报道的新闻摄影记者，就像在以前的世界大战里那样。有对肉搏战、对砸烂他的头盖骨然后抽支烟的渴望吗。宗教圣地的汽车炸弹事件。数百次的火箭发射。住在臭烘烘地下室里的家庭们，没有灯火，没有取暖。外面有人正在拆毁先前民族英雄的青铜雕像。这是一种神圣行为，其根源在于怀念，在于重新体验。身穿溅满了泥点的迷彩服的男子们。坐在弹痕累累的吉普车里的男子们。反叛者，志愿者，叛乱分子，分裂主义分子，活动分子，武装分子，持不同政见者。还有那些带着惨淡记忆和深度抑郁返回家中的人。一个人在房间里，在那里死亡将永远不死。”

他又是一副面无表情的样子，脸上一片空白，身体微微地摇晃着。他的兄弟在哪里？这个人和扎拉又是什么关系，不过她也许应该叫娜佳。他家里有个妻子，我早已经确定了这一点，两兄弟是跟一对姐妹结的婚。我想听到这对双胞胎一同解说时那种热闹的你来我往。那个不在场的双胞胎兄弟是不是已经变成了一个光滑的纳米身体，身上裹着一层冰，孤零零地在一个冷冻舱里？所有的冷冻舱都一样高吗？而这里还有娜佳，站在桌子的另一端。他们究竟是不般配的情侣，还是素不相识的陌生人？

斯滕马克说道：“世界毁灭是时间和长期气候及宇宙动荡之结构中固有的结果。但我们是不是正在看到由我们自己的意愿所带来的地狱的迹象？我们是不是正在扳着指头数着日子，只等着先进国家，或者是不那么先进的国家，开始使用那些残酷至极的武器？这难道是不可避免的吗？世界各地所有那些秘密的巢穴。有计划的侵略行为将会被网络攻击所抵消吗？那些炸弹和导弹能击中它们的目标吗？我们在这里，在我们的地下洞穴里，难道就安全了吗？而不管是多少个百万吨级，那种震撼，那种对世界意识的打击，将会在各个大陆上留下怎样的印记？和广岛长崎又将如何对比？回到从前那些破碎的城市，回到灾难性比过去大十万倍的原始毁灭。我想到了那些死者、半死者和受了重伤的人，怀旧地放在人力车上，被人拉着穿过那片满目疮痍的景观。还是说我迷失在了对老电影镜头的朦胧记忆里？”

我偷偷看了一眼桌子对面坐在罗斯旁边的那个光头女子。她正满怀期待，脸上显现出一种近乎欢乐的表情。发言者说什么都无关紧要。她已迫不及待地想要脱离这个人生，进入永恒的安息，将躯体、精神和个人境遇中所有不可靠的复杂性全都抛在身后。

斯滕马克好像讲完了。双手交叉着放在腰间，低着头。他在这个祷告姿势下跟他的同事说了句什么。他讲的是这里的专用语言，“聚合”的独特系统，一套声音和手势，让我想起海豚在海洋里互相交流的情景。她用一段较长的话作为回应，其中包括一些快速的点头动作，在其他情况下可能会显得很滑稽，但在娜佳做这个动作时则不然。

她嘴里说出的那些无法辨认的话语就好像是不透明的泡泡，她的口音在里面消失了。她离开了她站着的位置，沿着桌子的一边走过，把手依次放在每个先驱剃光了的头上。

“时间是多重的，时间是同时的。这一刻发生了，曾经发生过，而且将要发生。”她说，“我们在这里开发的这种语言将使得你们能够理解这些概念，你们当中将要进入冷冻舱的那些人。你们将成为新生儿，而随着时间的推移，这种语言将被逐渐灌输到你们的脑中。”

她转过拐角，来到了桌子的另一端。

“标记、符号、手势和规则。这种语言的名字只有那些说这种语言的人才能知道。”

她将手放在我父亲的头上——我父亲，或者是他的表象，他即将成为的那个裸体人像，冷冻舱中的一位休眠者，等待着他的半机械复活。

这时她的口音变得浓重了，也许是因为我想要这样。

“技术已经成为一种自然的力量。我们无法将其控制。它将席卷整个地球，而我们将无处可藏。当然，除了在这里，在这片充满活力的飞地里，我们呼吸着安全的空气，生活在人类好战本能所能触及的范围之外，这种本能就是那种血腥的绝望，对此我的同事刚才已经在许多层次上为我们做了详细的说明。”

斯滕马克走到了门口。

“不要理睬那种充满男子气概的指示，”他对我们说，“它只会让你送命。”

接着他就走了。到哪儿去，下一步是什么。娜佳抬起头，将目光移向房间一角。这时她举起了双臂，将自己的脸庞框在其中，她正在用“聚合”的语言讲话。她有着一种很不一般的风度。但她究竟在说些什么，又是在跟谁说话呢？她是一个奇特的人物，自我封闭，高领衬衫，紧身长裤。我想到了其他地方的女人，大城市里的大街和林荫大道，刮着风，一位女子的裙子在微风中飘起，风将裙子绷紧，显露出腿的形状，使裙子伸到两腿之间，露出膝盖和大腿。这究竟是我父亲的想法还是我的想法？裙子抽打着腿，风有些猛，那个女子侧转身，将脸避开风的力量，裙子飘舞起来，折叠在大腿中间。

她叫娜佳·赫拉巴尔。这就是她的名字。

八

我坐在自己房间里的椅子上，等着有人来带我去别的地方。

我的脑子里正在想着我们在上面、在外面所体验到的那种一步一步、逐字逐句的自由游戏，在天空下散步谈话，擦防晒霜，受孕怀胎，在洗手间的镜子里看着自己变老，旁边是我们用来排泄的马桶和用来净化自己的淋浴。

但现在我却在这里，在一个居住舱里，在一个受控的环境里，在这里日夜可以互换，这里的居民讲的是一种神秘的语言，而我还被迫戴着一根腕带，上面有一个圆盘，能够将我的行踪随时报告给那些正在监视和监听的人。

不过我现在并没有戴着腕带，对吧？这次来访和上次不一样。这次是临终看护。儿子得到允许，可以陪着他父亲进入允许楼层范围之外的深层中去。

我在椅子上睡了一会儿，当我醒来时，我母亲就在房间里。马德琳，要么就是她的灵光。我心想，真奇怪，她竟然会在这里找到我，特别是在眼下这个时候，就在曾经是她丈夫的罗斯做出了这个不幸决定之后。我想要沉浸在这一刻里。我母亲。这两个词在这个巨大的坑状封闭空间里是多么不合适啊，在这里，人们对自己的国籍、过去、家庭和名字保持着一种刻意的空白。马德琳在我们家的客厅里，带着她的个人技术化身，电视遥控器上的静音按钮。她现在就在这里，一丝气息，一种放射物。

我曾经跟着她在当地那家巨大的药店里沿着宏伟的过道走过，一个刚刚步入青春期的男孩，才开始发育，读着药品盒子和管子上的标签。有时我会偷偷打开药盒去读里面的附加印刷说明，急切地想要品尝一下那堆紧紧团在一起的有关警告、预防、不良反应和禁忌证的术语。

“别偷偷摸摸地到处乱翻了。”她说。

我从来没有比当我母亲躺在床上奄奄一息的时候感到更像一个人。这里指的并不是一个人的脆弱，就像是说他“不过是一个凡人”，受着某种缺点或弱点的制约。这是一股悲哀和失落的浪潮，让我明白，我是一个被悲伤扩展了的人。回忆无所不在，不招自来。有图像、幻影和声音，以及一个女人的最后一息如何使得她儿子受到约束的人性得以体现。这里是那个拄着拐杖的邻居，一动不动，一直如此，站在门口，而这里是我母亲，一臂之遥，一触可及，悄然无声。

马德琳用大拇指指甲把价格标签从她买的东西上抠下来，这是一种坚定的报复行为，针对的是那些在我们身上做这些事情的东西，不管它们究竟是什么。马德琳站在原地，闭着眼睛，双臂朝上挥动，绕着圈子，一圈又一圈，一种放松的方式。马德琳看着交通频道，似乎永无休止，汽车无声地穿过屏幕，驶出她的视野，回到了那些司机和乘客的生活当中。

尽管我母亲很平凡，但她有着自己独特的方式、自由的心灵，她是我平安归来之所。

那个护卫是一个毫无特点的男子，好像与其说是一个人，不如说是一种生命体。他领着我穿过走廊，然后指了一下食物单元的门便离开了。

这里的食物吃起来像掺了药的营养物质，我正在试图用思考的方式坚持吃下去，从精神上打败它，而就在这时，那个修道士走了进来。我已经有一阵子没有想起过这个修道士了，但我也并没有忘记他。难道只有我在这儿的时候他才在这儿吗？他身穿一件朴素的棕色长袍，长及地面，光着脚。这似乎很有道理，但我不知道究竟是为什么或是理从何来。他坐在对面的桌子旁，眼睛里只有他自己盘子里的东西。

“我和你，我们以前曾经来过这里，而现在我们又回来了。”我说道。

我毫不掩饰地注视着他。我提到了他曾经讲过的到中国西藏圣山旅行的经历。然后我看着他吃饭，他的头几乎伸到了盘子里。我提到了我们，我和他，一起到临终安养院的事——就是那个庇护所。我能回想起这个词，这令我自己都感到惊讶。我把这个词说了两遍。他吃着东西，然后我也在吃，但我仍然一直看着他，长长的双手，紧凑的模样。他的长袍上沾着他上一顿饭的痕迹。那究竟是从他叉子上掉下来的还是从他嘴里呕吐出来的？

他说：“我已经比我的记忆活得更久。”

他看上去老了一些，他身上那种无处归属的感觉比以往任何时候都更为明显。而事实上这正是我们所在的地方——不知何处。我看着他几乎把叉子和上面的食物一起吞下去。

“可是你还会去看望那些正在等待死亡然后被带到下面去的人吧。满足他们在情感和精神上的需求。我还想知道你会不会说那种语言。你会说他们这儿的人说的那种语言吗？”

“我的整个身体都在排斥它。”

这句话令人鼓舞。

“我现在只讲乌兹别克语。”

对此我不知该作何回答。于是我说道：“乌兹别克斯坦。”

他吃完了，把盘子刮得一干二净，而我想在他离开这个食物单元之前说点什么。随便什么都行。告诉他我的名字。他是修道士，我是谁呢？但我不得不停下来。有那么漫长而空荡的一刻，我怎么都想不起自己的名字。他站起身，把椅子向后推开，朝着门口迈了一步。这一刻，我正处在无名无姓和有名有姓之间。

这时我说道："我叫杰弗里·洛克哈特。"

这句话他无法理解。

于是我说："当你不在吃饭或是睡觉或是和人们谈论他们精神健康的时候，你都做些什么？"

"我在走廊里走来走去。"他说。

又回到了那个房间，那个剃得精光的空间里。

所有那些我还没有见过的部分、地段和区域。计算机指挥中心，杂货商店，用来防御外来攻击或自然灾害的掩蔽室，中央指挥部。这里有娱乐设施吗？图书馆，电影院，国际象棋比赛，足球赛？有编号的楼层里究竟有多少个编号？

他全身赤裸，躺在一张平板上，身上没有一根毛发。很难将我父亲的生平与时代跟这个和他略有些相似的东西联系在一起。我是否曾经想过人的身体，它是怎样一个奇观，它的那种原始力量，我父亲的身体，被剥去了所有可能将它显示为一个个体生命的标记。它已变成了一个无名无姓的东西，所有正常生理反应现在都在慢慢减弱。我没有把脸转开。我觉得有义务看着。我想要进入一种沉思状态。而在我不安头脑的某个远点处，我可能得到了某种小小的补偿，那个受了伤害的男孩终于得到了赔偿。

他还活着，徘徊在某种程度的麻醉镇定之中。他说了句什么，或者也许是有什么东西被说，一两个单词，好像自发地从他的身体里冒了出来。

一位身穿罩衫、戴着外科手术口罩的女子站在罗斯的另一侧。我看着她,有几分征求许可的意思,然后朝着那个身体俯过身去。

“*亚麻布石膏底。*”

我觉得我听到的就是这些,然后还有其他一些含糊不清、无法理解的片段。那深陷的面孔和身体。这个男人缩成扁平状的阴茎。他身体其余的部分只剩下了四肢,几个突出的部分。

当我听到这几个词的声音时,我点了点头,跟那个女子很快地交换了一下眼色,然后又点了点头。我只知道*石膏底*是一个艺术用语,是一种绘画表面或材料。亚麻布石膏底。

他们给了我一会儿独处的时间,而我却一直茫然地望着前方,然后其他人走上前来,开始为罗斯在冷冻舱里漫长而缓慢的安息做准备。

有人把我带到了一个房间,房间的四壁上全都覆盖着一幅这个房间本身的连续画像。房间里只有三件家具,两把椅子和一张矮桌,全都从几个不同的角度描绘在这幅画里。我仍站在那里,转着头,然后转动着身体,扫视着这幅壁画。这四个平面不仅是它们自己的肖像,而且同时还是三个具有空间尺度的物体的背景,这一事实让我觉得这个课题值得用某种深入的探究法来进行研究,也许是现象学,但我没有足够的能力来应对这一挑战。

最后从门口进来一位女子,身材娇小,动作敏捷,身穿一件绒面革夹克和一条针织长裤。她的眼睛好像是在放射着光芒,而这让我意识到她就是在我粗略察看那个身体时站在我对面的那个戴着外科手术口罩的女人。

她说:“你宁愿站着。”

“是的。”

她对此考虑了一下,然后在桌旁坐下。接着是一阵沉默。没有人用托盘端着茶和饼干进来。

她说:“罗斯、阿尔蒂和我,我们曾经讨论过许多次。我们对自己的出生没有任何选择。难道我们应该以同样的方式死去吗?他为我们提供的物力财力有着至关重要的意义。”

我还看到了什么?她戴着一条图案引人注目的围巾,而我判定她有五十五岁,多少来自本地,而且是一位有一定权威的人士。

“当阿尔蒂进了冷冻室之后,我跟你父亲在纽约和缅因州待了一段时间。他比以前更慷慨了。但他整个人都变了。你当然知道这一点。他几乎被这场损失化成了碎片。拒绝接受一成不变的命运难道不是一种人性的辉煌吗?我们在这里想要的究竟是什么?只有生命。让它成为现实。把生命的气息赋予我们。”

我明白她跟我进行这番谈话是出于对我父亲的尊重。我父亲曾经向她提出请求,而她正在照办。

“我们有语言来引导我们走出危机的时刻。我们能够思考和讨论想象中将来可能会发生的事情。那么为什么不用身体跟随着我们的话语进入将来时当中去呢?如果我们坦白地告诉自己,意识将会持续下去,冷冻保护剂将会继续为身体提供营养,那么这就是通向那个美好状态的首次觉醒。我们在这里就是为了让它成为现实,不是仅仅想要这样,或者是朝着它慢慢爬行,而是将这场努力置于全方位的维度之中。”

在她说话时她的手指会颤动。我稍稍有些提防。这是一个每时每刻都盘绕在思想中的女人,下定决心要做出一番事情。

“我不想再跟理论和争辩打交道。”我说,“我和罗斯,我们已经在各个层次上都谈论争吵过。”

“他说你从来都没有叫过他爸爸。我说,这可真不像美国人的风格。他试着想笑,但没笑出来。”

我身上的衬衫和裤子平淡无奇,我可以想象自己不知不觉陷入墙上的壁画里,而没有人会注意到,只是房间角落里一个昏暗的人影。

“人类的生命来自漂浮在宇宙尘埃中的微小有机物颗粒的意外融合。生命的延续则没有那么偶然。它利用了我们人类数千年来所学到的东西。不那么随机,不那么偶然,但也并非不自然。”

“跟我讲讲你的围巾。”我说。

“内蒙古的山羊绒。”

她是这项计划中的一位重要成员，这一点已经变得越来越清楚。如果斯滕马克双胞胎是创意的核心，是爱开玩笑的空想家，那么这个女人的职责是不是创造收入，确定方向？她会不会是“聚合”这一思想的创始者之一，将其设置在这个恶劣的地理环境里，处在可信性和法律的界限之外。一位金融家、哲学家、科学家，在这里扩展了她所扮演的角色。她的特殊人生经历是什么？我不会去询问。我也不会去问她的名字或是给她编造一个名字。这是我自己的一种进步。到了该回家的时候了。

但是她说还有最后一个地方罗斯想让我去看看。她把我领到了一个转向器里，我和她，还有两个护卫，而我们在有编号的楼层里走得比我以前走过的更远。我是怎么知道的？是我感觉到的，一种刻骨的感觉，尽管在表面上没有任何时间流逝或空间距离的迹象。

他们把我带到了一间凹室里，我戴上了一个呼吸装置，穿上了一件类似于太空服的防护衣。它并不笨重，并且能让我把自己沉浸在这个场合的虚幻状态之中。

那个女人说：“我们曾经遭受过一些挫折，计划遭到延误，偶尔的不幸事件，这很自然。曾经有过希望落空的情况。”

她从她的呼吸器里望着我。

“有些措施已经得以实施，将会使你父亲对我们的支持得以延续，尽管其水平不如以前。有一个基金会和一位管理员，还有一些约束性的限制和保护措施，以及时间因素。”

“你们还有来自其他方面的支持。”

“那当然，一向都是如此。但罗斯为我们所做的事情是一个转折点。他坚定不移的信念，他遍及全球的资源。”

“你们也许有过背叛脱离的例子。”

“他还心甘情愿以最有说服力的方式成为一位参与者。”

我们在带领下慢慢走过一条狭窄的通道。

在一面墙上水平固定着一块带有裂痕的泥版，上面刻着挤得很紧的一串数字、字母、平方根、立方根、加号和减号，还有圆括号、无穷大和一些其他符号，在这一切的中间有一个等号，标志着逻辑上或数学上的等同。

我不知道这个方程表达的是什么意思，而我也没有打算去问。接着我想到了“聚合”，这个名字本身，这个单词本身。两股截然不同的力量接近同一个交点。那种合并，息息相应，首尾相接。难道这块牌匾上的这个方程是对当死亡和生命这两股力量聚集在一起时在一个人体内所发生的事情的一种科学表述？

“他现在在哪里？”

“他正处在冷却过程中。或者很快就会开始。”她说，“你是儿子。他当然跟我解释过你对这个观念持有保留意见，对这个地点也是如此。怀疑态度在某些场合下是一种美德，尽管往往有些浅薄。但他从来都没有把你描述成一个思想闭塞的人。”

我不仅是他儿子，而且是唯一的儿子，遗属，法定继承人。

我们经过了通道管和气闸室，进入了冷冻保存区。现在没有了护卫，我们沿着一条比周围略高的走道走过去。很快，一片开阔地区出现在我们眼前，而几秒钟后，我看到了里面是什么。

那是一排排立在闪闪发光的冷冻舱中的人体，而我不得不停下脚步，好让我的脑子吸收我所看到的一切。这里全都是处在冷冻保存状态下的男男女女，赤身裸体，一行行、一列列，排成一个又一个长队。她等着我，然后我们慢慢靠近，我们所在的高度为我们提供了清晰的视角。

所有的冷冻舱都朝着同一个方向，几十个，然后是几百个，我们的路径带着我们从这些结构分明的行列中间穿过。那些人体被安排在地板上一块巨大的空间里，各种肤色的人，均匀地放置着，闭着眼睛，两臂交叉在胸前，双腿紧贴在一起，没有赘肉的迹象。

我想起了上次来的时候我和罗斯曾经看到的那三个人体冷冻舱。那些人就好像落入了陷阱，变得虚弱无力，他们是被困在了一个基于愿望的未来的某个边界地区里的个体生命。

而在这里,没有生命让你去想或是去想象。这纯粹是一个景观,一个单独的实体,这些身体在冷冻下的姿态如帝王般庄严。这是一种富有想象力的艺术,是蕴含着广泛寓意的人体艺术。

我唯一想到的生命属于阿尔蒂。我想到了在野外工作的阿尔蒂,泥沟和低矮空间里的时光,从地下挖掘出来的物件,裹着泥土的工具和武器,带有切割痕迹的石灰石碎片。而此刻排列在我眼前的这些人工制品难道不也带有一种近乎史前的意味吗?这将是某个未来时代的考古对象。

我等着那个围着蒙古围巾的女子告诉我,这是一个旨在有朝一日重获新生的人类文明,到那时地表上的一切都早已毁于一场大灾难之中。但我们只是走了一阵,稍停片刻,然后又开始走,一直默不作声。

如果这就是我父亲想让我看到的东西,那么我就有着相应的责任,我应该感到一阵敬畏和感激。而我的确感觉到了。这种科学里充斥着不可压抑的幻想。我无法抑制我心中的赞赏。

最后,我想到了好几十年前好莱坞歌舞片中精心编排的大型舞蹈场面,舞蹈者们步调一致,就好像军队行军一般。在这里,尽管没有镜头切换,没有淡入淡出,也没有配乐,就连一点儿动静都没有,但我仍然继续看着。

过了一阵,我跟着那个女人穿过一条墙上画着壁画的走廊,壁画上描绘的是一幅幅饱受蹂躏的景观,连续不断,这些场面的本意是作为一种预言,一幅双重景观,每一面墙重复着对面墙上的画面——各种面貌不堪的山丘、山谷和草地。我左看看,右看看,再朝左看看,把两面墙互相对照着。这些画里有着一种蜘蛛网般的技巧,一种精巧的手法,增强了那种废墟的效果。

我们最后来到了一个拱形的门口,门口通向一个狭窄的小房间,石头墙壁,里面灯光微弱。她做了个手势,我走了进去。我刚刚向前走了几步,就不得不停了下来。

在房间另一头的墙边，有两个流线型的外壳，比我刚才看到的那些要高。有一个是空的，另一个里面装着一个女人的身体。房间里没有任何别的东西。我没有走近细看。我似乎必须保持一定的间距。

这个女人是阿尔蒂。还能是谁呢？但过了一会儿，我才终于能够接受这个图像，接受这个现实，把它和她的名字联系起来，让这一刻渗入我的身体。最后我终于向前走了几步，这时我才注意到她身体的姿态和所有其他冷冻舱里的人都不一样。

她的身体内部好像有什么东西在发光。她站得笔直，踮着脚尖，剃光了的脑袋朝上倾斜着，闭着眼睛，乳房坚挺。这是一个理想化的人，装在容器里，但它同时也是阿尔蒂。她的手臂放在身体两侧，手指在大腿处呈尖角状，双腿略微分开。

这是一幅美丽的景象。这是作为创造典范的人体。我相信这一点。在这个实例中，它还是一个不会衰老的身体。而正是阿尔蒂，在这里，独自一人，将整个建筑群的主题提升到了某个值得尊重的高度。

我想要分享一下我的感受，哪怕只是通过眼神或手势，简单地点一下头，但当我转身去找那个把我领到这儿的女人时，她已经不见了。

那个空着的冷冻舱当然是给罗斯的。他的身体形状将会被恢复，面部肌肉将会变得结实，他的大脑（按照这里的知识传统）经调整后将会在某种衰减了的本体水平上继续它的生理功能。这一对男女，在多年以前，他们怎么会知道自己将会居住在这样一个环境里，在这个子行星上，在这个与世隔绝的房间里，赤身裸体，确定无疑，基本上已经永生不死。

我看了一阵，然后转过身，发现有一个护卫正站在门口，是个年轻人，看不出性别。

但我还没有做好离开的准备。我仍站在那里，闭着眼睛，想着，回忆着。阿尔蒂和她数浴帘上水滴的故事。在这里，在她的内心里，可数的东西将是无止境的。*永永远远*。她的词。那个词的滋味。我睁开眼睛，又看了一会儿，儿子，继子，享有特权的见证人。

阿尔蒂属于这里，罗斯则不然。

我跟着护卫进了转向器，然后又出来，穿过一连串的走廊，走廊里每隔二十米左右有一扇关着的门。我们来到一个交叉口，护卫指向一条空荡荡的走廊。全都是简单的句子，主、谓、宾，事情的范围缩小了，而现在只剩下我独自一人，我的身体缩进了那一片长长的宽阔区域。

接着有一条皱纹，一条折痕，出现在光滑的表面上。我看见了走廊尽头的屏幕，正好就在它开始下降的时候。于是我又来到了这里，等着有什么事情发生。

还没等到屏幕完全展开，第一批人影就出现了。

一队黑白颜色的士兵迈着大步从薄雾中走了出来。

这是一幅令人望而生畏的图像，但它的效果几乎马上就被另一幅图像给削弱了，一名身穿迷彩服的士兵，他的尸体被挤得变了形，伸开四肢躺在一辆被毁车辆的前座上。

野狗在一片被遗弃的市区的街道上四处走动着。在屏幕的边缘上可以看到一座清真寺的尖塔。

大雪中的部队，他们蹲在一起，十个人用勺子从木碗里舀着一些流质食物。

一个航拍镜头，几辆白色的军用卡车正在从一片不毛之地中穿过。也许是无人机拍摄的图像，我心想。我在试图让自己听起来见多识广，哪怕只是对我自己。

我意识到这次的图像有伴音。微弱的噪声，发动机的旋转声，远处的枪声，几乎听不见的说话声。

两个持着武器的男子坐在一辆敞篷小货车的货舱里，每人嘴里都叼着一支香烟。

一群身穿长袍、围着头巾的男人正在朝着屏幕外的某个目标扔石头。

五六个士兵在一座毁坏了的城垛里准备就绪，从护墙上向外张望着，枪托从墙上的凹口中突出来，其中一名士兵戴着一副连环漫画面罩，色彩鲜艳，粉红色的长脸，绿色的眉毛，胭脂红的面颊，一张不怀好意的红嘴。其余的一切全都是黑白的。

我无需问自己这究竟是什么目的，这一切背后的含义是什么，这究竟是一种什么样的心态。这是斯滕马克之作。它的存在不需要任何理由。这差不多就是他对会议室里那伙人那番讲话的视觉等同物。

会议室。那是什么时候？那伙人里究竟都有谁？斯滕马克的世界大战。那个人充满了激情，有时甚至在浑身颤抖。

一群身穿黑衣的男人排成一列纵队向前走着，每人身上都佩带着一把长剑，正值日出时分，杀人祭神，从头到脚都是黑色，他们的步伐里带着一种冷酷的自制。

掩体里正在睡觉的士兵，一堆堆的沙袋。

人们成群撤离：大批的人群，带着他们所有能够携带的财物，衣物、落地灯、地毯、狗。火焰在屏幕上他们的身后高高升起。

过了一阵我才注意到，伴音已经变成了纯粹的声音。一个持续的信号，不包含任何表现意图的痕迹。

防暴警察朝着正在一条宽阔滨海大道上向后退去的人们扔眩晕手榴弹。

两位老人骑着自行车穿过一片饱受创伤的地带。最后他们在一片白雪覆盖的田野上和一列坦克并排行进，在一条水沟里可以看到一具软绵绵的尸体。

尸体：一片丛林空地中被屠杀的人们，一群秃鹫在尸体中间走来走去。

这些图像可怕极了，而我却在那里看着。我开始想到，在整个建筑群里，还有其他的屏幕，其他的走廊，一层又一层，那么一定也会有其他人正在观看。

一群孩子站在一辆面包车外，正在等着上车，远处有一片黑烟，一动不动地悬在空中，一个孩子回头朝着那个方向看去，别的孩子面朝着镜头，脸上毫无表情。

肉搏战，六七个男子，手持刀子和刺刀，有的穿着迷彩上衣，集中的杀戮，近距离，一个高个男子脚下不稳，正要跌倒，其他人冲入了这一定格画面的时刻。

又一幅无人机图像，被毁的城镇，一座鬼城，小小的人影在瓦砾堆中间搜寻着有用的东西。

一名士兵没刮胡子的脸，那种原始的勇士，头戴黑色针织帽，嘴里叼着一支香烟。

一位教士正在快步前行，东正教牧师，身穿牧师的服装，他的斗篷，他的法衣，人们在他身后齐步行进，其他人加入进来，掺入画面里，高举着拳头。

一具尸体面朝下趴在一条坑坑洼洼的道路上，遍地都是炸弹留下的碎片。

各条走廊里全都挤满了观看屏幕的人们。他们脑子里全都想着和我一样的想法。

又是一副连环漫画面罩，一副卡通面具，一队士兵中的一员，他们组成队形，步枪贴着上身侧举着，他有白色的面孔，紫色的鼻子，红色的嘴唇朝一边撇着，露出讥讽的冷笑。

一位身穿罩袍的女子，从后面看过去，正在从一辆汽车里出来，然后低着头走进了一座拥挤的广场。广场里有几个人注意到了，望着她，然后开始四下散开，镜头向后拉回，接着便是爆炸，纯粹的视觉效果，就好像把屏幕撕破了一般，并且将我们周围的空气撕成了碎片。所有那些正在观看的人。

坟墓边的哀悼者，有的肩上挎着自动武器，之前看到过的同一片黑烟，在很远处，既不上升，也不散开，而是完全静止不动，无比怪异，就像是画上去的背景。

一个小孩子，头上戴着一顶滑稽的帽子，光着屁股蹲在雪地里拉屎。

接下来是一段暂停，还有伴音逐渐消失时发出的哀号般的持续噪声。屏幕上充满了一片麻木的灰色天空，而镜头慢慢拉平，影片开头第一幅令人难忘的影像再次出现。

一队士兵迈着大步从薄雾中走了出来。

但这回这个镜头的时间拉长了，那群人不断向前走来，他们中间有的受了伤，一瘸一拐的人影，血迹斑斑的面孔，有几个人戴着头盔，大多数戴着黑色针织帽。

伴音又重新开始了，现在变得真实，某个地方的爆炸声，低空飞行的飞机声，那群人开始更加谨慎地向前推进，武器贴近身体，紧握在手里。他们经过一堆正在燃烧的轮胎，来到城市的街道上，建筑物倒塌了，到处都是废墟。我看着他们从破碎的砖石建筑上走过，有个别的叫喊声，但很快就被武器集中发射的声音淹没了。

这无论看上去还是听上去都像是一场传统战争，全副武装的男子，而我回想起斯滕马克曾经讲过的那种扭曲的怀旧，所有那些埋藏在这些图像里的世界大战，嘴里叼着香烟的士兵，在掩体里睡觉的士兵，留着络腮胡子、头上扎着绷带的士兵。

附近传来枪声，那伙人隐蔽起来，寻找着枪声的来源，然后开火还击，伴音跟随着动作，声音很响，离得很近，一片呼喊声。我不由得向后退去，远离屏幕，而这时镜头正在更紧密地卷入战斗之中，沿着地面爬行，拍着那些人的面部特写，年轻的和不那么年轻的，手指紧扣着扳机，侧着身子靠在一座被毁建筑的框架上。这一切又快又清晰，经过了放大，有一种山雨欲来的感觉，而我所能做的只有看着和听着，一团突如其来的杂乱声音和图像，镜头摇摆颤动，然后找到了一位站在一辆被毁汽车残骸里的男子，他正在用步枪扫射这片地区。他开了几枪，上身有节奏地向后缩着。他向下一闪身，躲了起来，等待着。我们全都等待着。镜头扫视着这片地区，四周是空荡荡的残骸，下着小雨，接着那个孤零零的人影又回到了视野里，跪在司机座位上，从破碎的侧窗里开了一枪。然后是几段几乎寂静无声的时间，镜头仍然保持在那个蹲着的男子身上，他头上系着一根头带，没戴头盔，接着，来自各个方向的射击又重新开始了,图像跳了一下,那个男子被击中了。我觉得我看到的就是这样。镜头里没有了他,只拍到了一星半点杂乱的背景。噪声变得更为激烈,急促的枪声,一个声音重复着同一个单词,接着他又出现了,从隐蔽处走了出来,手里没有了步枪,镜头慢慢稳住,他又被击中,跪倒在地,而我一边看着,一边对自己念着这些话。他又被击中,跪倒在地,屏幕上是这个人的一幅清晰画面,卡其野战夹克,牛仔裤和靴子,刺猬般的头发,他是真人大小的三倍,就在这儿,在我上方,中了枪弹,正在流血,血迹在他胸口上慢慢渗开,年轻男子,双眼紧闭,真实无比。

他就是埃玛的儿子。是斯塔克。

他向前倒了下去,镜头转开,而那个人就是他,那个儿子,那个男孩。主战坦克现在正在靠近,而我需要再看到他,因为尽管已经毫无疑问,但一切发生得太快,看一遍还不够。十几辆坦克排着懒洋洋的阵容从沙袋障碍物上碾过,而我站在那里等待着。他们有什么理由会把它再放一遍呢?但我必须等着,我需要看到它。坦克沿着一条道路行驶着,路旁的路标上写的是西里尔和罗马字符。康斯坦丁诺夫卡[①]。在这个名字的上方还画着一个很粗略的骷髅头。

斯塔克在乌克兰,一个自卫组织,一支志愿队伍。还能有什么别的可能呢?我仍在看着,等待着。那些招募者知道他的年龄,甚至是他的名字吗?他是一位重返家园的土生子。本名,别名,绰号。我所知道的只有斯塔克这个名字,而也许所能知道的也只有这些,他就是那个成了一人之国的孩子。

我必须留在这里,直到屏幕变成一片黑暗。我必须等待观望。如果他们派人来护送我,那么那个护卫也得在一旁等着。而如果斯塔克不再出现,那就让图像淡出,声音消逝,屏幕卷起,整个走廊陷入黑暗。别的走廊都已走空,一条有秩序的人流,但这条走廊将会陷入黑暗,而我将闭着眼睛站在这里。以前每当我这样做的时候,站在一个黑暗的房间里,

① 康斯坦丁诺夫卡是乌克兰东部的一座工业城市。

一动不动，双眼紧闭，不论是怪孩子还是成年男人，我是不是都在走向这样的一个空间，一条漫长、寒冷、空荡荡的走廊，颜色相配的门和墙壁，死一般的沉寂，一团团阴影不断向我袭来。

等到一切都已陷入黑暗，我将只是站在那里等着，努力试着什么都不去想。

九

我看见一辆出租车停在离人行道三四英尺远的地方，接着又看见一个人跪在路边的排水沟里，脱了鞋，放在身后，而他正弯下腰，把头贴在路面上。片刻之后我才明白过来，他就是那辆出租车的司机，而那个方向是麦加，他正在朝着麦加跪拜。

逢周末，我偶尔会住在我父亲连栋房屋里的一间客房里，并有权使用厨房。处理这些事情的那个小伙子，那些公司模拟像中的一员，他在讨论有关细节时用的是那种当代的陈述句模式，句子的声调会逐渐上滑，就像是变成了疑问句。

有时候，我觉得我去博物馆只是为了去听参观陈列室的人所讲的各种语言。有一次，我跟着一男一女从公元前四世纪塞浦路斯的石灰岩墓碑一直走到了武器和盔甲展厅，等着他们重新开始互相讲话，好让我能够识别出他们所讲的语言，或者说是试着识别，或者说是瞎猜。而如果说要走上前去有礼貌地问他们，这个想法则处在我力所能及的范围之外。

我坐在一个磨砂有机玻璃隔间里的一台计算机屏幕前，隔间上标有“合规与道德主任”的字样。我在这里适应得不错，不仅是在我的日常性情方面，而且还包括那些我自己逐渐形成的方法，我用它们来履行必要的工作职责，并遵从本地的语言习惯。

轮椅上的乞丐，穿着正常，脸刮得干干净净，没有污迹斑斑的纸杯，而是一只戴着手套的手，伸到街头蜂拥的人群中。

一边是我父亲企业生涯中涉猎广泛的原动力，另一边是“聚合”这片世界边缘的不毛之地，而我对自己说，我并不是躲藏在自己的生活里，我的生活并不是对此的一种反应，也不是一种报复。然而话说回来，我将永远站在罗斯和阿尔蒂的阴影之中，但困扰着我的并不是他们共鸣回响的生活，而是他们死亡的方式。

当我问自己为什么我会偶尔要求在那所连栋房屋过夜时，我会马上想起埃玛住的那栋大楼，就在附近这一带，或者说是她曾经住过的地方，而我经常在附近散步，并没有期待会看到什么，会听说什么，但我总会感觉到一种内在的东西，就好比痛苦的失落会造成一种影子式的存在，而在这件事上，在她曾经住过的街道上，我感觉到了一种我还根本没有去试图理解的可能性。

在当地的食品店里，我从来都不会忘记检查瓶子和纸盒上的有效期。我把手伸进装着各种包装商品的陈列柜里，从最后一排拿起一件物品，因为那里放着的是最新鲜的切片面包，或是最新鲜的牛奶，或是最新鲜的早餐麦片。

高个子的女人，更高的女人。我四处寻找着那个摆着正规姿势站在街角的女人，不管她手里有没有一张用一种不常见的字母写的标语牌。还有什么我没见过的东西呢，从人群当中一个静止不动的人物身上又能学到什么东西呢？就她而言，问题可能有关某种即将来临的威胁。向来都有人在做这种事，难道不是吗？我把它想象成一种中世纪的东西，某种不祥的预感。她在告诉我们要做好准备。

有时需要整整一个早晨才能摆脱一个梦，才能从梦中完全醒来。但自从我回来之后，我连短短一瞬的梦中时光都回忆不起来。斯塔克是我的清醒之梦，那个儿童战士，赫然耸立在屏幕上，眼看着就要倒下来砸在我的身上。

我出门散步，四处观望，街上是停滞不前、呻吟不止的车流，还有来自国外的金钱，一直飞升到带有顶层豪华公寓的高楼中，这些高楼所攀升的高度早已超过了区划法规的效力范围。

我喜欢在学校环境里工作这个想法，而我心里明白，到了某个时候，这个想法就会消散到一个个细节当中。每逢星期一早上很早会有一辆面包车开来，车上已经带着两名住在曼哈顿的雇员，我们一同前往康涅狄格州的一个小社区，学校就设在那里，校园不太大，学生的潜力居中。我们在那儿一直待到星期四下午，然后有人开车把我们送回到城里，而有意思的是，我们三个人居然总能找到各种新的方式来进行没有任何实质内容的闲谈。

我觉得自己正在逐渐适应一种漫长而轻松的生活，而唯一的问题就是它究竟会有多致命。

然而我究竟是真的相信这一点，还是说我是在寻求某种效果，寻找一种可以用来平衡我平淡无奇安逸生活的方式？

我走进挂着那几幅单色画的房间，回想起罗斯好不容易说出的最后几个字。*亚麻布石膏底*。我试着将这个词语的含义解除掉，把它想象成某种美丽的失传语言中的一个片段，这种语言已经有一千年没有人讲过了。房间里的这些画是帆布油画，但我对自己说，我要去参观博物馆和美术馆，去寻找标为亚麻布石膏底的画作。

我走了好几个小时，不时地躲避着一摊摊的狗屎。

我和埃玛，曾经是一对恋人。我的智能手机仍挂在我的腰间，因为她还在外面的某个地方，在那片数字的旷野里，而那很少听到的电话铃声，是她含而不露的声音，只有瞬间之遥。

我平常吃切片面包，因为我可以把它放在冰箱里，从而保存得更久，而希腊、意大利或法国式面包则不行。我在餐馆里吃的是厚厚的、带硬壳的面包,大多时候是自愿一个人吃饭。

这一切都很重要,即使它本应是不重要的琐事。我们吃的面包。它让我想知道我的祖先是谁,但这个想法转瞬即逝。

我知道自己本应恢复吸烟的习惯。从理论上讲,已经发生的一切都在把我推往那个方向。但我并没有像从前那样因为自己的节制而感到被贬低。烟瘾没有了,也许这才是贬低了我的东西。

连栋房屋客房里的天花板上挂着一盏很雅致的灯,我会把它打开,然后关上,而每当我这样做的时候,我都会不可避免地发现自己在心里想着吊灯这个词。

在大街上,没有什么特别的地方要去,我检查了一下我的钱包和钥匙,我检查了一下我裤子上的拉链,从皮带到裤裆,或是相反的方向,以确保它拉好了。

恐惧过后感到的宽慰和之前经受的恐惧不成比例。宽慰的持续时间很有限。你一连担心了好几天,然后是好几个月,最后儿子终于回来了,安然无恙,而你马上就忘记了在整个这段时间里,你一直无法将自己的精力集中在任何其他问题、情况或事情上,因为既然他现在在这儿了,那咱们就吃晚饭吧。只不过他其实并不在这儿,对吧?他现在正在一块路标附近的某个地方,路标上写的是康斯坦丁诺夫卡,在乌克兰,他的出生和死亡之地。

各种语言，警笛不断，裹成一团的乞丐，有男有女，或醒或睡，有活有死，难以分辨，甚至是在当我走到他们近前，将一美元的钞票扔进带有凹痕的塑料杯时。

又过了两个街区，我才对自己说，我当时应该说句什么，确定一些事情，然后就在这一切变得太复杂之前，我改变了话题。

我坐在大学行政办公室我自己的隔间里，把单子上的东西划掉。我并不是把那些条目删掉，而是在电脑屏幕上单击删除线的复选框，在每个需要删除的条目中间画上一条横线。线条和条目。随着时间的推移，条目中间的那些线条以一种清晰可见的方式标记着我工作的进展。画删除线的那一刻是其中最美妙的部分，带有一种孩童般单纯的吸引力。

我想起我们俩在镜子里望着我们自己的那段短暂时间，我和埃玛，那是第一人称复数，一组相互交融的图像。接着我又想起了自己伤心而又致命的失败，因为我没有告诉她我是谁，没有向她讲述马德琳和罗斯的往事，还有罗斯和阿尔蒂的往事，以及我父亲和我继母在冷冻保存状态下静物画般的未来。

我等得太久了。

当时我想让她在一个完全孤立的环境中认识我，将那些曾经塑造了我的力量排除在外。

接着我又想起了那个出租汽车司机，跪在排水沟的稀泥里，头朝着麦加的方向，而我试图把他那个世界里稳固的一切和这个世界上散乱的生活互相协调起来。

有时候我会想起那个房间，房间里贫乏的景观，墙、地、门、床，一幅单音节的图画，几乎完全是抽象的。我试着想象自己坐在那把椅子上，没有别的，所有细节都非常清晰，这件东西，那件东西，还有坐在椅子上的那个男人，正在等着他的护卫来敲门。

修复工程，脚手架，隐藏在一大片白色保护性覆盖层后面的大楼正面。脚手架下站着一个留着络腮胡子的男人，冲着每一个从旁边经过的行人叫喊着，但我们听到的并不是单词或短语，而是纯粹的声音，是出租车、卡车和公共汽车噪声的一部分，只不过它是出自一个人的口中。

我想起了冷冻舱里的阿尔蒂，试着想象她仍能体验到一种微弱的意识活动，尽管这种想法与我心中坚定的信念背道而驰。我想象着她处在一种纯洁的孤独状态之中。没有外来刺激，没有人类活动来激发大脑反应，只有极其微弱的记忆。然后我试着想象一种独白，她的内心独白，自我生成，可能从不间断，一个第三人称声音的开放式散文诗，而同时这个声音也是她的声音，一种单个低沉音调的吟诵。

在公共电梯上，我将自己视而不见的目光径直指向不知何处，心里明白我正一个人和别人一起站在一个密封的盒子里，而我们中间没有一个人愿意摆出一张可以供人审视的面孔。

当埃玛打来电话的时候，我正站在一个公共汽车站旁。她把在斯塔克身上发生的事情告诉了我，一个单词都没有多讲。她告诉我她已经辞掉了她在学校的工作，放弃了她在这儿的公寓，并且打算跟那个男孩的父亲一起住，而我记不得他们究竟是已经离了婚还是在分居，但这已经无关紧要了。公共汽车来了又开走，我们俩又聊了一会儿，声音很轻，几乎就像是陌生人一般，然后我们互相保证将会再联系。

我没有告诉她我看到了事情的经过。

十

这是一辆横穿曼哈顿城区的公共汽车，由西向东行驶，车上有一男一女坐在司机附近，还有一位女子和一个男孩坐在车尾。我在车的中间找到了自己的位置，我的目光漫无目的，脑子里一片空白，或者说几乎如此，直到我开始注意到一种亮光，一股光的大潮。

几秒钟后，街道上充满了当天即将逝去的阳光，而这辆公共汽车就好像是这一灿烂时刻的承载者。我注视着自己手背上的闪光。我先是看着，然后听着，被一声人的哀号吓了一跳，于是从我所在的位置上转过身来，看到那个男孩站了起来，正面对着后窗。我们在中城区，后窗外西面的景色一览无余，他正指着光芒四射的太阳，像哭一般地哀号着，而太阳正异常精确地悬挂在一排排高层建筑之间。在我们这座混乱拥挤的城市中，这是一幅异乎寻常的景象，它的那种力量，那个又大又圆、红彤彤的巨物，而我知道，在曼哈顿这里有这么一种自然现象，每年只有那么一两次，太阳的光线会跟当地的街道网格正好对齐。

我不知道这个事件叫作什么名字，但我现在正在目睹着它，那个男孩也是如此，他急切的叫喊声很适合这个场合。此时那个男孩本身正在被这个景象吞没，他身体粗笨，脑袋要比正常人稍大一些。

而这时罗斯又出现了，在他的办公室里，我父亲潜伏的影像，告诉我每个人都想拥有世界的末日。

难道这就是那个男孩眼中所看到的吗？我离开座位走了过去，站在他的旁边。他的手蜷曲在胸前，半握成拳头状，看上去很柔软，而且还在微微颤抖。他母亲静静地坐在那里，和他一起观望着。那个男孩轻轻地上蹦下跳，和着自己叫声的节奏，而他的叫声持续不断，并且令人振奋，这是一种学会使用语言之前的咕哝声。我很不情愿去想他可能在某些方面有先天障碍，头部偏大，有智力缺陷，但这种充满惊叹的号叫声远远要比言语更为合适。

太阳的整个巨大光盘，渗入了每一条街道，照亮了我们两边的高楼大厦，而我对自己说，这个男孩并不是看到了天正在塌下来，将要砸在我们身上，而是在大地和太阳的亲密接触当中找到了最纯粹的惊异。

我回到了自己的座位上，面朝前方。我不需要天国之光。我有那个男孩充满惊叹的叫喊。

图书在版编目（CIP）数据

零K ／（美）唐·德里罗著；靖振忠译. —南京：
译林出版社，2020.12（2026.1重印）
（德里罗作品）
书名原文：ZERO K
ISBN 978-7-5447-8420-7

Ⅰ.①零… Ⅱ.①唐… ②靖… Ⅲ.①长篇小说－美国－现代 Ⅳ.①I712.45

中国版本图书馆 CIP 数据核字（2020）第 195342 号

著作权合同登记号　图字：10-2016-241 号
Cover image: Noma Bar

零 K　［美国］唐·德里罗／著　靖振忠／译

责任编辑　韩继坤　宗育忍
装帧设计　韦　枫
校　　对　蒋　燕
责任印制　颜　亮

原文出版　Picador, 2016
出版发行　译林出版社
地　　址　南京市湖南路 1 号 A 楼
邮　　箱　yilin@yilin.com
网　　址　www.yilin.com
市场热线　025-86633278
排　　版　南京展望文化发展有限公司
印　　刷　苏州市越洋印刷有限公司
开　　本　890 毫米 ×1240 毫米　1/32
印　　张　7.375
插　　页　4
版　　次　2020 年 12 月第 1 版
印　　次　2026 年 1 月第 2 次印刷
书　　号　ISBN 978-7-5447-8420-7
定　　价　59.00 元